民国词学史著集成

第一卷

謝無量《詞學指南》 徐敬修《詞學常識》 王蘊章《詞學》

葉恭綽《清代詞學之攝影》 徐珂《清代詞學概論》 徐珂《詞講義》

孙克强 和希林◎主编

南開大學出版社

图书在版编目(CIP)数据

民国词学史著集成. 第一卷 / 孙克强，和希林主编.
—天津:南开大学出版社，2016.12
ISBN 978-7-310-05266-0

Ⅰ. ①民… Ⅱ. ①孙… ②和… Ⅲ. ①词学—诗歌史—中国—民国 Ⅳ. ①I207.23

中国版本图书馆 CIP 数据核字(2016)第 297145 号

南开大学出版社出版发行
出版人:刘立松
地址:天津市南开区卫津路 94 号　邮政编码:300071
营销部电话:(022)23508339　23500755
营销部传真:(022)23508542　邮购部电话:(022)23502200
*
天津市蓟县宏图印务有限公司印刷
全国各地新华书店经销
*
2016 年 12 月第 1 版　2016 年 12 月第 1 次印刷
210×148 毫米　32 开本　20.75 印张　4 插页　594 千字
定价:96.00 元

如遇图书印装质量问题，请与本社营销部联系调换，电话:(022)23507125

總序

清末民初詞學界出現了新的局面。在以晚清四大家王鵬運、朱祖謀、鄭文焯、況周頤為代表的傳統詞學(亦稱體制內詞學、舊派詞學)之外出現了新派詞學(亦稱體制外詞學)。新派詞學以王國維、胡適、胡雲翼為代表,與傳統詞學強調『尊體』和『意格音律』不同,新派在觀念上借鑒了西方的文藝學思想,以情感表現和藝術審美為標準,對詞學的諸多問題展開了全新的闡述。同時引進了西方的著述方式:專題學術論文和章節結構的著作。傳統的詞學批評理論以詞話為主要形式,感悟式、點評式、片段式以及文言為其特點;民國時期的詞學論著則以內容的系統性、結構的章節佈局和語言的白話表述為其主要特徵。當然也有一些論著遺存有傳統詞話的某些語言習慣。民國詞學論著的作者,既有新派大師王國維、胡適的追隨者,也有舊派領袖晚清四大家的弟子、再傳弟子。他們雖然觀點不盡相同,但同樣運用這種新興的著述形式,他們共同推動了民國詞學的發展。民國詞學論著的蓬勃興起是民國詞學興盛的重要原因。

民國的詞學論著主要有三種類型:概論類、史著類和文獻類。這種分類僅是舉其主要內容而言,實際情況則是各類著作亦不免有內容交錯的現象。

概論類詞學著作主要內容是介紹詞學基礎知識，通常冠以『指南』『常識』『概論』『講義』之名。這類著作無論是淺顯的入門知識，還是精深的系統理論，皆表明著者已經從傳統詞學中片段的詩詞之辨、詞曲之辨，提升到系統的詞體特徵認識和研究，是文體學意識的體現。史著類是詞學論著的大宗，既有詞通史，也有斷代詞史，還有性別詞史。唐宋詞成為後世的典範，對唐宋詞史的梳理和認識成為詞學研究者關注的焦點，如詞史的分期、各期的主要特徵、詞派的流變等。值得注意的是詞學史上的南北宋之爭，在民國時期又一次達到了高潮，有尊南者，有尚北者，亦有不分軒輊者，精義紛呈。南北宋之爭的論題又與新派、舊派基本立場的分歧對立相聯繫，一般來說，新派多持尚北貶南的觀點。史著類中清代詞史亦值得關注，詞學研究者開始總結清詞的流變和得失，清詞中興之說已經發佈，進而加以討論，影響深遠直至今日。文獻類著作主要是指一些詞人小傳、評傳之類，著者廣泛搜集歷代詞人的文獻資料，加以剪裁編排，清晰眉目，為進一步的研究打下基礎。

『民國詞學史著集成』有兩點應予說明：其一，收錄了一些中國文學史類著作中的詞學史部分。民國時期的中國文學史著作主要有兩種結構方式：一種是以時代為經，文體為緯，此種寫法的文學史，詞史內容分散於各個時代和時期。另一種則是以文體為綱，注重文體的發展演變，如鄭賓於的《中國文學流變史》的下冊單獨成冊，題名《詞（新體詩）的歷史》，篇幅近五百頁，可以說是一部獨立的詞史；又如鄭振鐸的《中國文學史》（中世卷第三篇上），單獨刊行，從名稱上看是唐五代兩宋斷代文學史，其實是一部獨立的唐宋詞史。

『民國詞學史著集成』視這樣的文學史著作中的詞史部分，為特殊的詞史予以收錄。其二，『民國詞學史著集成』收入五部詞曲合論的史著，著者將詞曲同源作為立論的基礎，合而論之，本套叢書亦整體收錄。至於詩詞合論的史著，援例亦應收入，如劉麟生的《中國詩詞概論》等，因該著已收入南開大學出版社出版的『民國詩歌史著集成』，故『民國詞學史著集成』不再收錄。

『民國詞學史著集成』收錄的詞學史著，大體依照以下方式編排：參照發表時間、內容分類、著者以及著述方式等各種因素，分別編輯成冊。每種著作之前均有簡明的提要，介紹著者、論著內容及版本情況。

在『民國詞學史著集成』中，許多著作在詞學史上影響甚大，如吳梅的《詞學通論》等，多次重印、再版，已經成為詞學研究的經典；也有一些塵封多年，本套叢書加以發掘披露，如孫人和的《詞學通論》等。這些文獻的影印出版，對詞學研究具有重要的參考價值。近些年，民國詞學研究趨熱，期待『民國詞學史著集成』能夠為學界提供使用文獻資料的方便，從而進一步推動民國詞學的研究。

孫克強　和希林

2016年10月

總目

第一卷

第二卷

第三卷

第四卷

第五卷

第六卷

第七卷

第八卷

第九卷

第十卷

第十四卷

第十五卷

第十六卷

本卷目録

謝無量《詞學指南》

謝無量(1884–1964),名大澄,字仲清,又名蒙、希範,别號嗇庵,四川樂至人。1901年考入上海南洋公學(上海交通大學前身)特科班學習。1903年東渡日本學習。1904年回國,任蕪湖安徽公學教授,存古學堂監督(校長),兼授詞章一科,繼在四川高等學堂講授國文和外史。後任廣州大學教授,孫中山大元帥府大本營秘書長。1926年之後歷任東南大學(中央大學前身)歷史系主任、中國公學教授。1930年任國民政府監察院委員。1942年後歷任四川大學中文系主任、四川大學夜校文學院院長、南林學院特約教授、中國公學文學院院長。新中國成立後,歷任四川省博物館館長、四川文史館研究員等職。1960年起任中央文史研究館館長。著有《中國文學史》《中國哲學史》《中國婦女史》《平民文學之兩大文豪》《楚辭新論》《古代政治思想》《詩經研究注釋》《佛教东來對中國文學之影響》《再論李義山》《中文拼音方案讀後》及有關詩詞的專著等數十種。

《詞學指南》全書共分兩個部分,第一部分介紹詞的淵源及體制、作詞法、古今詞家略評、詞韻等內容;第二部分分小令、中調、長調三部分來分别講解填詞的使用格式。《詞學指南》於民國七年(1918)中華書局初版,1927年再次印刷,1935年收入該社《初中學生文庫》叢書。2011年人民大學出版社出版《謝無量文集》,該書收入文集第七卷。本書據中華書局初版影印。

梓潼謝无量著

詞學指南

上海中華書局印行

詞學指南序

美文淩夷風雅道衰詩雖爲碩果之遺而後生小子稍諳音韻便解諷吟其流猶可相衍不絕至於詞則屈指海內不過數人直如景星卿雲之不可復見無他詞之難學甚於詩也安壽謝無量先生有鑒於是因於詩學指南之外更輯詞學指南一書集名人之議論(所采古今詞話不少)樹詞學之標準既辨萬氏之誤又補舒氏之署其於誠齋五要之說世文二體之旨復有以發明而張王之金針之度何難非易行見紙貴風行有興滅繼絕之功焉豈不偉歟

民國七年十月吳興皞皞子序

詞學指南目次

詞學指南

梓潼謝无量編

第一章　詞學通論

第一節　詞之淵源及體製

詞者。蓋樂府之變。昔人以李白淸平調菩薩蠻等爲詞之祖。其實六朝樂府。多爲長短句。往往有類詞者。梁武帝江南弄云。衆花雜色滿上林。舒芳曜彩垂輕陰。連手躞蹀舞春心。舞春心。臨歲腴中人望。獨踟躕。此絕妙好詞。已在淸平調菩薩蠻之先矣。又沈約六憶詩其三云。憶眠時。人眠獨未眠。解羅不待勸。就枕更須牽。復恐旁人見。嬌羞在燭前。亦詞之濫觴也。更推而上之。屈子離騷。亦名辭。漢武秋風亦名辭。詞者。詩之餘也。以詩經證之。則詞又有合于詩。殷靁之詩曰。殷其靁。在南山之陽。此三五言調也。魚麗之詩曰。魚麗于罶。鱨鯊。此二四言調也。還之詩曰。遭我乎猱之閒兮。竝驅從兩肩兮。此六七言調也。江汜之詩曰。不我以。不我以。此疊句調也。東山之詩曰。我來自東。零雨其濛。鸛鳴於垤。婦歎於室。此換韻調也。行露之詩曰。厭浥行露。其二章曰。誰謂雀無角。此換頭調也。凡此煩促相宣。短長互用。以啓後人協律之原。然則詞之名肇自漢世。其體具于齊梁。按其音調。又遠自三百篇也。

隋煬帝侯夫人有看梅曲。今以爲一點春調。凡二十四字。其詞曰。砌雪消無日。捲簾時自顰。庭梅對我有憐意。先露枝頭一點春。侯夫人此曲共二首。今錄其一首于此。

黃叔暘花菴詞選。謂李太白菩薩蠻憶秦娥二闋。爲百代詞曲之祖。顧起綸曰。唐人作長短句。乃古樂府之濫觴也。李太白首倡憶秦娥。悽惋流麗。頗臻其妙。世傳太白所作。尚有桂殿秋清平樂等。亦有以太白時尚無詞體。是後人依託者。或以菩薩蠻爲溫飛卿作。然湘山野錄謂魏泰輔得古風集于曾子宣家。正以菩薩蠻是太白作。則流傳亦已久矣。今錄此二篇于下。

菩薩蠻　閨情　　　李白

平林漠漠煙如織。寒山一帶傷心碧。暝色入高樓。有人樓上愁。玉階空佇立。宿鳥歸飛急。何處是歸程。長亭更短亭。

憶秦娥　秋思　　李白

簫聲咽。秦娥夢斷秦樓月。秦樓月。年年柳色。灞陵傷別。　樂游原上清秋節。咸陽古道音塵絕。音塵絕。西風殘照。漢家陵闕。

唐人張志和自稱煙波釣徒。常作漁歌子一詞。極能道漁家之事。詞云。西塞山前白鷺飛。桃花流水鱖魚肥。青箬笠。綠蓑衣。斜風細雨不須歸。今樂章一名漁父。即此調也。

李易安詞論云。樂府聲詩並著。最盛於唐。開元天寶間。有李八郎者。能歌擅天下。時新及第進士開宴曲江。榜中一名士先召李。易服隱姓名。衣冠故敝。精神慘沮。與同之宴所。曰。表弟願與坐末。衆皆不顧。既酒行。樂作。歌者進。時曹元謙念奴嬌爲冠。歌罷。衆皆咨嗟稱賞。名士忽指李曰。請表弟歌。衆皆哂。或有怒者。及轉喉發聲。歌一曲。衆皆泣下。羅拜曰。此李八郎也。自後鄭衛之聲日熾。流靡之變日繁。亦有菩薩蠻、春光好、莎雞子、更漏子、浣溪沙、夢江南、漁父等詞。不可遍也。

苕溪漁隱曰。唐初歌詞。多是五言詩或七言詩。初無長短句。自中葉以後至五代。漸變成長短句。及本朝則盡爲此體。今所存者。止瑞鷓鴣小秦王二闋。是七言八句詩并七言絕句詩而已。瑞鷓鴣猶依字可歌。若小秦王必須雜以虛聲。乃可歌耳。其詞曰。碧山影裏小紅旗。儂是江南踏浪兒。拍手欲嘲山簡醉。齊聲爭唱浪婆詞。西興渡口帆初落。漁浦山頭日未欹。儂送潮回歌底曲。樽前還唱使君詩。此瑞鷓鴣也。濟南春好雪初晴。行到龍山馬足輕。使君莫忘霅溪女。時作陽關腸斷聲。此小秦王也。皆東坡所作。詞之起原。說者每不同。故略舉一二異說如此。

俞仲茅爰園詞話曰。晚唐五代小令塡詞。用韻多詭譎不成文者。聊爲之可耳。不足多法。尊前集載唐莊宗歌頭一首。爲字一百三十六。此長調之祖。然不能佳。今錄如下。

歌頭　唐莊宗

賞芳春。暖風飄箔。鶯啼綠樹。輕煙籠晚。閣杏桃紅。開繁萼。靈和殿禁柳千行斜金絲絡。夏雲多。奇峭。知創。紈扇動微涼。輕綃溽。梅雨霽。殘雲斷。臨水檻。永日逃繁暑。泛觥酌。　露華濃。冷高梧凋萬葉。一霎晚風。蟬聲新雨歇。惜惜此光陰。如流水。東籬菊殘時。嘆蕭索。繁陰積。歲時暮。景難留。不覺朱顏失却。好容光。且且須呼賓友。西園長宵。宴雲謠。歌皓齒。且行樂。萬氏詞律亦載此篇註云後半叶韻甚少必有訛處不敢擅註句逗即前半亦未必確然原註大石調姑存其體以爲餼羊而已杜文瀾曰冷高梧凋萬葉句葉字及蟬聲新雨歇句歇字疑換韻自爲叶此調不足爲法以是長調之祖錄之

詞苑叢談曰。六州歌頭。本鼓吹曲也。音調悲壯。又以古興亡事實之。聞之使人慷慨。良不與豔詞同科。誠可喜也。六州得名。蓋唐人西邊之州。伊州、梁州、石州、甘州、渭州、氐州也。宋人大祀大卹。皆用此調。明朝大卹。則用應天長云。伊涼等曲。亦詞之原。

昔人爲詞。大半據張南湖詩餘圖譜。及程明善嘯餘譜。清初乃有萬樹詞律。三書均不能無誤者。鄒程村詞衷曰。今人作詩餘。多據張南湖詩餘圖譜。及程明善嘯餘譜二書。南湖譜平仄差核。而用黑白及半黑半白圈以分別之。不無魚豕之訛。

且載調太略。如粉蝶兒與惜奴嬌本係兩體。但字數稍同。及起句相似。遂誤爲一體。恐亦未安。至嘯餘譜則舛誤益甚。如念奴嬌之與無俗念。百字謠。大江乘。賀新郎之與金縷曲。金人捧露盤之與上西平。本一體也。而分載數體。燕臺春之卽燕春臺。大江乘之卽大江東。秋霽之卽春霽。棘影之卽疎影。本無異名也。而誤仍訛字。或列數體。或逸本名。甚至錯亂句讀。增減字數。而强綴標目。妄分韻脚。又如千年調。六州歌頭。陽關引。帝臺春之類。句數率皆淆亂。成譜如是。學者奉爲金科玉律。何以迄無駁正者耶。按萬氏詞律。較晚出於嘯餘譜等書。已多所糾正。然其中句讀。仍有時舛誤。要其大體。勝前二書矣。蓋爲卷二十。爲調六百六十。爲體一千一百八十有奇。亦云備矣。

詞衷又曰。俞少卿云。郎仁寶謂塡詞名同而文有多寡。音有平仄各異者甚多。悉無書可證。然三人占則從二人。取多者證之可矣。所引康伯可之應天長。葉少蘊之念奴嬌。俱有兩首。不獨文稍異。而多寡懸殊。則傳流抄錄之誤也。樂章集中尤多。其他往往平仄稍異者亦多。吾向謂間亦有可移者。此類是也。又云有二句合作一句。一句分作兩句者。字數不差。妙在歌者上下縱横所協。此自確論。予瞻塡長調多用此法。他人卽不爾。至于花閒集同一調名。而人各一體。如荷葉杯訴衷情之類。至河傳酒泉子等尤甚。當時何不另創一名耶。殊不可曉。愚按此等處近譜俱無定例。作詞者既用其體。卽於本題註明亦可。

兪少卿云。花閒集內三十二調。草堂諸本所無。尊前集僅當花閒三之一。而草堂所無者二十八調。內八調與花閒同。餘又皆花閒所無。有喜遷鶯、應天長、三臺。名與草堂同而詞絕不同。又有調同而名異者。憶仙姿卽如夢令羅敷豔歌卽醜奴兒令又有調同而微不同者。瀟湘神赤棗子之於搗練子一斛珠之於醉落魄餘叵殫述。大抵一調之始。隨人遺詞命名。初無定準。致有紛拏。至花草粹篇。異體怪目。渺不可極。或一調而名多至十數。殊厭披覽。後世有述。則吾不知。愚按此類宋詞極多。張宗瑞詞一卷。悉易新名。近來名人亦間效此。余選悉從舊名。而詳爲考註。庶使觀者披卷曉然耳。又曰。阮亭常云、詞選須從舊名。如本草誌藥。一種數名。必好稱新目。無裨方理。徒惑觀聽。愚謂好用舊譜之改稱者。如本草中之別名也。又有自立新名。按其詞則枵然無有者。如清異錄中藥名好奇妄撰者也。然間有古名無謂而偶易佳名者。如用修易六醜爲個儂。阮亭易秋思耗爲疊屏秋色。但就本詞稱之。不妨小作狡獪。

又曰。詞有一體而數名者。亦有數體而一名者。詮敘字數不無次第參錯。其一二字之間。在於作者研詳綜變。譜中譜外。多取唐宋人本詞較合。便得指南。張世文、謝天瑞、徐伯曾、程明善等。前後增損。繁簡俱未盡善。沈天羽謂花間無定體。不必派入體中。但就河傳、酒泉子諸調言耳。要非定論。前人著令。後人爲律。必謂花間無定體。草堂始有定體。則作小令者。何不短長任意耶。

又曰。詞之歌調既已失傳。而後人製調創名者。亦復不乏。如用修之落燈風、款殘紅。元美之小諸皐。怨朱絃。緯眞之水慢聲。裂石青江。仲茅之美人歸。仲醇之闌干拍。以及支機集之琅天樂、天台宴等類。不識比之樂章大聲諸集。輒叶律與否。文人偶一爲之可也。

又曰。宋人諸體亦有不可驟解者。如蘇長公之皂羅特髻。（中調）連用七采菱拾翠字。程書舟之四代好。（長調）連用八好字。劉龍洲之四犯翦梅花。（長調）中犯解連環、醉蓬萊。

二段。雪獅兒等體。又如柳屯田樂章集中。如傾杯塞孤霜天曉角諸調。俱不分換頭。凡此等類。未易縷析。龍洲之四犯。想即如南北曲之有二犯三犯耶。或後人所增。如劉燁之嫁名歐陽。未可知也。

又曰。調名原起之說。起於楊用修及都元敬。而沈天羽掩楊論爲己說。如蝶戀花、取梁元帝翻堦蛺蝶戀花情。滿庭芳、取吳融滿庭芳草易黃昏。點絳脣、取江淹白雪凝瓊貌。明珠點絳脣。鷓鴣天、取鄭嵎春遊雞鹿塞。家在鷓鴣天。惜餘春、取太白賦語。浣溪紗、取杜陵詩意。青玉案、取四愁詩語。踏莎行、取韓翃詩踏莎行草過青溪。西江月、取衛萬詩只今惟有西江月。菩薩蠻、西域婦髻也。蘇幕遮、高昌女子所戴油帽西域婦帽也。尉遲杯。尉遲敬德飲酒必用大杯也。蘭陵王、每入陣必先歌其勇也。生查子、古槎字。張騫乘槎事也。瀟湘逢故人、柳渾詩句也。此升菴詞品也。即沈天羽所載疏名

又如滿庭芳、取柳柳州滿庭芳草積。玉樓春、取白樂天詩玉樓宴罷醉和春。丁香結、取古詩丁香結恨新。霜葉飛、取杜詩清霜洞庭葉。故欲別時飛。清都宴、取沈隱侯朝上閶闔宮。夜宴清都闕。又云。風流子出文選。劉良文選註曰。風流、言其風美

之聲。流於天下。子者男子之通稱也。荔枝香出唐書。貴妃生日命小部奏新曲。未有名。適進荔枝。至因名荔枝香。解語花、出天寶遺事。亦明皇稱貴妃語。解連環、出莊子連環可解也、華胥引出列子黃帝晝寢夢遊華胥之國。如塞垣春。塞垣二字出後漢書鮮卑傳。玉燭新玉燭二字出爾雅。此元敬南濠詩話也。卓珂月又云。多麗張均妓名善琵琶者也。念奴嬌唐明皇宮人念奴也。愚按宋人詞調不下千餘。新度者卽本詞取句命名。餘俱按譜塡綴。若一一推鑿。何能盡符原指。安知昔人最始命名者。其原詞不已失傳乎。且僻調甚多。安能一一傳會載籍。自命稽古學者。寧失闕疑。毋使後人徒資彈射可耳。

又曰。胡元瑞筆叢。駁用修處最多。其辨詞調。尤極覼縷。如辨詞名之本詩者。點絳脣。靑玉案等。楊說或協。餘俱偶合。未必盡自詩中。滿庭芳草易黃昏。唐人本形容淒寂。詞名滿庭芳。豈應出此。生查子。謂查卽古槎字。合之博望。意義不通。菩薩蠻謂蠻國之人。危髻金冠。瓔珞被體。故名。非專指婦髻也。蘭陵王入陣曲見北齊史。尉遲大杯。正史無考。乃誤認元人雜劇。鷓鴣天。謂本鄭嵎詩。則雞鹿塞。當入何調。

一〇

曲中有黃鶯兒、水底魚、鬬鵪鶉、混江龍等。又本何調耶。元瑞此論。可謂詞品董狐矣。愚按用修、元敬、俱號綜博。而過於求新作奸。遂多璅漏。如一滿庭芳。而用修謂本吳融。元敬謂本柳州。果何所原起歟。風流子二字一解。尤爲可笑。詞中如贊浦子、竹馬子之類極多。亦男子通稱耶。則兒字又屬何解。荔枝香、解語花、與安公子等類相近。似乎可据。若連環、華胥、本之莊列。塞垣、玉燭、本之後漢書、爾雅。遙遙華冑。探河宿海。毋乃大遠。此俱穿鑿附會之過也。然元瑞考據精詳。而於詞理未盡研涉。毛稚黃詩辨坻駁胡元瑞云。詞人以所長入詩。其七言律非平韻玉樓春。則襯字鷓鴣天。而玉樓春無平韻者。鷓鴣天無襯字者。是不知有瑞鷓鴣。而以臆說附會也。此數調本在眉睫。而持論或誤。信乎博而且精之爲難矣。

又曰。辭品云。唐詞多緣題所賦。臨江仙則言水仙。女冠子則述道情。河瀆神則緣祠廟。巫山一段雲則狀巫峽。醉公子則咏公子醉也。胡元瑞藝林學山云。諸詞所咏。固卽詞名。然詞家亦間如此。不盡泥也。菩薩蠻稱唐世諸調之祖。昔人著作最衆。乃無一曲與詞名相合。餘可類推。猶樂府然。題卽詞。曲之名也。聲調卽詞曲音節也。宋人塡詞絕唱。如流水孤村。曉風殘月等篇。皆與調名了不關涉。而王晉卿人月圓。謝無逸漁家傲。殊碌碌無聞。則樂府所重在調。不在題明矣。愚按此論楊固大泥。胡亦未盡通方也。大率古人由詞而製調。故命名多屬本意。後人因調而塡詞。故賦寄率離原詞。曰塡曰寄。通用可知。宋人如黃鶯兒之詠鶯。迎新春之咏春。月下笛之詠笛。暗香疏影之詠梅。粉蝶兒之詠蝶。如此之類。其傳者不勝屈指。然工拙之故。原不在是。近人偶爾引用。巧不累雅。若藉是名工。所謂竇中窺日。未見全照耳。

又曰。沈天羽云。詞名多本樂府。然去樂府遠矣。南北劇名。又本塡詞。然去塡詞更遠。按南北劇與塡詞同者。靑杏兒中調即北劇小石調。憶王孫小令即北劇仙呂調。小令之搗練子、生査子、點絳脣、霜天曉角、卜算子、謁金門、憶秦娥、海棠春、秋蘂香、燕歸梁、浪淘沙、鷓鴣天、虞美人、步蟾宮、鵲橋仙、夜行船、梅花引。中調之唐多令、一翦梅、破陣子、行香子、靑玉案、天仙子、傳言玉女、風入松、剔銀燈、祝英臺近、滿路花、繫芳春、意難忘。長調之滿江紅、尾犯、滿庭芳、燭影搖紅、絳都春、念奴嬌、高陽臺、喜遷

一三

鶯、東風第一枝、眞珠簾、齊天樂、二郎神、花心動、寶鼎現。皆南劇之引子。小令之柳梢青、賀聖朝。中調之醉春風、紅林檎近、薦山溪。長調之聲聲慢、八聲甘州、桂枝香、永遇樂、解連環、沁園春、賀新郎、集賢賓、哨遍。皆南劇慢詞。外此鮮有相同者。更有南北曲與詩餘同名而調實不同者。又不能盡數。胡元瑞云宋人黃鶯兒、桂枝香、二郎神、高陽臺、好事近、醉花陰、八聲甘州之類。與元人毫無相似。若菩薩蠻、西江月、鷓鴣天、一翦梅。元人雖用。悉不可按腔矣。愚按此等九宮譜中悉載。然有全體俱似者。又有不用換頭者。至詞曲之界。本有畦畛。不得謂調同而詞意悉同。竟至儒墨無辨也。

又曰。小調換頭。長調多不換頭。閒如小梅花江南春諸調。凡換韻者。多非正體。不足取法。

又曰。詞有隱括體。有迴文體。迴文之就句迴者。自東坡晦菴始也。其通體迴者。自義仍始也。近來公甗文友。有一首迴作兩調者。文人慧筆。曲生狡獪。此中故有三昧。匪徒乞靈竇家餘巧也。

又曰。詞之紇那曲長相思。五言絶句也。俱載曾前集中柳枝、竹枝、清平調、引小秦王、陽關曲、八拍蠻、浪淘沙、七言絶句也。阿那曲、雞叫子。仄韻七言絶句也。花間集多收諸體瑞鷓鴣、七言律詩也。載草堂集中款殘紅、五言古詩也。楊用修體體裁易混。徵選實繁。故當稍別之。以存詩詞之辨。

王阮亭曰。近日雲間作者論詞有云。五季猶有唐風。入宋便開元曲。故耑意小令。冀復古音。屏去宋調。庶防流失。僕謂此論雖高。殊屬孟浪。廢宋詞而宗唐。廢唐詩而宗漢魏。廢唐宋大家之文而宗秦漢。然則古今文章。一畫足矣。不必三墳八索至六經三史。不幾贅疣乎。又云。或問詩詞曲分界。予曰。無可奈何花落去。似曾相識燕飛來。定非香匳詩。良辰美景奈何天。賞心樂事誰家院。定非草堂詞也。

詞苑叢談曰。詞有定名。卽有定格。其字數多寡。平仄韻脚。較然中有參差不同者。一曰襯字。文義偶不聯暢。用一二字襯之。密按其音節虛實間。正文自在。如南北劇這字、那字、正字、個字、却字之類。從來詞本卽無分別。不可不知。一曰宮調。所謂黃鍾宮。仙呂宮。無射宮。中呂宮。正宮。仙呂調。歇指調。高平調。大石調。小石調。正平調越調商調也。詞有同名而所入之宮調異，字數多寡亦因之異者。如北劇黃鍾水仙子與雙調水仙子異，南劇越調過曲小桃紅與正宮過曲小桃紅異之類。一曰體製。唐人長短句皆小令耳。後演爲中調，爲長調。一名而有小令，復有中調，有長調。或系之以犯，以近，以慢別之。如南北劇名犯，名賺，名破之類。又有字數多寡同而所入之宮調異，名亦因之異者。如玉樓春與木蘭花同，而以木蘭花歌之，即入大石調之類。又有名異而字數多寡則同，如蝶戀花一名鳳棲梧鵲橋枝，如念奴嬌一名百字令酹江月大江東去之類。不能殫述矣。

王西樵曰。菩薩蠻迴文有二體。有首尾迴環者。如邱瓊山秋思，湯臨川織錦是也。有逐句轉換者。如蘇子瞻閨思，王元美別思是也。然逐句難於通首。近時惟丁藥園擅此體。今錄其一篇云。下簾低喚郞知也。也知郞喚低簾下。來到莫疑猜。猜疑莫到來。道儂隨處好。好處隨儂道。書寄待何如。如何待寄書。

尤悔菴曰。詞名斷宜從舊。其更名者，乃摘前人詞中句爲之。如東坡念奴嬌赤壁詞首云。大江東去。末云。一杯還酹江月。今人竟改念奴嬌爲大江東去，又名酹江月。又名赤壁詞。如此則有一詞卽有一詞名。千百不能盡矣。後人訛大江東爲大江乘。更可笑。舉一以例其餘。

宋陳亞性滑稽。常用藥名作閨情生查子三首。其一曰。相思(相思子)意己深。(薏苡)白紙(白芷)書難足。字字苦參商。(苦參)故要檀郎讀。(狼毒)分明記得約當歸。(當歸)遠至(遠志)櫻桃熟。何事菊花時。猶未回鄉曲。(茴香)其二曰。小院雨餘涼。(禹餘糧)石竹風生砌。罷扇儘從容。(蓯蓉)半下(半夏)紗幮睡。起來閒坐北亭中。(柏葶)滴盡珍珠淚。爲念壻辛勤。(細辛)去折蟾宮桂。其三曰。浪蕩去來來。躑躅花頻換。可惜石榴裙。蘭麝香將半。琵琶閒後理相思。必撥(蓽茇)朱絃斷。擬續斷朱絃。(續斷)待這冤家面。(代赭)此等詞畢竟不雅。韓文公遣興詩。斷送一生惟有酒。又贈鄭兵曹詩。破除萬事無過酒。山谷各去其一字。作勸酒詞云。斷送一生惟有。破除萬事無過。遠山橫黛蘸秋波。不飲傍人笑我。花病等閒瘦弱。春愁沒處遮攔。杯行到手莫留殘。不道月斜人散。王阮亭曰。黃魯直竟作歇後鄭五何哉。

第二節　作詞法

楊誠齋曰、作詞有五要、第一要擇腔、腔不韻則勿作、如塞翁吟之衰颯、帝臺春之不順。隔浦蓮之奇煞。鬭百花之無味。是也。第二要擇律。律不應則不美。如十一月須用正宮。元宵詞必用仙呂宮。爲相宜也。第三要句韻。按譜自古作詞。能依句者少。依譜用字者百無一二。若歌韻不協。奚取哉。或謂善歌者能融化其字。則無疵。殊不知製作轉折。用或不當。則失律。正旁偏側。凌犯他宮。非復本調矣。第四要推律押韻。如越調水龍吟。商調二郎神。皆用平入聲韻。古調俱押去聲。所以轉折乖異。苟或不詳。則乖音昧律者。反加稱賞。是解頤而啟齒也。第五要立新意。若用前人詩詞句爲之。此蹈襲無足奇也。須作不經人道語。或翻前人意。始能驚人。若祇鍊字句。纔讀一過。便無精神。不可不知也。

張玉田曰。塡詞先審題。因題擇調名。次命意。次選韻。次措詞。其起結須先有成局。然後下筆。最是過變。勿斷了曲意。要結上起下爲妙。又曰。詞中句法。貴平妥精粹。一曲之中。安能句句高妙。只要襯副得去。於好發揮處。勿輕放過。自然使人讀之擊節。又曰。句法中有字面生硬。字切勿用。必深加鍛鍊。字字推敲。響亮歌之妥溜方爲本色語。方回夢窗精於鍊字者。多從李長吉溫庭筠詩中取法來。故字面亦詞中起眼處。不可不留意也。又曰詞要清空勿質實。清空則古雅峭拔。質實則凝澁晦昧。姜白石如野雲孤飛去留無迹。吳夢窗如七寶樓臺。眩人眼目。折碎下來。不成片段。此爲清空質實之說。又曰詞中用事要融化不澁。如東坡永遇樂云燕子樓空。佳人何在。空鎖樓中燕。用張建封事。白石疏影云猶記深宮舊事。那人正睡裏。飛近蛾綠。用壽陽事。又云昭君不慣胡沙遠。但暗憶江南江北。想環珮月下歸來。化作此花幽獨。用少陵詩。皆用事而不爲所使。又曰詩難詠物。詞爲尤難。體認稍眞則拘而不暢。摹寫差遠則晦而不明。須收縱聯密。用事合題。如邦卿東風第一枝詠雪。雙雙燕詠燕。白石齊天樂賦促織。全章精粹。瞭然在目。而不留滯於物者也。詞之難於小令。如詩之難於絕句。蓋十數句間。要無閒句。字要有閒意趣。末又要有有餘不盡之意。又曰語句太寬則容易。太工則苦澁。故對偶處却須極工。字眼不得輕泛。正如詩眼一例。若八字既工。下句便須少寬。約莫太寬。又須工緻。方爲精粹。

楊升菴曰。玉田清空二字。詞家三昧盡矣。學者必在心傳耳傳。以心會意。有悟入處。又須跳出窠臼。時標新意。自成一家。若屋下架屋。則爲人之臣僕。又曰。塡詞平仄及斷句。皆有定數。而詞人語意所到。時有參差。如秦少游水龍吟前段歇拍句云。紅成陣飛鴛甃。換頭落句云。念多情但有當時皓月照人依舊。以詞意言。當時皓月作一句。照人依舊作一句。以詞調拍眼。但有當時作一拍。皓月照作一拍。人依舊作一拍。爲是也。又如水龍吟首句本是六字。第二句本是七字。陸放翁此調首句云。摩訶池上追遊路。則七字。下云。紅綠參差春晚。却是六字。又如瑞鶴仙冰輪桂花滿溢。爲句。以滿字叶。而以溢字帶在下句。別如二句分作三句。三句合作二句者尤多。然句法雖不同。而字數不多少。妙在歌者上下縱橫取協爾。

徐天池曰。作詞對句好易得。起句好難得。收拾全藉出場。凡觀詞當先辨古今體製雅俗。脫盡宿生塵腐氣者。方取咀味。

陳眉公曰。製詞貴於布置停勻。氣脈貫串。其過疊處。尤當如常山之蛇。顧首顧尾。

徐伯魯曰。自樂府亡而聲律乖。謫仙始作清平調憶秦娥菩薩蠻諸詞。時因效之。

厥後行衛尉少卿趙崇祚輯爲花間集凡五百闋此近代倚聲塡詞之祖也放翁云詩至晚唐五季氣格卑陋千人一律而長短句獨精巧高麗後世莫及此事之不可曉者蓋傷之也然詩餘謂之塡詞則調有定格字有定數韻有定聲至於句之長短雖可損益然亦不當率意爲之譬諸醫家加減古方不過因其大局而稍更之一或太過則失製方之本意矣

俞仲茅曰詞全以調爲主調全以字之音爲主音有平仄多必不可移者間有可移者仄有上去入多可移者間有必不可移者倘必不可移者任意出入則歌時有棘喉澁舌之病故宋時一調作者多至數十人如出一吻今人既不解歌而詞家染指不過小令中調尚多以律詩手爲之不知孰爲音孰爲調何怪乎詞之亡已又曰遇事命意意忌庸忌陋忌襲立意命句句忌腐忌澁忌晦意卓矣而束之以音屈意以就音而意能自達者鮮句奇矣而攝之以調屈句以就調而句能自振者鮮此詞之所以難也又曰小令佳者最爲警策令人動褰裳涉足之想第好語往往前人說盡當何處生活長調尤爲亹亹染指較難蓋意窘於侈字貧於複

二〇

氣竭於鼓鮮不納敗比於兵法知難可焉

劉體仁詞繹曰詞起結最難而結尤難於起蓋不欲轉入別調也呼翠袖爲君舞倩盈盈翠袖揾英雄淚正是一法然又須結得有不愁明月盡自有夜珠來之妙乃得又曰稼軒杯汝來前毛穎傳也誰共我醉明月恨賦也皆非詞家本色又曰夜闌更秉燭相對如夢寐叔原則云今宵剩把銀釭照猶恐相逢是夢中此詩與詞之分疆也又曰中調長調轉換處不欲全脫不欲明粘如畫家開合之法須一氣呵成則神味自足以有意求之不得也又曰長調最難工蕪累與癡重同忌襯字不可少又忌淺熟又曰詞中對句正是難處莫認作襯句至五言對句七言對句使觀者不作對疑尤妙

沈去矜曰承詩啟曲者詞也上不可似詩下不可似曲然詩曲又俱可入詞貴人自運又曰詞不在大小淺深貴於移情曉風殘月大江東去體製雖殊讀之皆若身歷其境惝怳迷離不能自主文之至也又曰小調要言短意長忌尖弱中調要骨肉停勻忌平板長調要操縱自如忌粗率能於豪爽中著一二精緻語綿婉中

著一二激厲語尤見錯綜又曰白描不可近俗修飾不得太文生香真色在離卽之間不特難知亦難言又曰僻詞作者少宜渾脫乃近自然常調作者多宜生新斯能振動又曰塡詞結句或以動蕩見奇或以迷離稱雋著一實語敗矣康伯可正是銷魂時候也撩亂花飛晏叔原紫騮認得舊遊蹤嘶過畫橋東畔路秦少游放花無語對斜暉此恨誰知深得此法又曰詞要不亢不卑不觸不悖驀然而來悠然而逝立意貴新設色貴雅構局貴變言情貴含蓄如驕馬弄銜而欲行粲女窺簾而未出得之矣

賀黃公詞筌曰詞家多翻詩意入詞雖名流不免吾嘗愛李後主一斛珠末句云繡牀斜凭嬌無那爛嚼紅絨笑向檀郎唾楊孟載春繡絕句云閒情正在停針處笑嚼紅絨唾碧窗此却翻詞入詩又曰詞雖以險麗爲工實不及本色語之妙如李易安眼波纔動被人猜蕭淑蘭去也不教知怕人留戀伊魏夫人爲報歸期須及早休誤妾一春閒孫光憲留不得留得也應無益嚴次山一春不忍上高樓爲怕見分攜處觀此種句覺紅杏枝頭春意鬧尚書安排一箇字費許大氣力又曰

寫景之工者。如尹鶚盡日醉尋春。歸來月滿身。李重光酒惡時拈花蕊嗅。李易安獨抱濃愁無好夢。夜闌猶翦燈花弄。劉潛夫貪與蕭郎眉語。不知舞錯伊州。皆入神之句。又曰。小詞以含蓄為佳。亦有作決絕語而妙者。如韋莊誰家年少足風流。妾擬將身嫁與。一生休。縱被無情棄。不能羞之類是也。牛嶠須作一生拌。盡君今日歡。抑亦其次。柳耆卿衣帶漸寬終不悔。為伊消得人憔悴。亦即韋意。而氣加婉矣。又曰。凡寫迷離之況者。止須述景。如小窗斜日到芭蕉。半牀斜月疏鐘後。不言愁而愁自見。因思韓致光空樓雁一聲。遠屏燈半滅。已足色悲涼。何必又贅眉山正愁絕耶。覺首篇時復見殘燈。和煙墜金穗。如此結句。更自含情無限。又曰。詞之最醜者。為酸腐。為怪誕。為麤莽。以險麗為貴矣。又須泯其鏤刻痕乃佳。又曰。作險韻者。以妥為貴。如史梅溪一斛珠用愜躡疊接等韻。詎甚生新。却無一字不妥。又曰。韓幹畫馬。而身作馬形。凝思之極。理或然也。作詩文亦必如此始工。如史邦卿詠燕。幾於形神俱似。姜白石詠蟋蟀。蟋蟀無可言。而言聽蟋蟀者。正姚鉉所謂賦水不當僅言水。當言水之前後左右。又如張功甫月洗高梧一闋。不惟曼聲勝其高調形容處亦心細如髮。皆姜詞之所未發。嘗觀姜論史詞不稱其軟語商量。而賞其柳昏花暝。固知不免項羽學兵法之恨。又曰長調最忌演湊。如蘇養直獻鏝半掩。前半皆景語。至漸迤邐更催銀箭以下。則觸景生情。緣情布景。節節轉換。穠麗周密。譬之織錦家。眞竇氏回文梭矣。

毛稚黃曰。詞家刻意俊語濃色。此三者皆作神明。然須有淺淡處平處。忽著一二乃佳。如美成秋思平敘景物已足。乃出醉頭扶起寒怯。便動人工妙。又曰前半泛寫。後半專敘盛宋詞人多此法。如子瞻賀新涼後段只說榴花。卜算子後段只說鳴雁。周清眞寒食詞後段只說邂逅。乃更覺意長。又曰藝苑卮言云塡詞小技。尤爲謹嚴。夫詞宜可自放。而元美乃云謹嚴。知詞故難作。作詞亦未易也。柴虎臣云指取溫柔。詞歸蘊藉。暱而閨幃。勿浸而巷曲。浸而巷曲。勿墮而郝鄙。又云語境則咸陽古道。汴水長流。語事則赤壁周郎。江州司馬。語景則岸草平沙。曉風殘月。語情則紅雨飛愁。黃花比瘦。可謂雅暢。又曰詞家意欲層深。語欲渾成。作詞者大抵意層深者語便刻畫。語渾成者意便膚淺。兩難兼也。或欲舉其似偶拈永叔詞云。

淚眼問花花不語。亂紅飛過鞦韆去。此可謂層深而渾成。何也。因花而有淚。此一層意也。因淚而問花。此一層意也。花竟不語。此一層意也。不但不語。且又亂落飛過鞦韆。此一層意也。人愈傷心。花愈惱人。語愈淺而意愈入。又絕無刻畫費力之迹。謂非層深而渾成耶。然作者初非措意。直如化工生物。筍未出而苞節已具。非寸寸爲之也。若先措意。便刻畫愈深。愈墮惡境矣。此等一經拈出後。便當掃去。又曰。塡詞長調。不下於詩之歌行。長篇歌行。猶可使氣。長調使氣。便非本色。高手當以情致見佳。蓋歌行如駿馬驀坡。可以一往稱快。長調如嬌女步春。旁去扶持。獨行芳徑。徙倚而前。一步一態。一態一變。雖有强力健足。無所用之。又曰。宋人詞才若天縱之。詩才若天絀之。宋人作詞多綿婉。作詩便硬。作詞多蘊藉。作詩便露。作詞頗能用虛。作詩便實。作詞頗能盡變。作詩便板。又曰。沈伯時樂府指迷論塡詞咏物不宜說出題字。余謂此說雖是。然作啞謎亦可憎。須令在神情離卽間乃佳。如姜夔暗香詠梅云。算幾番照我。梅邊吹笛。豈害其佳。

卓珂月曰。昔人論詞曲。必以委曲爲體。雄肆其下乎。然晏同叔云。先君生平不作婦人語。夫委曲之弊。入於婦人。與雄肆之弊。入於村漢等耳。

顧宋梅曰。詞雖貴於情柔聲曼。然第宜於小令。若長調而亦喁喁細語。失之約矣。必慷慨淋漓。沈雄悲壯。乃爲合作。其不轉韻者。以調長恐勢散而氣不貫也。

彭駿孫曰。詞以自然爲宗。但自然不從追琢中來。便率易無味。如所云絢爛之極。乃造平淡耳。若使語意淡遠者。稍加刻畫。鏤金錯繡者。漸近天然。則爲絕唱矣。又曰。作詞必先選料。大約用古人之事。則取其新僻。而去其陳因。用古人之語。則取其清雋。而去其平實。用古人之字。則取其鮮麗。而去其淺俗。又曰。詞雖小道。然非多讀書。不能工。方虛谷之譏。戴石屏。楊用修之論曹元寵。古人且然。何況今日。

董文友曰。金粟謂近人詩餘。能作景語。不能作情語。僕則謂情語多。景語少。同是一病。但言情至色飛魂動時。乃能於無景中著景。此理亦近人未解。艾菴乃謂僕自道。試以質之阮亭。

鄒程村曰。朱承爵存餘堂詩話云。詩詞雖同一機杼。而詞家意象。與詩略有不同。句欲敏。字欲捷。長篇須曲折三致意。而氣自流貫。乃得此語。可爲作長調者法。蓋詞至長調。變已極矣。南宋諸家。凡偏師取勝者。莫不以此見長。而梅溪、白石、竹山、夢窗諸家。麗情密藻。盡態極妍。要其瑰琢處。無不有蛇灰蚓線之妙。則所謂一氣流貫也。又曰。小調換韻。長調多不換韻。間如小梅花江南春諸調。凡換韻者。多非正體。不足取法。又曰。咏古非惟著不得宋腐論。并著不得晚唐人翻案法。反復流連。別有寄託。

王阮亭曰。空得鬱金裙。酒痕和淚痕。舒亶語也。鍾退谷評閭丘曉詩。謂具此手段。方能殺王龍標。此等語乃出渠輩手。豈不可惜。僕每讀嚴分宜鈐山堂詩。至佳處輒作此嘆。又曰。平蕪盡處是春山。行人更在春山外。升菴以擬石曼卿水盡天不盡人在天盡頭。未免河漢。蓋意近而工拙懸殊。不啻霄壤。且此等入詞。爲本色。入詩卽失古雅。可與知者道耳。

俞少卿曰。張玉田謂詞不宜和韻。蓋詞語句參錯。復格以成韻。支分驅染。欲合得離。能如李長沙所謂善用韻者。雖和猶如自作。乃妙。近則香嚴諸集。半用宋韻。阮亭稱其與和杜諸作同爲天才不可學。其餘名手。多喜爲此。如和坡公楊花諸闋。

各出新意。篇篇可誦。但不可如方千里之和片玉。張杞之和花間。首首強叶。縱極肖。能如新豐雞犬盡得故處。乎。又曰咏物固不可不似。尤忌刻意太似。取形不如取神。用事不若用意。

張祖望曰。詞雖小道。第一要辨雅俗。結構天成。而中有艷語雋語奇語豪語苦語癡語沒要緊語。如巧匠運斤。毫無痕跡。方爲妙手。古詞中如秦娥夢斷秦樓月。小樓吹徹玉笙寒。香老春蕪。償盡迷樓花債。艷語也。對桐陰滿庭淸晝。任老却蘆花。秋風不管。只有夢來去。不怕江闌住。雋語也。試問琵琶。胡沙外怎生風色。河星瀲灩。春雲熱。月輪桂老。撐破珠胎。柳鎖鶯魂。奇語也。卷起千堆雪。任天河水瀉流乾銀汁。易水蕭蕭風冷。滿座衣冠如雪。豪語也。淚花落枕紅綿冷。黃昏却下瀟湘雨。楊柳梢頭能有春多少。斷送一生憔悴。能消幾箇黃昏。斷魂千里。夜夜岳陽樓。苦語也。海棠開後。望到如今。惟有樓前流水。應念我終日凝眸。蟋蟀哥哥。倘後夜暗風淒雨。再休來小窗悲訴。癡語也。這次第怎一愁字了得。怕無人料理黃花。等閒過了。一寸相思千萬結。人間沒箇安排處。沒要緊語也。此類甚多。略拈出一二至

二八

如密約偷期把燈撲滅。巫山雲雨好夢驚散。等字面惡俗。不特見者欲嘔。亦且傷風敗俗。大雅君子所不道也。（節錄挨天詞序）

李東琪曰。小令敍事須簡淨。再著一二景物語。便覺筆有餘閒。中調須骨肉停勻。語有盡而意無窮。長調切忌過於鋪敍。其對仗處須十分警策。方能動人。設色既窮。忽轉出別境。方不窘於邊幅。又曰。詩莊詞媚。其體元別。然不得因媚輒寫入淫褻一路。媚中仍存莊意。風雅庶幾不墜。

張砥中曰。凡詞前後兩結最爲緊要。前結如奔馬收韁。須勒得住。尙存後面地步。有住而不住之勢。後結如衆流歸海。要收得盡。迴環通首源流。有盡而不盡之意。又曰。一調中通首皆拗者。遇順句必須精警。通首皆順者。遇拗句必須純熟。此爲句法之要。

李笠翁曰。作詞之難。難於上不似詩。下不類曲。立於二者之中。致空疏者作詞。無意肯曲。而不覺彷彿乎曲。有學問人作詞。儘力避詩。而究竟不離於詩。一則苦於習久難變。一則迫於舍此實無也。欲去此二弊。其究心於淺深高下之間乎。

袁籜菴云。詞有三法。章法。句法。字法。有此三者。方可稱詞也。

詞苑叢談曰。詞與詩不同。詞之語句。有兩字四字至七八字者。若惟疊實字。讀之且不通。況付雪兒乎。合用虛字呼喚。一字如正。但。任。況之類。兩字如莫是。又還之類。三字如更能消。最無端之類。却要用之得其所。

仲雪亭曰。作詞用意。須出人想外。用字如在人口頭。創語新。鍊字響。翻案不雕刻以傷氣。自然遠庸熟而求生。再以周清眞之典麗。姜白石之秀雅。史梅溪之句法。吳君特之字面。用其所長。棄其所短。規摹研揣。豈不能與諸公爭雄長哉。

第三節　古今詞家略評

詞盛於晚唐五代。要至兩宋而後其體始大。五代詞見花間尊前諸集。多係小令。宋人始多爲長調者。宋初則柳屯田之樂章集。最爲擅名。且精協聲律。此後作者日衆。李易安詞論。於北宋詞人。頗加評論。其辭曰。五代干戈。斯文道熄。獨江南李氏君臣。尙文雅。故有小樓吹徹玉笙寒。吹縐一池春水之辭。語雖奇。甚所謂亡國之音哀以思也。逮至本朝。禮樂文武大備。又涵養百餘年。始有柳屯田永者。變舊聲作新聲。出樂章集。大得聲稱於世。雖協音律。而詞語塵下。又有張子野宋子京兄弟。沈唐元絳晁次膺輩繼出。雖時時有妙語。而破碎何足名家。至晏元獻歐陽永叔蘇子瞻。學際天人。作爲小歌詞。直如酌蠡水於大海。然皆句讀不葺之詩爾。又往往不協音律者何耶。蓋詩文分平仄。而歌詞分五音。又分五聲。又分音律。又分清濁輕重。且如近世所謂聲聲慢雨中花喜遷鶯。既押平聲韻。又押入聲韻。玉樓春本押平聲韻。又押上去聲。又押入聲。本押仄聲韻。如押上聲。則協。如押入聲。則不可歌矣。王介甫曾子固文章似西漢。若作小歌詞。則人必絕倒。不可讀也。乃知別是一家。知之者少。後晏叔原賀方回秦少游黃魯直出。始能知之。又晏苦無鋪敘。賀苦少典重。秦卽專主情致。而少故實。譬如貧家美女。非不妍麗。終乏富貴態。黃卽尚故實。而多疵病。如良玉有瑕。價自減半矣。易安本善爲詞。故譏評類得其情。其聲聲慢秋閨詞云。尋尋覓覓。冷冷清清。悽悽慘慘戚戚。乍暖還寒時候。最難將息。三杯兩盞淡酒。怎敵他晚來風急。雁過也。正傷心。却是舊時相識。滿地黃花堆積。憔悴損。如今有誰堪摘。守著窗兒。獨自怎生得黑。梧桐更兼細雨。到黃昏點點滴滴。這次第怎一箇愁字了得。首句連下十四箇疊字。眞似大珠小珠落玉盤也。又嘗以醉花陰重陽詞。寄其夫趙明誠。詞云。薄霧濃雰愁永晝。瑞腦噴金獸。佳節又重陽。玉枕紗廚。半夜涼初透。東籬把酒黃昏後。有暗香盈袖。莫道不銷魂。簾卷西風。人比黃花瘦。明誠自媿勿如。乃忘寢食三日夜。得十五闋。雜易安作以示陸德夫。德夫玩之再三。曰只有莫道不銷魂三句絕佳。政易安作也。張子韶對策有桂子飄香之語。易安爲詩嘲之曰。露華倒影柳三變。桂子飄香張九成。其睥睨當世如此。

復齋漫錄云。晁無咎評本朝樂章云。世言柳耆卿是曲調非也。如八聲甘州云。漸霜風淒慘。關河冷落。殘照當樓。此唐人語不減高處矣。歐陽永叔浣溪沙云。堤上遊人逐畫船。拍堤春水四垂天。綠楊樓外出秋千。此等語絕妙。只一出字。自是著意道不到處。蘇東坡詞人謂多不諧音律。然居士詞橫放傑出。自是曲中縛不住者。黃魯直間作小詞固高妙。然不是當家語。自是著腔子唱好詩。晏元獻不蹈襲人語而風調閒雅。如舞低楊柳樓心月。歌盡桃花扇底風。知此人不住三家村也。

張子野與柳耆卿齊名。而時以子野不及耆卿。然子野韻高。是耆卿所乏處。近世以來。作者皆不及秦少游。如斜陽外寒鴉數點流水遶孤村。雖不識字人亦知是天生好言語。

王元美曰。花間以小語致巧。世說靡也。草堂以麗字取妍。六朝隃也。即詞號稱詩餘。然而詩人不爲也。何者。其婉孌而近情也。足以移情而奪嗜。其柔靡而近俗也。詩嘽緩而就之。而不知其下也。之詩而詞非詞也。之詞而詩非詩也。言其業李氏晏氏父子。耆卿子野美成少游易安至矣。詞之正宗也。溫韋豔而促。黃九精而刻。長公麗而壯。幼安辨而奇。又其次也。詞之變體也。詞興而樂府亡。曲興而詞亡。非樂府與詞之亡。其調亡也。

張世文曰。詞體大略有二。一婉約。一豪放。蓋詞情蘊藉。氣象恢弘之謂耳。然亦存乎其人。如少游多婉約。東坡多豪放。東坡稱少游爲今之詞手。大抵以婉約爲正也。所以後山評東坡如教坊雷大使舞。雖極天下之工。要非本色。

賀黃公曰。蘇子瞻有銅喉鐵板之譏。然浣溪沙春歸詞曰。綵索身輕常起燕。紅窗睡重不聞鶯。如此風調。令十七八女郎歌之。豈在曉風殘月之下。

詞繹云。詞亦有初盛中晚。不以代也。牛嶠和凝張泌歐陽炯韓渥鹿虔扆輩。不離唐絕句。如唐之初不脫隋調也。然皆小令耳。至宋則極盛。周張康柳蔚然大家。至姜白石史邦卿。則如唐之中。而明初比唐晚。蓋非不欲勝前人。而中實枵然取給而已。於神味處全未夢見。

華亭宋徵璧曰。吾於宋詞得七人焉。曰永叔。其詞秀逸。曰子瞻。其詞放誕。曰少游。其詞清華。曰子野。其詞娟潔。曰方回。其詞新鮮。曰小山。其詞聰俊。曰易安。其詞妍婉。他若黃魯直之蒼老。而或傷於穎。王介甫之劖削。而或傷於拗。晁無咎之規檢。而或傷於樸。辛稼軒之豪爽。而或傷於霸。陸務觀之蕭散。而或傷於疎。此皆所謂我輩之詞也。苟舉當家之詞。如柳屯田哀感頑艷。而少寄託。周清眞蜿蜒流美。而乏陡健。康伯可排敍整齊。而乏深遂。其外則謝無逸之能寫景。僧仲殊之能言情。程正伯之能壯采。張安國之能用意。万俟雅言之能疊字。姜白石之能琢句。蔣竹山之能作態。史邦卿之能刷色。黃花菴之能選格。亦其選也。詞至南宋而繁。亦至南宋而𢿬。作者紛如。難以槩述。夫各因其姿之所近。苟去前人之病。而務用其所長。必賴後人之力也夫。

彭羨門孫遹曰。詞家每以秦七黃九並稱。其實黃不及秦遠甚。猶高之視史。劉之視辛。雖齊名一時。而優劣自不可掩。葉少蘊曰嘗見一西夏歸朝官云凡有井水處皆能歌柳詞又曰。稼軒詞胸有萬卷。筆無點塵。激昂排宕。不可一世。今人未有稼軒一字。輒紛紛爲異同之論。宋玉罪人。可勝三歎。又曰。長調之難於小調者。難於語氣貫串。不冗不複。徘徊宛轉。自然成文。今人作詞。中小調獨多。長調寥寥不槩見。當由寄興所成。非專詣耳。唯龔中丞芊綿溫麗。無美不臻。直奪宋人之席。熊侍郎之清綺。吳祭酒之高曠。曹學士之恬雅。皆卓然名家。照耀一代。長調之妙。斯歎觀止矣。

鄒程村曰。詞品云。塡詞於文爲末。而非自選詩樂府來。不能入妙。李易安詞淸露晨流。新桐初引。乃全用世說語。愚按詞至稼軒。經子百家。行間筆下。驅斥如意。近則婁東。善用南北史。江左風流。惟有安石。詞家妙境。重見桃源矣。

王阮亭云。花間字法。最著意設色。異紋細艷。非後人纂組所及。如淚沾紅袖黦。猶結同心苣。荳蔻花間趁晚日。畫粱塵黦。洞庭波浪颭晴天。山谷所謂古蕃錦。其殆是耶。又云。溫李齊名。然溫實不及李。李不作詞。而溫爲花間鼻祖。豈亦同能不如獨勝之意耶。古人學書不勝。去而學畫。學畫不勝。去而學塑。其善於用長如此。又云。或問花間之妙。曰蹙金結繡而無痕跡。問草堂之妙。曰采采流水。蓬蓬遠春。又云。載不動許多愁。與載取暮愁歸去。只載一船離恨向西州。正可互觀。八槳別離船。駕起一天煩惱。不免徑露矣。東風無氣力。五字妖甚。如落花無可飛。便不佳。又云。宋南渡後。梅溪白石竹屋夢窗諸子。極妍盡態。反有秦李未到者。雖神韻天然處或減。要自令人有觀止之歎。正如唐絕句至晚唐劉賓客杜京兆。妙處反進。靑蓮龍標一塵。又云。雲間數公論詩持格律。崇神韻。然拘於方幅。泥於時代。不免爲識者所少。其於詞亦不欲涉南宋一筆。佳處在此。短處亦在此。合肥乃備極才情變化不測。婁東驅使南北史。瀾翻泉湧。妥貼流麗。正是公歌行本色。要是獨絕。不似流輩摛捋。稼軒如宋初伶人。諢館職也。友人中陳其年工哀豔之辭。彭金粟擅清華之體。董文友善寫閨襜之致。鄒程村獨標廣大之稱。僕所云近愧眞長矣。

黎莊曰。辛稼軒當弱宋末造。負管樂之才。不能盡展其用。一腔忠憤。無處發洩。觀其與陳同父抵掌談論。是何等人物。故其悲歌慷慨。抑鬱無聊之氣。一寄之於詞。今乃欲與搔頭傅粉者比。是豈知稼軒者。王阮亭謂石勒云。大丈夫磊磊落落。終不學曹孟德司馬仲達狐媚。稼軒詞當作如是觀。予謂有稼軒之心胸。始可為稼軒之詞。今粗淺之輩。一切鄉語猥談。信筆塗抹。自負吾稼軒也。豈不令人齒冷。又曰。徐巨源云。古詩者風之遺。樂府者雅之遺。蘇李變而為黃初。建安變而為選體。流至齊梁排律及唐之近體。而古詩遂亡。樂府變為吳趨越豔。雜以捉搦企喻子夜讀曲之屬。以下逮於詞焉。而樂府亦衰。然子夜懊儂。善言情者也。唐人小令尚得其意。則詩餘之作。不謂之直接古樂府不可。予謂巨源之論詞之源於樂府是矣。獨所言子夜懊儂善言情者也。唐人小令尚得其意。是詞貴於言情矣。予意所謂情者。人之性情也。上自三百篇以及漢魏三唐樂府詩歌。無非發自性情。故魯不可同於衛。卿大夫之作不能同於閭巷歌謠。卽陶謝揚鑣。李杜分軌。各隨其性情之所在。古無無性情之詩詞。亦無舍性情之外別有可為詩詞者。若舍己之性情。强而從人。則今日餖飣之學。所謂優孟衣冠。何情之有。唐人小令。善於言情。然亦不爲懊儂子夜之情。太白菩薩蠻。爲千古詞調之祖。又何常不言情。又何常以懊儂子夜爲情乎。予故言凡詞無非言情。卽輕豔悲壯。各成其是。總不離吾之性情所在耳。又曰。宋人詞調。確自樂府中來。時代旣異。聲調遂殊。然源流未始不同。亦各就其情之所近取法之耳。周柳之纖麗。子夜懊儂之遺也。歐蘇純正。非君馬黃出東門之類歟。放而爲稼軒後邨。悲歌慷慨。傍若無人。則漢帝大風之歌。魏武對酒之什也。究其所以。何常不言情。亦各自道其情耳。

沈去矜曰。小令中調。有排蕩之勢者。吳彥高之南朝千古傷心事。范希文之塞下秋來風景異是也。長調極狎昵之情者。周美成之衣染鶯黃。柳耆卿之晚晴初是也。於此足悟偸聲變律之妙。又曰。稼軒詞以激揚奮厲爲工。至寶釵分桃葉渡一曲昵狎溫柔。魂銷意盡。才人伎倆。眞不可測。又曰。男中李後主。女中李易安。極是當行本色。秦少游一向沈吟久。大類山谷歸田樂引。鏟盡浮詞。直抒本色。而淺人常以雕繪傲之。此等詞極難作。然亦不可多作。又曰。徐師川門外重重疊疊山。遮不斷愁來路。歐陽永叔强將離恨倚江樓。江水不能流恨去。古人語不相襲又能各見所長。

毛稚黃曰東坡大江東去詞。故壘西邊。人道是三國周郎赤壁。論調則當于是字讀斷。論意則當于邊字讀斷。小喬初嫁了。雄姿英發。論調則了字當屬下句。論意則了字當屬上句。多情應笑我。早生華髮。我字亦然。又水龍吟細看來不是楊花。點點是離人淚。調則當是點字斷句。意則當是花字斷句。文自爲文。歌自爲歌。然歌不礙文。文不礙歌。是坡公雄才自放處。他家間亦有之。亦詞家一法。又曰周淸眞少年遊題云冬景。却似飲妓館之作。只起句幷刀似水四字。若掩却下文。不知何爲陡著此語。吳鹽新橙。寫境淸別。錦幄數語。似爲上下太淡。宕故著濃耳。後闋絕不作了語。只以低聲問三字。貫徹到底。蘊藉嬝娜。無限情景。都自纖手破橙人口中說出。更不必別著一語。意思幽微。篇章奇妙。眞神品也。又曰淸眞衣染鶯黃詞。忽而歡笑。忽而悲泣。如同枕席。又在天畔。眞所謂不可解。不必解者。此等最是難作。作亦最難得佳。夜漸深籠燈就月。仔細端相。義仍之就月籠燈。衫袖張出此徐釚詞苑叢談曰。蘇東坡大江東去有銅將軍鐵綽板之譏。柳七曉風殘月。謂可令十七八女郎接紅牙檀板歌之。此袁綯語也。後人遂奉爲美談。然僕謂東坡詞自有横槊氣概。固是英雄本色。柳纖豔處亦麗以淨耳。況楊柳外句又本魏承班漁歌子窗外曉鶯殘月。只改二字。增一字。焉得獨擅千古。今取二詞並誌于後。蘇念奴嬌赤壁懷古云。大江東去。浪淘盡千古風流人物。故壘西邊。人道是三國周郎赤壁。亂石穿雲。驚濤拍岸。捲起千堆雪。江山如畫。一時多少豪傑。遙想公瑾當年。小喬初嫁了。雄姿英發。羽扇綸巾。談笑處檣櫓灰飛煙滅。故國神遊。多情應笑我早生華髮。人生如夢。一樽還酹江月。柳雨淋鈴秋別云。寒蟬淒切。對長亭晚。驟雨初歇。都門帳飲無緒。方留戀處。蘭舟催發。執手相看淚眼。竟無語凝咽。念去去千里煙波。暮靄沉沉楚天闊。多情自古傷離別。更那堪冷落清秋節。今宵酒醒何處。楊柳岸曉風殘月。此去經年。應是良辰好景虛設。便縱有千種風流。待與何人說。又曰。長詞推秦柳周康爲協律。然康惟滿庭芳冬景一詞。可稱禁臠。餘多應酬鋪敍。非芳旨也。周清眞雖未高出。大致勻淨。有柳攲花嚲之致。沁入肌骨。視淮海不徒娣姒而已。弇州謂其能入麗字。不能入雅字。賊稚謂能作景語。不能作情語則不盡然。但平生景勝處爲多耳。要此數家正是王石廚中物。若求王武子琉璃匕內豚味。吾必謂當求之陸放翁史邦卿方千里洪叔嶼諸家。又曰。從來佳處不傳。不但隱淪之士。名人猶抱此恨。周淸眞人所共稱。然如乳鴨池塘水暖。風緊柳花迎面。午粧粉指印窗眼。曲理長眉翠淺。聞知社日停針線。探新燕寶釵落枕夢魂迷。簾影參差滿院。草堂所收周詞不及此者多矣。

詞苑叢談又曰。王阮亭和漱玉詞。有郎以桐花。妾似桐花鳳之句。長安盛稱之。遂號爲王桐花。幾令鄭鷓鴣不能專美。其詞云。涼夜沈沈花漏凍。敧枕無眠漸聽荒雞動。此際閒愁郎不共。月移窗罅春寒重。憶共錦裯無半縫。郎似桐花。妾似桐花鳳。往事迢迢徒入夢。銀箏斷絕連珠弄。又曰。阮亭嘗戲謂彭十是豔情當家。駿孫輒怫然不受。一日彭賦風中柳離別詞云。槐樹陰濃。小院晚涼時節。別離可奈腸如結。歌喉輕轉。聽唱陽關徵。情脈脈。幾回嗚咽。細語叮嚀。道且自消停這歇。燈火高城更未絕。殘粧重整。送向門前別。拌今宵爲伊嚦血。阮亭見之謂曰。試以此舉似他人得不云吾從衆耶。彭一笑謝之。又曰。吳祭酒梅村撰秣陵春通天臺雜劇。直奪湯臨川之座。中有菩薩蠻一調云。謝家池館桐花鳳。畫屏曲屈翹紅袖。欲翦鳳凰衫。青蟲搖羽簪。一枝雙荳蔻。淺立東風瘦。春思遠於山。眉痕凡幾灣。雕豔似温尉。又曰。金粟顧梁汾舍人風神俊朗。大似過江人物。無錫嚴蓀友詩。曈曈曉日鳳城開。纔是仙郎下直回。絳蠟未消封詔罷。滿身清露落宮槐。其標格如許。畫側帽投壺圖。長白成容若題賀新涼一闋於上云。德也狂生耳。偶然間。緇塵京國。烏衣門第。有酒惟澆趙州土。誰會成生此意。不信道。遂成知己。青眼高歌俱未老。向樽前拭盡英雄淚。君不見。月如水。共君此夜須沉醉。且由他。蛾眉謠諑。古今同忌。身世悠悠何足問。冷笑置之而已。尋思起。從頭翻悔。一日心期千劫在。後身緣恐結他生裏。然諾重。君須記。詞旨嶔崎磊落。不啻坡老稼軒。都下競相傳寫。於是教坊歌曲間無不知有側帽詞者。又曰。側帽詞西郊馮氏園看海棠浣溪沙云。誰道飄零不可憐。舊遊時節好花天。斷腸人去自今年。一片暈紅疑著雨。晚風吹掠鬢雲偏。倩魂銷盡夕陽前。蓋憶香嚴詞有感作也。王儼齋以爲柔情一縷。能令九轉

四二

腸迴雖山抹微雲君不能道也

周保緒曰自溫庭筠、韋莊、歐陽修、秦觀、周邦彥、周密、吳文英、王沂孫、張炎、之流莫不蘊藉深厚而才豔思力各騁一途以極其致譬如匡廬衡嶽殊體而並勝南威西施別態而同妍矣又曰北宋有無謂之詞以應歌南宋有無謂之詞以應社然美成蘭陵王東坡賀新涼當筵命筆冠絕一時碧山齊天樂之詠蟬玉潛水龍吟之詠白蓮又豈非社中作乎故知雷雨鬱蒸是生芝菌荊榛蔽芾亦產蕙蘭又曰近人頗知北宋之妙然終不免有姜張二字橫亙胸中豈知姜張在南宋亦非巨擘乎論詞之人叔夏晚出既與碧山同時又與夢窗別派是以過尊白石但主清空後人不能細研詞中曲折深淺之致故羣聚而和之并爲一談亦固其所也又曰皋文云飛卿之詞深美閎約信然飛卿醞釀最深故其言不怒不懾備剛柔之氣鍼縷之密南宋人始露痕迹花間極有渾厚氣象如飛卿則神理超越不復可以迹象求矣然細繹之正字字有脈絡端己詞清豔絕倫初日芙蓉春月柳使人想見風度又曰耆卿鋪敍委婉言近意遠森秀幽談之趣在骨使能珍重下筆則北宋高手也。又曰、美成思力獨絕千古、讀得清眞詞多、覺他人所作、都不十分經意。鉤勒之妙、無如清眞。他人一鉤勒便薄、清眞愈鉤勒愈渾厚。梅溪甚有心思。而用筆多涉尖巧。非大方家數。所謂一鉤勒卽薄者。又曰。良卿曰。尹惟曉。前有清眞後有夢窗之說。可謂知言。夢窗每于空際轉身。非具大神力不能。夢窗非無生澀處。總勝空滑。況其佳者。天光雲影。搖蕩綠波。撫玩無斁。追尋已遠。又曰。人賞東坡麤豪。吾賞東坡韶秀。韶秀是東坡佳處。麤豪則病也。稼軒不平之鳴。隨處輒發。有英雄語。有學問語。故往往鋒穎太露。然其才情富豔。思力果銳。南北兩朝。實無其匹。世以蘇辛並稱。蘇之自在處。辛偶能到。辛之當行處。蘇必不能到。又曰。北宋詞多就景敍情。故珠圓玉潤。四照玲瓏。至稼軒白石。一變而爲卽事敍景。使深者反淺。曲者反直。吾十年來服膺白石。而以稼軒爲外道。由今思之。可謂瞽人捫籥也。稼軒鬱勃。故情深。白石放曠。故情淺。稼軒縱橫。故才大。白石局促。故才小。惟暗香疏影二詞。寄意題外。包蘊無窮。可與稼軒伯仲。餘俱據事直書。不過手意近辣耳。又曰。白石詞如明七子詩。看是高格響調。不耐人細思。白石以詩法入詞。門徑

四四

淺狹。如孫過庭書。但便後人模倣。又曰。公謹敲金戛玉。嚼雪盥花。新妙無與爲匹。又曰。玉田近人所最尊奉。才情詣力。亦不後諸人。終覺積穀作米。把纜放船。無開闊手段。然其清絕處。自不易到。玉田詞佳者。匹敵聖與。往往有似是而非處。不可不知。又曰。叔夏所以不及前人處。只在字句上著工夫。不肯換意。若其用意佳者。即字字珠輝玉映。不可指摘。近人喜學玉田。亦爲修飾字句易。換意難。保緒詞辨評論前古諸家得失。詞約而意頗精核。故擇錄之。

第四節　詞韻 附見曲韻

自沈約以來。韻分四聲。雖部有分合。而平上去入。更無異論。古來詩人分韻。時以意出入。故說者謂沈韻未嘗通行。即其由二百六部。變爲一百六部者。亦未必盡通行也。要之律詩出韻較少。古體即不盡合繩墨。至于詞本樂府之餘。當時但求協歌。宜無取復爲韻本所縛。其若有軌律存焉者。則惟從其時聲音之變。以自爲協耳。元周德清中原音韻作北曲者用之。以入聲配入平上去三聲。蓋中原音本無入聲。則地之有異。而非盡韻之不同也。南曲即有四聲。及淸初沈去矜始特作詞韻雖亦遵據舊本而考證較悉毛稚黃以下又從而論之至是詞韻亦多有可依。今先舉沈韻之略。而稍附諸家說於後。

沈氏詞韻略 沈謙去矜著毛先舒稚黃括略并註

東董韻平上去三聲 先舒按塡詞之韻大略平聲獨押上去通押然間有三聲通押者如西江月少年心之類故沈氏於每部韻俱總統三聲而中又明分平仄凡十四部至於入聲無與平上去通押之法故後又別爲五部云又按唐人作詞多從詩韻宋詞亦有謹守詩韻不旁通者葢用韻自惡流濫不嫌謹嚴也

〔平〕一東二冬通用 東冬部今詩韻後俱做此 〔仄〕〔上〕一董二腫〔去〕一送二宋通用

江講韻平上去三聲

〔平〕三江七陽通用〔仄〕〔上〕三講二十二養〔去〕三絳二十三漾通用

支紙韻平上去三聲

〔平〕四支五微八齊十灰半通用 十灰半如回梅催杯之類 〔仄〕〔上〕四紙五尾八薺十賄半〔去〕四寘五味八霽九泰半十隊半通用 十賄半如悔蕾腿餒之類九泰半如沛會最沫之類十隊半如妹碎廢吠之類

魚語韻平上去聲

四六

（平）六魚七虞通用（仄）（上）六語七麌（去）六御七遇通用

街蟹韻平上去三聲 街屬九佳因佳字入麻故用街字作領韻而括略仍稱九佳半者本其舊也

（平）九佳半十灰半通用 九佳半如鞋牌乖懷之類十灰半如開才來猜之類 （仄）（上）九蟹半十賄半（去）九泰半十隊半通用 九蟹半如買駭之類十賄半如海宰改采之類九泰半如奈蔡賣怪之類十隊半如代再賽在之類

真軫韻平上去三聲

（平）十一真十二文十三元半通用 十三元半如魂昆門尊之類 （仄）（上）十一軫十二吻十三阮半（去）十一震十二問十三願半通用 十三阮半如村本損狠之類十三願半如頓遜嫩恨之類

元阮韻平上去三聲

（平）十三元半十四寒十五刪一先通用 十三元半如袁煩暄鴛之類 （仄）（上）十三阮半十四旱十五潸十六銑（去）十三願半十四翰十五諫十六霰通用 十三阮半如遠蹇晚反之類十四願半如怨販飯建之類 （仄）四質十一陌十二錫十三職十四緝通用

蕭篠韻平上去三聲

（平）二蕭三肴四豪通用（仄）（上）十七篠十八巧十九皓（去）十七嘯十八效

十九號通用

歌哿韻平上去三聲

〔平〕五歌獨用〔仄〕〔上〕九蟹半二十哿〔去〕二十箇通用（九蟹半如夥之類）

佳馬韻平上去三聲

〔平〕九佳半六麻通用（九佳半如媧蛙查叉之類）〔仄〕〔上〕九蟹半二十一馬〔去〕九泰半二十一禡通用（九蟹半如罷之類九泰半如卦話之類）

庚梗韻平上去三聲

〔平〕八庚九青十蒸通用〔仄〕〔上〕二十三梗二十四迥二十五拯〔去〕二十三映二十四徑二十五證通用

尤有韻平上去三聲

〔平〕十一尤獨用〔仄〕〔上〕二十六有〔去〕二十六宥通用

侵寢韻平上去三聲

〔平〕十二侵獨用〔仄〕〔上〕二十七寢〔去〕二十七沁通用

覃感韻平上去三聲

〔平〕十二覃十四鹽十五咸通用〔仄〕〔上〕二十八感二十九琰三十豏〔去〕二十八勘二十九豔三十陷通用

屋沃韻入聲

〔仄〕一屋二沃通用

覺藥韻入聲

〔仄〕三覺十藥通用

質陌韻入聲

物月韻入聲

〔仄〕五物六月七曷八黠九屑十六葉通用

合洽韻入聲

〔仄〕十五合十七洽通用

先舒按此本是括略未暇條悉然作者先具詩韻而用此譜按之亦可以無謬矣但沈氏著此譜取證古詞考據甚博然詳而反約唯以名手雅篇灼然無弊者爲

準至于濫通取便者古來自多不爲訓也

毛稚黃先舒曰。去矜手輯詞韻一篇。旁羅曲證。尤極精確。謂近古無詞韻。周德清所編曲韻也。故以入聲作平上去者。約什二三。而支思單用。唐宋諸詞家。槩無是例。謝天瑞暨胡文煥所錄韻。雖稍取正韻附益之。而終乖古奏。索宋元舊本。又渺不可得。于是博考舊詞。裁成獨斷。使古近臚列。作者知趨。衆著爲令。且同畫一焉。

又曰。予讀有宋諸公作。雖雅號名家。篇盈什百。若秦觀秋閨。幔暗累押。仲淹懷舊。外淚莫辨。邦彥美人。心雲並陳。少隱禁煙。南天雜押。棄疾諸作。歌麻通用。李景春恨詞本支紙韻。而中闌入來字。其他固未易闔數。故知當時便已縱逸。徒以世無通韻之人。故傳譌迄今。莫能彈射。而譾才劣手。苦于按譜。更利其疎漏。借以自文。其爲流禍。可勝道哉。則去矜此書。不徒開絕學于將來。且上訂數百年之謬矣。然卒讀之際。亦閒有牴牾。予爲附注數條。比于賈孔疏經之例焉。

毛稚黃詞韻說云。去矜詞韻例。取范希文蘇幕遮詞。地外二字相叶。又取蔣勝欲探春令詞。處翅住指四字相叶。疑於支紙魚語佳蟹三部韻可以互通。先舒按宋詞此類。僅見數首。如辛棄疾南歌子新開河詞。本佳蟹韻。而起韻用時字。歐陽修踏莎行離別詞。本支紙韻而末韻用外字。姜夔疎影詠梅詞。本屋沃韻而中用北字。柳耆卿送征衣詞本江講韻而末用遙字。當是古人誤處。未宜遽用爲例。又如棄疾滿江紅詠春晚詞十七條與二十六有合用。此獨毛詩有其法。如陳風月出皎皓糾懰受相叶。豳風四之日其蚤獻羔祭韭之類。及他書僅見數條。然止數字。未必全韻俱通也。又在騷賦則宜施之。塡詞尤屬創異。蓋宋詞多有越韻者。至南渡尤甚。此如李杜諸詩。間有雜韻。晚唐律體。首句出韻。古人竄法護前。類復爾爾。未足遽以爲式也。

又云。沈氏詞韻按云。古詩韻五歌可以通六麻。十一尤可以通六魚七虞。於塡詞則未嘗見。豈敢泥古而誤今耶。若夫十二侵之通眞文庚青蒸。則詩詞並見合并。故從之。又引古樂府嬌女詩。北遊臨河海。遙望中菰菱。芙蓉發盛華。淥水清且澄。絃歌奏音節。髣髴有餘音。及毛澤民于飛樂詞。雲鬢瓶。心聲相叶作據。先舒按歌麻二韻魚虞尤三韻。古詩騷樂府俱通。而相和曲陌上桑張華輕薄篇。尤爲可徵。

至侵韻單用。在古亦巖。卽毛詩楚辭。止數字叶入。如緑衣鼓鐘之末章。涉江欵秋冬。之緒風。邸余車兮方林之類。而眞文合韻。庚靑合韻。漢魏以來自多十蒸閒通庚靑。自晉後亦頗單叶、尤可異者。此韻校庚靑聲吻亦不甚差別。六經中若螽斯天保。無羊繁霜等章。以及易升其高陵三歲不興。記從善如登從惡如崩。皆暗同沈韻。一字不譌。足徵此韻在古嚴甚。通入者不過數字耳。槩之他字。未必盡通。大略古詩辭眞文自爲一韻。庚靑自爲一韻。侵自爲一韻。蒸則自爲一韻。而稍離合于庚靑之閒。今詞韻以蒸合庚靑。又以歌麻互通。魚虞尤互通。正可施于古詩。而不可施于塡詞。其說當已。至于侵與眞文庚靑蒸諸韻。不但古當愼之。塡詞亦未宜遽通也。又眞文之於庚靑蒸。宋代名手作詞。亦多區別。去矜云云。此但舉一隅。未爲通訓。予故備論其全云。

又云。古韻之差等有三。今韻之差等有四。古韻自上世以及先秦。其韻最疏而最純。此一等也。漢魏用韻稍密而駁。此一等也。晉宋齊梁之閒。韻益密而亦漸雜。此一等也。是古韻之差等三也。自唐而下。則一百六韻之較然。此一等也。宋人塡詞

五二

韻漸疎而駁。此一等也。元北曲韻密矣。而實偏。故四聲不備。此一等也。明南曲韻雅駁閒出。而略在宋詞元曲之間。有如四聲咸備。此宋韻也。如韻有車遮。此元韻也。此一等也。所謂今韻之差等四也。

又云。古韻之差等。殆不可分。故柴紹炳渾一之。爲柴氏韻通。近體韻則梁有沈韻。唐有唐韻。宋有中州音韻。塡詞則有沈氏詞韻。北曲則元有中原音韻。周德清作 明有洪武正韻。宋濂諸臣撰 先舒謹原洪武正韻而撰南曲正韻。明吳人范善溱又撰中州全韻。臞仙撰瓊林雅韻。然梁沈韻。宋中州音韻。明洪武正韻。中州全韻。瓊林雅韻。世有其書。而詩詞曲諸家多不承用。

鄒程村詞韻衷云。阮亭嘗與予論韻。謂周挺齋中原音韻爲曲韻。則范善溱中州全韻。當爲詞韻。至洪武正韻。斟酌諸書而成。其於詩韻有獨用併爲通用者。東冬清青之屬 有一韻拆爲二韻者。虞模麻遮之屬 如冬鐘併入東韻。江併入陽韻。挑出元字等入先韻。翻字殘字等入删韻。俱于宋詞暗合。塡詞者所當援據。議極簡核。但愚按中州之比中原止省陰陽之別。及所收字微寬耳。其減入聲作三聲。及分車遮等韻。到一本中原。倘與詞韻有別。卽阮亭舊作如南鄉子卜算子念奴嬌賀新郎諸闋。所用魚模。仄韻有將入聲轉叶者。俱用中州韻故耳。撰諸宋人韻脚所拘。借用一二。亦轉本音。竟爾通叶。昔人少覯。至毛氏南曲韻十九則。乃全依正韻分部。而又云沈氏詞韻中原音韻可以參用。大約詞韻寬于詩韻。合諸書參伍以盡變。則瞭如指掌矣。

沈天羽云。曲韻近于詞韻。而支紙寘上下。分作支思齊微兩韻。麻馬禡上下。分作家麻車遮兩韻。及減去入聲。故曲韻不可爲詞韻。胡文煥詞韻三聲用曲韻。而入聲用詞韻。居然大盲。將詞韻不亡於無而亡於有。深可嘆也。今有去矜詞韻考據該洽。部分秩如。可爲塡詞之指南。但內中如支紙佳蟹二部。與周韻齊微皆來近。元阮一部。與周韻寒山桓歡先天殊。周韻平上去聲十九部。而沈韻平上去聲止十四部。故通用處較寬。然四支竟全通十灰半元寒刪先全通用。雖宋詞蘇柳閒然。畢竟稍濫。不如周韻之有別。且上去二聲。宋詞上如紙尾語御薺去如寘未遇御霽。多有通用。近詞亦然。而平韻如支微魚虞齊。則斷無合理。似又未能槩以平

五四

貫去入蓋詞韻本無蕭畫作者遽難曹隨分合之間辨極銖黍苟能多引古籍參以神明源流自見

毛氏唐詞通韻說云唐詞多守詩韻然亦有通別韻用之略如宋詞韻者偶觀數闋漫記之以備考證東冬通用溫庭筠定西番云一枝春豔濃樓上月明三五瑣窗中按此詞則上之董腫通用去之送宋通用俱可類推他韻上去例亦倣此支微齊及十灰前段通用白樂天長相思云深畫眉淺畫眉蟬鬢鬅鬙雲滿衣陽臺行雨迴巫山高巫山低暮雨瀟瀟郎不歸空房獨守時眞文及十三元後段通用韋莊小重山云一閉昭陽春又春夜寒宮漏永夢君恩又溫廷筠清平樂云鳳帳鴛被徒燻寂寞花鎖千門競把長門買賦爲妾將上明君寒删通用顧夐虞美人云小屏屈曲掩青山翠幃香粉玉鑪寒兩眉攢又按十三元後段既通入眞文則前段應與此韻通用庚青通用李白菩薩蠻云何處是歸程長亭更短亭覃咸通用薛昭蘊女冠子云去住島經三正遇劉郎使啟瑤緘語麌通用牛嶠玉樓春云小玉窗前嗔燕語紅淚滴穿金線縷按此詞則魚虞通用可類推也篠皓通用牛

希濟生查子云。語已多。情未了。迴首猶重道。記得綠羅裙。處處憐芳草。又尹鶚滿宮花云。月沈沈。人悄悄。一炷後庭香裊。風流帝子不歸來。滿地禁花慵埽。離恨多。相見少。何處醉迷三島。漏清宮樹子規啼。愁鎖碧窗春曉。按此二詞。則蕭豪通用。可類推也。

毛氏唐宋詞韻互通說云。唐白樂天長相思云。深畫眉。淺畫眉。蟬鬢鬅鬙雲滿衣。陽臺行雨迴。支與微與十灰半通用。是宋詞韻也。宋秦太虛千秋歲用隊韻。辛稼軒沁園春用灰韻。皆渾用唐韻。由是觀之。唐詞亦可用宋韻。宋詞亦可用唐韻。自不必過判區畛耳。

徐釚詞苑叢談曰。宋人詞韻。通有用至數韻者。有忽然出一韻者。有數人如一轍者。有一首而僅見者。後人不察。利爲輕便。一韻偶侵。遂延他部。數字相引。竟及全文。此毛氏一人通譜。全族通譜之喻。爲不易也。學者但遵成法。幷舉習見者爲繩尺。自鮮蹉跌。又曰。宋詞多上去通用。其來已久。考樂府雜錄云。平聲羽七調。上聲角七調。去聲宮七調。入聲商七調。又元和韻譜云。平聲者哀而安。上聲者厲而舉。

五六

去聲者清而遠。入聲者直而促。則昔人歌筵舞袖間。何以使紅牙畢協。其理固不可解。又曰。入聲最難分別。即宋人亦錯綜不齊。沈氏詞韻。當已近柴虎臣古韻。則一屋二沃通。而三覺半通。三覺半如獄濁角數之類四質五物通。而九屑半通。九屑半如垤拙譎結之類六月七曷八黠九屑通。十藥十一陌通。而三覺半通。三覺半如濯邈朔之類十二錫十三職通。而十一陌半通。十一陌半如辟革易麥之類十四緝獨用。十五合十六葉十七洽通。毛稚黃曲韻則準洪武正韻。而一屋單用。二質七陌八緝通用。三曷六藥通用。四轄九合通用。五屑十藥通用。又屑葉可單用。因南曲入聲單押而設也。與詞韻俱可參證。又曰。沈休文四聲韻中。如朋與蒸。靴與戈。車與麻。打與等。扑與菁與怪壞之類。挺齋升菴俱駁為缺舌。而宋詞中至張仲宗。呼否為府。以叶主舞。林外呼瑣為掃。以叶老。兪克成呼我為磈。以叶好。詞品皆指為閩音。其說甚當。而毛稚黃謂沈韻本屬同文。非江淮閒偏音。挺齋詆之謬已。蓋自三百篇楚詞以迄南曲。一系相承。俱屬為韻統。而北曲偏音。四聲不備。為別統。故金元人作詩。亦用沈韻。作詞亦不專用周韻。從無以入聲分叶平上去者。又安得以曲韻廢詞韻。且上格詩韻乎。又曰。沈約之韻。未必自合聲律。而今人守之如金科玉律。此無他。今之詩學李杜。李杜學六朝。往往用沈韻。故相襲不能革也。若作塡詞。自可變通。如朋與蒸同押。打與等同押。卦字畫字與怪壞同押。乃是缺舌之病。豈可以爲法耶。元人周德淸著中原音韻。一以中原之韻爲正。偉矣。然予觀宋人塡詞。亦已有開先者。蓋眞見在人心。不約而同耳。試舉數詞于右。東坡一斛珠云。洛城春晚。垂楊亂掩紅樓半。小池輕浪紋如篆。燭下花前。曾醉離歌宴。自惜風流雲雨散。關山有限情無限。待君重見尋芳伴。爲說相思。目斷西樓燕。篆字沈約在上韻。本屬鴂舌。坡特正之也。蔣捷元夕女冠子云。蕙花香也。雪晴池館如畫。春風飛到。寶釵樓上。一片笙簫。琉璃光射。而今燈謾挂。不是暗塵明月。那時元夜。況年來心懶意怯。羞與蛾兒爭耍。江城人悄初更打。問繁華誰解。再向天公借。剔殘紅灺。但夢裏隱隱。鈿車羅帕。吳牋銀粉研。待把舊家風景。寫成閒話。笑綠鬟鄰女。倚窗猶唱。夕陽西下。是駁正沈韻畫及挂話及打字之謬也。呂聖求惜分釵云。重簾下。微燈挂。背闌同說春風話。用韻亦與蔣捷同意。晁叔膺感皇恩云。寒食不多時。牡丹初賣。小院重簾燕飛礙。昨宵風雨。

尙有一分春在今。朝猶自得陰晴快。熟睡起來宿醒微。帶不惜羅襟搵眉黛。日長梳洗看看花影移改。笑拈雙杏子連枝戴。此詞連用數韻。酌古斟今。尤妙。明初高季迪石州慢云。落了辛夷風雨頓催庭院瀟灑。春來長恁樂章懶按酒籌慵把。辭鶯謝燕。十年夢斷青樓。情隨柳絮猶縈惹。難覓舊知音。把琴心重寫。夭冶憶曾攜手。鬭草闌邊。買花簾下。看鞦韆低轉。秋千高打。如今何處縱有團扇輕衫與誰共走章臺馬。回首暮山青。又離愁來也。諸公數詞。可爲用韻之式。不獨綺語之工而已。

第二章　塡詞實用格式

第一節　小令

近日通行詞譜之書。其詳者。如萬樹之詞律。査繼超之塡詞圖譜。其最簡者。如舒夢蘭之白香詞譜。皆各有所短長。萬氏所收至廣。附列考證。詳註平仄。其精遠勝昔日嘯餘諸譜。然取材太繁。難爲學者實用之式。他譜或視萬氏爲有要。而踳駁互見。白香譜僅有百調。然是以詞之工拙爲本。于平仄處。但加圈識。刻本不無舛誤。且無有考證。近雖有爲之箋釋者、亦但注重詞人本事。而未及句律之法度也。故詞譜簡當適用者少，今別選古詞爲格式。分爲小令中調長調。古本以樂調分類今詞既並不可歌但列記其譜不誤而已詳記其字數用韻及句中可平可仄者。兼附異名。其同名而字數長短不同。有數體者。止錄後人效法稍多者一體。極知武斷陋略。然爲初學實用之格式。不得不如此也。若夫博考異同。則自有諸家之譜在。茲先錄小令格式於此。

小令格式

十六字令　十六字四句三韻又名蒼梧謠調首一字斷句或作三字斷句者誤　　蔡伸

天。韻 休可仄使圓蟾照客眠。叶 人何在。桂可平影自嬋娟。叶

南歌子　二十三字五句三韻歌一作柯有四體錄一體　　温庭筠

轉盼如波眼。娉婷似柳腰。韻 花可仄裏暗相招。叶 憶可平君腸欲斷。恨春宵。叶

漁歌子　二十七字五句四韻一名漁父　　張志和

西塞山前白鷺飛。韻 桃花流水鱖魚肥。叶 青箬笠。綠簑衣。叶 斜風細雨不須歸。

叶

和凝此調結句用香引芙蓉惹釣絲平仄不同志和又一首起二句松江蟹舍主人歡菰飯蓴羹亦共餐平仄全異和凝又一首青篛笠句用釣車子是仄是平想亦不拘然自宋以後作者多依西塞一首故錄以爲式

憶江南 二十七字五句三韻又名夢江南望江南謝秋娘夢江口望江梅春去也有四體字數不同錄一體　皇甫松

蘭燼(可平)落屏(可仄)上暗紅蕉。韻閒(可仄)夢江(可仄)南梅熟日。夜(可平)船吹(可仄)笛雨瀟瀟。叶人(可仄)語驛邊橋。叶

搗練子 二十七字五句三韻又名深院月　南唐後主

深院靜。小庭空。韻斷(可平)續寒砧斷(可平)續風。叶無(可仄)奈夜(可平)長人不寐。數(可平)聲和月到簾櫳。叶

憶王孫 三十一字五句五韻又名豆葉黃欄杆萬里心　李重元

萋(可仄)萋芳(可仄)草憶王孫。韻柳(可平)外樓高空(可仄)斷魂。叶杜(可平)宇聲聲不(作平)忍聞。叶欲黃昏。叶雨(可平)打梨花深(可仄)閉門。叶

調笑令 二十二字六句八韻又名宮中調笑轉應曲三臺令有二體　馮延巳

明月韻明月。疊句照得可平離可仄人愁可仄絕。叶更可仄深影可平入空可仄牀。可平不可平道幃卷二

可仄屏夜長。叶長夜可仄換長夜。疊句夢可平到庭可仄花陰可仄下。叶

如夢令 又名憶仙姿宴桃源 三十三字六句五韻 秦觀

遙可仄夜月可平明如水。韻風可仄緊驛亭深閉。叶夢可平破鼠窺燈霜可仄送曉寒侵被。

叶無寐叶無寐。疊句門可仄外馬嘶人起。叶

歸自謠 三十四字前後二段各三句共六韻 自一作國謠一作遙有三體 歐陽修

何處笛。韻深可仄夜夢可平回情脈脈。叶竹可平風簾可仄雨寒窗隔。叶離人幾可平歲

無消可仄息。叶今頭白。叶不可平眠特可平地重相憶。叶

相見歡 三十六字前段四句後段五句共五韻又換二韻一名烏夜啼 南唐後主

無可仄言獨可平上西樓。韻月如鈎。叶寂可平寞梧可仄桐深院鎖清秋。叶剪可平不可平

斷可仄換理可平還可仄亂。叶是離愁。叶別可平是一可平般滋味在心頭。叶平

長相思 三十六字前後段各四句共八韻亦名雙紅豆有四體 馮延己

紅可仄滿可平枝。韻綠可平滿可平枝。叶宿可平雨厭厭睡可平起遲。叶間可仄庭花可仄影移。叶

叶

憶可平歸可仄期。叶數可平歸可仄期。叶夢可平見雖多相可仄見稀。叶相可仄逢知可仄幾時。

醉太平　三十八字前後段各四句共八韻有二體　劉過

情可仄高意眞。韻眉長鬢青。叶小可平樓明可仄月調箏。叶寫春風數聲。叶思可仄君憶君。叶魂牽夢縈。叶翠可平綃香可仄暖雲屏。叶更那堪酒醒。叶

昭君怨　四十字前段四句二仄二平韻後段四句換二仄二平韻又名一痕沙宴西園　万俟雅言

春可仄到南可仄樓雪可平盡。韻驚可仄動燈可仄期花可仄信。叶小可平雨一番寒。換平倚闌干。叶平莫可平把闌可仄干頻可仄倚。三仄換一可平望幾可平重煙可仄水。叶三仄何可仄處是京華。四換平暮雲遮。叶平四

酒泉子　四十字前段五句後段五句二平三仄韻此詞有十餘體字數句法各異今錄一體　毛熙震

閒可仄臥繡可平幃。韻慵可仄想萬可平般情寵。換仄錦檀偏。翹股重。叶仄翠雲欹。叶平暮可平天可仄屏上春山碧。三仄換映香煙霧隔。叶三仄蕙蘭心。魂夢役。叶三仄歛蛾眉。叶平

生查子　四十字兩段四韻　魏承班

煙可仄雨晚晴天。零可仄落花無語。韻 難可仄話此時情。梁可仄燕雙來去。[illegible]琴可仄韻
對熏風。有可平限和情撫。叶 腸可仄斷斷絃。頻淚可平滴黃金縷。叶

點絳脣 四十一字前段四句後段四句共七韻 曾允元

一可平夜東風。枕邊吹可仄散愁多少。韻 數聲啼鳥。叶 夢可平轉紗窗曉。叶 來可仄是
春初去可平是春將老。叶 長亭道。叶 一般芳草。叶 只可平有歸時好。叶

浣溪沙 四十二字兩段五韻 張曙

枕可平障熏爐冷繡幃。韻 二可平年終可仄日苦相思。叶 杏可平花明可仄月爾應知。叶
天可仄上人可仄間何處去。舊可平歡新可仄夢覺來時。叶 黃可仄昏微可仄雨畫簾垂。叶

菩薩蠻 四十四字前段四句二仄二平後段四句亦二仄二平共八韻 溫庭筠

小可平山重可仄疊金明滅。韻 鬢可平雲欲可平度香腮雪。叶 懶可平起畫蛾眉。換平 弄可平妝
梳可仄洗遲。叶平 照可平花前後鏡。三仄換 花可仄面交相映。叶仄 新可仄貼繡羅襦。四平換 雙
可仄雙金可仄鷓鴣。叶平

卜算子 四十四字兩段四韻 蘇軾

缺可平月挂疎桐。漏可平斷人初定。韻時可仄見幽人獨往來。縹可平緲孤鴻影。叶驚可仄起卻回頭。有可平恨無人省。叶揀可平盡寒枝不肯棲。寂可平寞沙洲冷。叶

減字木蘭花 四十四字前段四句二仄二平後段四句又換韻亦二仄二平

呂渭老

雨可平簾高可仄捲。韻芳可仄樹陰陰連別館。叶涼可仄氣侵樓。可平蕉可仄葉荷枝各自秋。叶平前可仄溪夜可平舞。三仄換化可平作驚可仄鴻留不住。叶仄愁可仄損腰肢。四平換一可平桁香銷舊可平舞衣。

醜奴兒 四十四字前後段各四句共六韻又名采桑子羅敷豔歌

和凝

蝤可仄蠐領可平上訶梨子。繡可平帶雙垂。韻椒可仄戶閒時。叶競可平學樗蒲賭可平荔枝。叶叢可仄頭鞵可仄子紅編細。裙可仄窣金絲。叶無可仄事嚬眉。叶春可仄思翻教阿可平母疑。叶

訴衷情 四十四字兩段十句六韻此調有數體字數不同今所錄乃宋人最多用者

王益

燒可仄殘絳可平蠟淚成痕。韻街可仄鼓報黃昏。叶碧可平雲可仄又可平阻可平來信。廊可仄上月侵門。叶愁永夜。拂香裀。叶待誰溫。叶夢可平闌憔悴。擲可平果淒涼。兩可平處銷

魂。

謁金門

四十五字前後段各四句七韻又名花自落

韋莊

空相可仄憶。韻無可仄計得可平傳消息。叶天可仄上嫦可仄娥人不識。叶寄可平書何處覓。叶新可仄睡覺可平來無可仄力。叶不可平忍看可平伊書可仄跡。叶滿可平院落可平花春寂寂。叶斷可平腸芳草碧。叶

好事近

四十五字前後段各四句共七韻一名釣船笛

蔣子雲

葉可平暗乳鶯啼。風可仄定老可平紅猶落。韻蝴可仄蝶不可平隨春去。入薰風池閣。叶休可仄歌金可仄縷勸金卮。酒病可平煞如昨。叶簾可仄卷日可平長人靜。任楊可仄花飄泊。叶

憶秦娥

四十六字前後段各五句共八韻此調始于太白本用仄體已見前章茲錄用平韻者一式

孫夫人

花深深。韻一可平鈎羅可仄韈行花陰。叶行花陰。疊三字閒可仄將柳可平帶試可平結同心。叶日可平邊消可仄息空沈沈。叶畫可平眉樓可仄上愁登臨。叶愁登臨。疊三字海可平棠開可仄後。望可平到如今。叶此調仍以用仄韻爲正

清平樂 四十六字前後段各四句 四仄三平韻一名憶蘿月　李白

禁可平闈清可仄夜。韻月可平探金牕罅。叶玉可平帳鴛可仄鴦噴可平蘭可仄麝。叶時可仄落銀
可仄燈香可仄灺。叶女可平伴可平莫可平話孤眠。換平六可平宮羅可仄綺三千。一可平笑皆可仄
生百可平媚。宸可仄游教可仄在帷邊。

更漏子 四十六字前段六句 二仄二平韻後段同　温庭筠

玉闌干。金甃井。韻月可平照碧可平梧桐可仄影。叶獨可平自箇。立多時。換平露可平華濃可仄
濕衣。叶平一向三換仄凝情望。叶仄待可平得不可平成模可仄樣。叶仄雖叵可平耐。又尋思。叶平
怎可平生嗔可仄得伊。叶平

畫堂春 四十七字前後段 各四句共七韻　徐俯

落可平紅鋪可仄徑水平池。韻弄可平晴小可平雨霏霏。叶杏可平花憔可仄悴杜鵑啼。叶無
可仄奈春歸。叶柳可平外畫可平樓獨上。凭可平闌手可平撚花枝。叶放可平花無可仄語對
斜暉。叶此可平恨誰知。叶

阮郎歸 四十七字前段四句後段五句 共八韻又名醉桃源碧桃春　吳文英

翠(可平)深濃(可仄)合曉鶯堤。韻 春(可仄)如日(可平)墜西。叶 晝(可平)圖新(可仄)展遠山齊。叶 花(可仄)深十(可平)二梯。叶 風絮晚醉魂迷。叶 隔(可平)城聞(可仄)馬嘶。叶 落(可平)紅微(可仄)沁繡鴛泥。叶 秋(可仄)千敎(可仄)放低。叶

攤破浣溪沙　四十八字前後段各四句共五韻又名山花子　南唐元宗

菡(可平)萏香銷翠葉殘。韻 西(可仄)風愁起綠波間。叶 還(可仄)與韶(可仄)光共(可平)憔(可仄)悴不堪看。叶 細(可平)雨夢(可平)回雞塞遠。小(可平)樓吹(可仄)徹玉笙寒。叶 多(可仄)少淚(可平)珠何限恨。倚闌干。叶

桃源憶故人　四十八字前後段各四句共八韻又名虞美人影　王之道

逢(可仄)人借(可平)問春歸處。韻 遙(可仄)指蕪(可仄)城煙樹。叶 滴(可平)盡柳(可平)梢殘雨。叶 月(可平)闌西南戶。叶 游(可仄)絲不(可平)解留伊住。叶 漫(可平)惹閒(可仄)愁無數。叶 燕(可平)子爲(可平)誰來去。叶 似(可平)說江南路。叶

眼兒媚　四十八字前後段各五句共五韻又名秋波媚　王雱

楊(可仄)柳(可平)絲(可仄)絲(可仄)弄輕柔。韻 烟(可仄)縷織成愁。叶 海(可平)棠未(可平)雨。梨(可仄)花先(可仄)

雪○一可平半春休○叶　而可仄今往可平事難重有歸○可仄夢遶秦樓○叶　相可仄思只可平在丁可仄香枝可仄上豆可平蔻梢頭○叶

柳梢靑　四十九字前後段各五句共六韻　秦觀

岸可平草平沙○韻　吳可仄王故可平苑○　柳可平裊烟斜○叶　雨可平後寒輕○　風可仄前香可仄細○　春可仄在梨花○叶　行可仄人一可平棹天涯○叶　酒醒處殘陽亂鴉○叶　門可仄外秋千○　牆可仄頭紅可仄粉深可仄院誰家○叶　首句亦有用仄不起韻者

河瀆神　四十九字前段四句四平韻後段四句四仄韻有二體　孫光憲

江上草芊芊○韻　春可仄晚可平湘可仄妃可仄廟可平前○叶　一方卵可平色楚南天○叶　數可平行可仄斜雁可平聯可仄翩○叶　獨可平倚朱可仄闌情不極○換仄　魂可仄斷可平終可仄朝可仄相可仄憶○叶仄　兩可平槳不可平知消息○叶　遠可平汀時起鸂鶒○叶

應天長　四十九字前段五句後段四句共九韻　歐陽修

一可平彎初可仄月臨鸞鏡○韻　雲可仄鬢鳳可平釵慵不整○叶　珠可仄簾靜○叶此處亦有用平不叶者　重可仄樓迥○叶　惆可仄悵落可平花風不定○叶　綠烟低柳徑○叶　何可仄處轆可平轤金井○韻

昨（可平）夜更（可仄）闌酒（可平）醒。叶 春（可仄）愁勝（可平）卻病。叶

西江月

五十字前後段各四句共六韻又名步虛詞

蘇軾

照（可平）野瀰（可仄）瀰淺（可仄）浪。橫（可仄）空曖（可平）曖微霄。韻 障泥未（可平）解玉驄驕。叶 我（可平）醉欲（可平）眠芳（可仄）草。可（可平）惜一（可平）溪明（可仄）月。莫（可平）教踏（可平）碎瓊瑤。叶 解（可平）鞍欹（可仄）枕綠楊橋。叶 杜（可平）宇數（可平）聲春（可仄）曉。叶 此調平仄兩叶兩段末句均須換仄韻叶

惜分飛

五十字前段四句四韻後段同

陳允平

釧（可平）閣桃腮香玉溜。韻 困（可平）倚銀牀倦繡。叶 雙（可仄）燕歸來後。叶 相（可仄）思葉（可平）底尋紅豆。叶 碧（可平）唾春衫還在否。叶 重（可仄）理弓彎舞袖。叶 錦（可平）藉芙蓉縐。叶 翠（可平）腰羞（可仄）對垂楊瘦。叶

醉花陰

五十二字前段四句三韻後段同

李清照

薄（可平）霧濃（可仄）雰愁永晝。韻 瑞（可平）腦噴金獸。叶 佳（可仄）節又重陽。寶（可平）枕紗廚。半（可平）夜涼初透。叶 東（可仄）籬把（可平）酒黃昏後。叶 有（可平）暗香盈袖。叶 莫（可平）道不消魂。簾（可仄）捲西風。人（可仄）比黃花瘦。叶

七〇

浪淘沙 五十四字前段五句四韻後段同又名賣花聲此調有數體後多用此體　康與之

蹙可平損遠山眉。韻幽可仄怨誰知。叶羅可仄衾滴可平盡淚可平胭脂。叶夜可平過春可仄寒人未起。門可仄外鴉啼。叶惆可仄悵阻佳期。叶人可仄在天涯。叶東可仄風頻可仄動小桃枝。叶正可平是銷魂時候也。撩可仄亂花飛。叶

鷓鴣天 五十五字兩段六韻又名思佳客　秦觀

枕可平上流鶯和可仄淚聞。韻新可仄啼痕可仄間舊啼痕。叶一可平春魚可仄鳥無消息。千可仄里關山勞可仄夢魂。叶無一語。對芳樽。叶安可仄排腸可仄斷到黃昏。叶甫可平能炙可平得燈兒了。雨可平打梨花深可仄閉門。叶

臨江仙 五十六字前後段各五句共六韻此調別體極多但錄一體於此　趙長卿

夜可平久笙可仄簫吹徹。更可仄深星可仄斗還稀。韻醉可平拈裙可仄帶寫新詩。叶鎖可平窗風露。燭作平炧月明時。叶水可平調悠可仄揚聲美。幽可仄情彼可平此心知。叶古可平香烟可仄斷綵雲歸。叶滿可平傾蕉葉。齊唱轉花枝。叶

鵲橋仙 五十六字前後段各五句二韻調名或加令字　秦觀

纖可仄雲弄可平巧。飛可仄星傳可仄恨。銀可仄漢迢可仄迢暗可平度。金可仄風玉可平露一相逢。便勝可平却人間無可仄數。叶 柔可仄情似可平水。佳可仄期如可仄夢。忍可平顧鵲可平橋歸可仄路。叶 兩可平情若可平是久長時。又豈可平在朝朝暮可平暮。

虞美人

五十六字前後各五句各二仄二平韻有二體

蔣捷

絲可仄絲楊可仄柳絲絲雨。韻 春可仄在冥濛處。叶 樓可仄兒忒可平小不藏愁。換平 幾可平度和可仄雲飛可仄去覓歸舟。叶平 天可仄憐客可平子鄉關遠。三換仄 借可平與花消遣。叶仄 海可平棠紅可仄近綠闌干。四換平 纔可仄捲珠可仄簾却可平又晚風寒。叶平

一斛珠

五十七字前後段各五句共八韻又名醉落魄

南唐後主

曉可平粧初可仄過。韻 沈可仄檀輕可仄注些兒箇。叶 向可平人微可仄露丁香顆。叶 一可平曲清歌。暫可平引櫻可仄桃破。叶 羅可仄袖裛可平殘殷色可。叶 盃可仄深旋可平被香醪涴。叶 繡可平牀斜可仄凭嬌無那。叶 爛可平嚼紅茸。笑可平向檀可仄郎唾。叶

踏莎行

五十八字前段五句三韻後段同又名柳長春

吳文英

潤可平玉籠綃。檀可仄櫻倚可平扇。韻 繡可平圈猶可仄帶脂香淺。叶 榴可仄心空可仄疊舞裙

紅。艾可平枝應可仄壓愁鬢亂。叶　午可平夢千山。牕可仄陰一可平箭。叶　香可仄瘢新可仄褪
紅絲腕。叶　隔可平江人可仄在雨聲中。晚可平風菰可仄葉生秋苑。叶

小重山　五十八字前後段各六句共八韻　蔣捷

晴可仄浦溶溶明斷霞。韻　樓可仄臺搖影處。是誰家。銀可仄紅裙可仄襇皺宮紗。叶　風前
可仄坐。間可仄鬭鬱金芽。叶　人可仄散樹啼鴉。叶　粉可平襴黏不住。舊繁華。叶　雙可仄龍
尾可平上月痕斜。叶　而今可仄照。冷可平淡白菱花。叶

第二節　中調

填詞圖譜以不及六十字者爲小令。六十字至九十字爲中調。九十字以上爲長調。今從之。中調惟略取其最通用者。視小令益少。雖不免陋略。然學者可即是以求其餘也。

中調格式

一剪梅　六十字前段六句三韻後段同　李清照

紅可仄藕香殘玉可平簟秋。韻　輕可仄解羅裳。獨可平上蘭舟。叶　雲可仄中誰寄錦書來。雁

可平字迴時。月可平滿西樓。叶　花可仄自飄零水可平自流。叶　一可平種相思。兩可平處閒愁。叶　此可平情無計可消除。纔可仄下眉頭。却可平上心頭。叶將提一首每句並協韻

七四

蝶戀花　六十字前段五句四韻後段同　又名鵲踏枝鳳栖梧一籮金　張泌

六可平曲闌可仄干偎碧樹。韻　楊可仄柳風輕展可平盡黃金縷。叶　誰可仄把鈿可仄箏移玉柱。穿可仄簾燕可平子雙飛去。叶　滿可平眼游可仄絲兼落絮。叶　紅可仄杏開時。一可平霎清明雨。叶　濃可仄睡覺可平來鶯亂語。叶　驚可仄殘好可平夢無尋處。叶

唐多令　六十字前段五句四韻後段同又名南樓令　陳允平

何可仄處是秋風。韻　月可平明霜可仄露中。叶　算淒涼未可平到梧桐。叶　曾可仄向垂可仄虹橋上看。有可平幾可平樹水邊楓。叶　客可平路怕相逢。叶　酒可平濃愁可仄更濃。叶　數歸期猶可仄是初冬。欲可平寄相可仄思無好句。聊可仄折可平贈雁來紅。叶

破陣子　六十二字前段五句三韻後段同又名十拍子　晏殊

燕子來時新可仄社。梨可仄花落可平後清明。韻　池可仄上碧可平苔三四點。葉可平底黃鸝一兩聲。叶　日可平長飛絮輕。叶　巧笑東鄰女可平伴。采可平桑徑可平裏逢迎。疑可仄怪

昨可平宵春夢好。元可仄是今朝鬭草贏。笑可平從雙臉生。叶

蘇幕遮 六十二字前段七句四韻後段同惟三句四四句并作九字又名鬢雲鬆令　范仲淹

碧雲天。黃葉地。韻 秋可仄色連波。波可仄上含煙翠。叶 山可仄映斜陽天接水。叶 芳可仄草無情更在斜陽外。叶 黯香魂。追旅思。叶 夜可平夜除非依調當絕句好可平夢留人睡。叶 明可仄月樓高休獨倚。叶 酒可平入愁腸化作相思淚。叶

漁家傲 六十二字前後段各五句五韻　周邦彥

灰可仄煖香可仄融銷永晝。韻 蒲可仄萄架可平上春藤秀。叶 曲可平角闌可仄干羣雀鬭。叶 清明可仄後。叶 風可仄梳萬可平縷亭前柳。叶 日可平照釵可仄梁光欲溜。叶 循可仄堦竹可平叶粉霑衣袖。叶 拂可平拂面可平紅新著酒。叶 沈可仄吟久。叶 昨可平宵正可平是來時候。叶

定風波 六十二字前段五句後段六句共十一韻　歐陽炯

暖可平日閒牕映碧紗。韻 小可平池春可仄水浸晴霞。叶 數可平樹海可平棠紅欲盡。換仄 爭忍。叶仄 玉可平閨深可仄掩過年華。叶平 獨可平凭繡可平牀方寸亂。三換仄 腸斷。叶仄 淚可平珠

穿可仄破臉邊花○叶平 隣可仄舍女可平郎相借問○叶仄 四換 音信○叶仄 教可仄人羞可仄道未還家○叶平

殢人嬌 六十四字前後段各六句共八韻 毛滂

雲可仄做屏風○花可仄爲行可仄幛○韻 屏可仄幛可平裏可平見春模樣○叶 小可平晴未可平了○輕陰一可平餉○叶 酒可平到處恰作平如把春拈可仄上○叶 官可仄柳黃輕○河可仄堤綠可平漲○叶 花可仄多可仄處可平少停蘭槳○雪可平邊花可仄際○平蕪疊可平幛○叶 遣可平一段淒可仄涼爲誰悵可平望○

青玉案 六十六字前後段各六句五句 此調作者頗參差茲錄一體 史達祖

蕙可平花老可平盡離騷句○韻 綠染可平遍江頭樹○叶 日可平午酒可平消聽驟雨○叶 青可仄櫳錢小○碧苔錢古○叶 難可仄買東君住○叶 官荷不礙遺鞭路○叶 被芳可仄草將愁去○叶 多可仄定紅可仄樓簾影暮○叶 蘭可仄燈初上○夜香初駐○叶 猶可仄自聽鸚鵡○叶

解珮令 六十六字前後段各六句共十韻此調亦略有參差錄一體 史達祖

人可仄行花可仄塢○韻 衣沾香可仄霧○叶 有新詞可仄逢春分付○叶 屢可平欲傳情○奈可平燕

子可平不可平曾飛去。叶倚珠簾詠郎秀可平句。叶相可仄思一可平度。叶濃愁一可平度、
叶最難忘可仄遮燈私語。叶澹可平月梨花借可平夢來可仄花可仄邊廊廡。叶指春衫淚
曾濺可平處。叶

天仙子 六十八字前後段各六句共十韻　張先

水可平調數可平聲持酒聽。韻午可平睡醒可平來愁未醒。叶送可平春春可仄去幾時回。臨
晚可平鏡。叶傷流可仄景。叶往可平事後可平期空記省。叶沙可仄上並可平禽池上暝。叶
雲可仄破月可平來花弄影。重可仄重翠可平幙密遮燈。風不可平定。叶人可仄初可仄靜。叶明
可仄日落可平紅應滿徑。叶

江城子 七十字前後段各八句五韻　謝逸

杏可平花村可仄館酒旗風。韻水溶溶。叶颺殘紅。叶野可平渡可平舟可仄橫。可仄楊柳綠陰
濃。叶望可平斷江可仄南山色遠。人不見。草連空。叶夕陽樓外曉煙籠。叶粉香融。
叶淡眉峯。叶記得年時。相見畫屛中。叶只有關山今夜月。千里外。素光同。叶此係加
疊下闋平仄通用處與上闋同

千秋歲 七十一字前後段各八句共十韻 謝逸

楝可平花飄可仄砌。韻蔌可平蔌清香細。叶梅可仄雨過。蘋風起。叶情可仄隨湘水遠。夢可平遶吳峯翠。叶琴書可仄倦。鷓可平鴣喚起南窗睡。叶密可平意無人寄。叶幽可仄恨憑誰洗。叶修可仄竹畔。疏簾裏。叶歌可仄餘塵拂扇。舞可平罷風掀袂。叶人散可平後。一可平鉤淡可平月天如水。叶

離亭燕 七十二字前段六句四韻後段同 張昇

一可平帶江可仄山如畫。韻風物向秋瀟灑。叶水可平浸碧可平天何處斷。霽色冷可平光相射。叶蓼嶼荻花洲。掩可平映竹可平籬茅舍。叶雲可仄際客可平帆高挂。叶煙可仄外酒帘低亞。叶多可仄少六可平朝興廢事。盡入漁可仄樵閒話。叶悵望倚層樓寒可仄日無可仄言西下。叶

風入松 七十三字前後段各六句四韻此調字數略有異同錄一體 康與之

一可平宵風可仄雨送春歸。韻綠可平暗紅稀。叶畫可平樓整可平日無人到。與可平誰同可仄撚花枝。叶門可仄外薔可仄薇開可仄也。枝可仄頭梅可仄子酸時。叶玉可平人應可仄是數

歸期。叶　纔可平斂愁眉。叶　塞可平鴻不可平到雙魚遠。嘆可平樓前流可仄水難西。叶　新可仄
恨欲可平是紅可仄葉。東可仄風滿可平院花飛。叶

祝英臺近　七十七字前後段各八句共八韻　　辛棄疾

寶釵分。桃葉渡。煙可仄柳暗南浦。韻　怕可平上層樓。十可平日九風雨。叶　斷可平腸可仄點可平點飛紅。都可仄無人可仄管。倩誰喚流可仄鶯聲住。叶　鬢邊覷。叶　試可平把可平花可仄卜歸期。纔可仄簪又重數。叶　羅可仄帳燈昏。哽可平咽可平夢中語。叶　是可平他可仄春可仄帶愁來。春可仄歸何可仄處。却不解帶可平將愁去。叶

御街行　七十八字前後段各七句共八韻此調共有四體　　范仲淹

紛紛墜葉飄香砌。韻　夜寂可平靜寒聲碎。叶　眞珠簾捲玉樓空。天澹銀河垂地。叶　年年今可仄。夜月可平華如練。長是人千里。叶　愁腸已斷無由醉。叶　酒未可平到先成淚。叶　殘燈明滅枕頭欹。諳盡孤眠滋味。叶　都來此可平。事眉可仄間心上。無計相迴避。叶

金人捧玉盤　七十九字前段七句後段九句共八韻又名上西平　　程垓

愛春歸。憂春可仄去。爲春忙。韻 旋點可平檢可平雨可平障雲妨。叶 遮可仄紅護可平綠。翠可平幃羅可仄幙任高張。叶 海可平棠明可仄月。杏花天可仄更可平惜濃芳。叶 喚鶯吟。招蝶作平拍。迎柳舞。倩桃粧。叶 盡呼可仄起可平萬可平籟笙簧。叶 一可平觴一可平詠。儘可平教陶可平瀉繡心腸。叶 笑可平他人可仄世謾嬉游可仄擁可平翠偎香。叶

新荷葉 八十二字前後段各八句共九韻　趙彥瑞

欲可平暑還涼。如可仄春有可平意重歸。韻 春可仄若歸來。任他鶯可仄老花飛。叶 輕可仄雷澹可平雨。似可平晚可平風可仄欺可仄得單衣。叶 簷可仄聲驚可仄醉。起可平來新可仄綠成圍。叶 回可仄首分攜。叶 光可仄風冉可平冉菲菲。叶 曾可仄幾何時。故山疑可仄夢還非。叶 鳴、可仄琴再可平撫、將可仄淸可仄恨可平都可入入金徽。叶 永可平懷橋可仄下。繫可平船溪可仄柳依依。叶

驀山溪 八十二字前後段各九句三韻 亦有每段第七八句並叶韻者　張元幹

一可平番小可平雨。陡可平覺添秋色。韻 桐可仄葉下銀牀。又可平送可平箇可平淒涼消可仄息。叶 故可平鄉何可仄處。搔可仄首對西風。衣可仄線可平斷。帶可平圍可仄寬。衰可仄鬢添新

八〇

白。叶錢可仄塘江可仄上。冠可仄蓋如雲積。叶騎可仄馬傍朱門。誰可仄肯可平念可平塵埃

羈可平客。叶佳可仄人信可平杳。日可平暮碧雲深。樓可仄獨可平倚。可平鏡可平顰可仄看。可仄此可平

意無人識。叶

洞仙歌 八十三字前段六句 後段七句共六韻　　蘇軾

冰可仄肌玉可平骨。自清涼無汗。韻水可平殿風來暗香滿。叶繡簾開一點明可仄月窺

人。人未寢。欹可仄枕釵橫鬢可平亂。叶起可平來攜素手。庭可仄戶無聲。時可仄見疏星

渡河漢。叶試問夜如何。夜可平已三更。金波可仄淡玉可平繩低可仄轉。叶但屈指西風

幾時來。又不道流年。暗中偸喚。叶

江城梅花引 八十七字前段八句 後段十句共十一韻　　康與之

娟可仄娟霜可仄月冷侵門。韻怕黃昏。叶又黃昏。叶手撚一枝獨作平自對芳樽。叶酒可平

又不。可平禁花又惱。漏聲遠。一更更。總斷魂。叶斷魂斷魂二疊字不可平堪聞。叶被

可平半溫。叶香可仄半薰。叶睡也睡也睡不穩。誰與溫存。叶惟可仄有牀前銀燭照啼

痕。叶一可平夜爲可平花憔悴損。人瘦也。比梅花瘦幾分。叶

第三節　長調

自九十字以下。皆長調也。宋以來自度曲頗多。往往爲長調。不可勝錄。略舉十一而已。

長調格式

意難忘　九十二字前段十句後段十句共十二韻　周邦彥

衣染鶯黃。韻 愛停(可仄)歌駐(可平)拍。勸(可平)酒持觴。叶 低鬟蟬影動。私(可仄)語口脂香。叶 蓮露滴。竹風涼。叶 拌(可仄)劇飲淋浪。叶 夜漸深。籠(可仄)燈就(可平)月。子(可平)細端相。叶 知音見說無雙。叶 解移(可仄)宮換(可平)羽。未(可平)怕周郎。叶 長顰知有恨。貪(可仄)耍不成妝。叶 些個事惱人腸。叶 待(可平)說與何妨。叶 又恐伊。尋(可仄)消問(可平)息。瘦(可平)減容光。叶

滿江紅　九十三字前段八句四韻後段十句五韻　一　程垓

門(可仄)掩垂楊。寶(可平)香(可仄)度翠(可平)簾重(可仄)疊。韻 春(可仄)寒(可仄)在羅(可仄)衣初試。素肌猶怯。叶 薄(可平)霧籠(可仄)花天欲暮。小(可平)風送(可平)角聲初咽。叶 但獨(可平)褰幽幌悄無言。傷初別。叶 衣上(可平)雨。眉間月。叶 滴(可平)不(可平)盡。顰空切。叶 羨(可平)棲(可仄)梁歸燕入

一九二

簾雙蜨。叶愁可仄緒多可仄於花絮亂。柔可仄腸過可平似丁香結。叶問甚可平時重理錦
囊書。從頭說。叶

滿庭芳 九十五字前後段各九句共九韻 一名鎖陽臺 滿庭霜　程垓

南可仄月驚烏。西風破可平雁。又是可平秋可仄滿平湖。韻 採可平蓮人盡。寒色戰菰蒲。叶
舊可平信江南好景。一作平萬可平里輕可仄覓蓴鱸。叶 誰知道。吳儂未識。蜀作平客已情
孤。叶 憑高增悵望。湘雲盡處。都可仄是平蕪。叶 問故可平鄉何可仄日。重可仄見吾廬。叶
縱可平有荷紉芰製。終不可平似菊可平短籬疏。叶 歸情遠。三更雨夢。依舊繞庭梧。叶

水調歌頭 九十五字前段九句後段十句共八韻 夢窗名江南好 白石名花犯念奴　蘇軾

明可仄月幾時有。把可平酒問青天。韻 不可平知天可仄上宮可仄闕。今可平夕可仄是何年。叶
我可平欲乘可仄風歸可仄去。又可平恐瓊樓玉作平宇。高可仄處不勝寒。叶 起可平舞弄清影。
何可仄似在人間。叶 轉可平朱可仄閣。低可平綺可仄戶。照無眠。叶 不可平應有可平恨。何
可仄事可平常可仄向別時圓。叶 人可仄有悲可仄歡離可仄合。月可平有陰晴圓可仄缺。此可平事
古難全。叶 但可平願人可仄長久。千可仄里共嬋娟。叶

鳳凰臺上憶吹簫 九十五字前段十句後段九句共九韻 李清照

香可仄冷金猊。被可平翻紅可仄浪。起可平來慵可仄自梳頭。韻任寶奩塵滿。日可平上簾鉤。生可仄怕離懷別可平苦。多少可平事。欲可平說還休。叶新來瘦。非干病酒。不是悲秋。叶休休叶此二字可不叶這回去也。千萬可平遍陽關。也可平則難留。叶念武陵人遠。煙可仄鎖秦樓。叶惟可仄有樓前流可仄水。應念可平我終可仄日凝眸。叶凝眸處。從今又添。一段新愁。叶

燭影搖紅 九十六字前段九句後段同共十韻 趙長卿

梅可仄雪飄香。杏花開可仄豔燃春晝。韻銅可仄駝烟淡曉風輕。搖可仄曳青青柳。叶海可平燕歸可仄來未久。叶向雕梁初成對偶。叶日長人困。綠可平水池塘。清明時候。叶簾可仄幙低垂。麝煤烟可仄噴黃金獸。叶天可仄涯人去杳無憑。不可平念東陽瘦。叶眉可仄上新可仄愁壓舊。叶要消遣可平除非殢酒。叶酒醒人靜。月可平滿南樓。相可仄思還又。叶

聲聲慢 九十七字前段十句後段九句共八韻 吳文英

雲可仄深山可仄塢。煙可仄冷江臯。人生可仄未可平易相逢。韻一可平笑燈前。釵行可仄兩可平兩春容。叶清芳夜爭眞可仄態。引生可仄香撩亂東風。叶探可平花可仄手。與安排金可仄屋。懊可平惱司空。叶憔可仄悴欲翾委可平佩。恨玉可平奴消可仄瘦。飛可仄趁輕鴻。叶試可平問知心。樽前可仄誰可仄最情濃。叶連呼紫雲伴可平醉。小丁可仄香欃吐微紅。叶還解語。待攜歸行雨夢中。叶

醉蓬萊 九十七字前後段各十一句共八韻　　呂渭老

任落可平梅鋪可仄綴。雁可平齒斜橋。裙可仄腰芳草。韻閒可仄伴游絲。過曉可平園庭沼。叶斷可平近清明。雨可平晴風可仄輭。稱少可平年尋討。叶碧可平縷牆頭。紅可仄雲水可平面。柳可平隄花島。叶誰可仄信而今。怕愁憎酒。對可平著花枝。自疎歌笑。叶鶯可仄語丁寧。問甚可平時重到。叶夢可平筆題詩。帊可平綾封可仄淚。向鳳可平簫人道。叶處可平處傷懷。年可仄年遠可平。念惜可平春人老。叶

暗香 九十七字前後段各九句共十二韻一名紅情　　姜夔

舊時月可平色。韻算幾番照我。梅邊吹笛。叶喚起玉人。不可平管清寒與攀摘。叶何

遥而今漸老。都可仄忘却春風詞筆。叶但怪得竹可平外疏花。香冷入瑤席。叶江
國。叶正寂寂。叶嘆寄與路遥。夜雪可平初積。叶翠樽易泣。叶紅萼無言耿相憶。叶
長記曾攜手處。千樹壓西湖寒碧。叶又片片吹盡也。幾時見得。叶

八聲甘州 九十七字前後段各九句共八韻 柳永

對瀟瀟暮可平雨灑江天。一可平番洗清秋。韻漸霜風淒可仄緊。關河冷。可平落殘可仄照
當樓。叶是處紅可仄衰綠可平減。苒可平苒物華休。叶惟可仄有長可仄江水。無可仄語東流。
叶不忍登可仄高臨可仄遠。望故可平鄉渺可平邈。歸可仄思難收。叶歎年可仄來蹤可仄跡。
何可仄事苦淹留。叶想佳人妝可仄樓長可仄望。誤幾回天可仄際識歸舟。叶爭知我倚
可平闌干處。正可平恁凝愁。叶

雙雙燕 九十八字前後段各九句共十二韻 史達祖

過春社了。度可平簾幙中間。去年塵冷。韻差池欲住。試可平入舊巢相並。叶還相雕
梁藻井。叶又輭可平語商量不作平定。叶飄然快拂花梢。翠尾分開紅影。叶芳徑
叶芹泥雨潤。叶愛貼地爭飛。競誇輕俊。叶紅樓歸晚。看足柳昏花暝。叶應是棲

香正穩。叶便忘可仄了天涯芳信。叶愁損可平翠黛雙蛾。日可平日畫可平欄獨凭。叶

晝夜樂 九十八字前後段各八句共十一韻　柳永

洞可平房記可平得初相遇。韻便只作平合作平長相聚。叶何可仄期小會幽歡。變作別可平離情可仄緒。叶況可平値闌珊春色暮。叶對滿可平目可平亂花狂絮。叶直可平恐好風光。盡隨伊歸去。叶一可平場寂可平寞憑誰訴。叶算前言總可平輕負。叶早可平知恁地難拚。悔不當可仄初留可仄住。叶其可仄奈風流端正外。更別可平有可平繫人心處。叶一可平日不思量也攢眉千度。叶

鎖窗寒 九十九字前段十句後段九句共十韻　周邦彥

暗柳啼鴉。單衣竚立。小簾朱戶。韻桐花半畝。靜鎖一庭愁雨。叶灑空階更闌未休。故人翦燭西窗語。叶似楚江暝宿。風燈零亂。少年羈旅。叶遲暮叶嬉游處。叶正店舍無煙。禁城百五。叶旗亭喚酒。付與高陽儔侶。叶想東園桃李自春。小脣秀靨今在否。叶到歸時定有殘英。待客攜樽俎。叶詞律以嘯餘譜混註平仄惟此一體可從故今仍之不註平仄

念奴嬌　前段九句後段十句共八韻一名大江東去壺中天百字令等　辛棄疾

野平可棠花落○又平可匆仄可匆仄可過平可了清明時節○韻　剗平可地東風欺客夢○一平可枕銀仄可屏寒怯○叶　曲平可岸持觴○垂仄可楊繫平可馬○此平可地曾經別○叶　樓仄可空人去○舊游飛燕能說○叶　聞道綺陌東頭○行人長仄可見簾底纖纖月○叶　舊平可恨春江流不盡○新仄可恨雲山千疊○叶　料平可得明朝○樽仄可前重仄可見○鏡平可裏花難折○叶　也平可應驚問○近來多少華髮○叶

瑞鶴仙　一百二字前段十句後段十一句共十三韻　史達祖

杏平可煙嬌濕鬢○韻　過杜平可若平可汀仄可洲仄可楚平可衣香潤○叶　回頭翠樓近○叶　指鴛鴦仄可沙上○平可暗平可藏春恨○叶　歸鞭隱隱○叶　便不平可念平可芳痕未穩○叶　自簫聲吹仄可落雲東○再平可數故園花信○叶　誰問叶　聽平可歌窗罅倚月鉤闌舊家輕俊○叶　芳心一寸○叶　相仄可思仄可後總灰盡○叶　奈春風多仄可事○吹花搖柳○也平可把幽情喚醒○叶　對南溪桃仄可萼翻紅○又成瘦損○叶

水龍吟　一百二字前後段各十一句共九韻又名龍吟曲小樓連苑海天闊處　辛棄疾

楚天千可仄里清秋。水可平隨天可仄去秋無際。韻遙可仄岑遠目。獻可平愁供恨。玉可平簪
螺髻。叶落可平日樓頭斷。可平鴻聲可仄裏。江可仄南游子。叶把吳可仄鈎看可平了。闌可仄干
拍可平遍。無人會。登臨意。叶休可仄說鱸魚堪可仄膾。叶儘西風季可平鷹歸未。叶求
可仄田問舍。怕可平應羞見。劉可仄郎才氣。叶可可平惜流年。憂可仄愁風可仄雨。樹可平猶如
此。叶倩何人喚取。紅可仄巾翠可平袖。搵英雄淚。叶

齊天樂 韻一百二字前段十句後段十一句共九 又名五福降中天臺城路如此江山　王沂孫

一可平襟餘可仄恨宮魂斷。年年翠陰庭樹。韻乍咽涼柯。還移暗葉。重可仄把離愁深
訴。叶西窗過雨。叶怪瑤佩流空。玉箏調柱。叶鏡暗妝殘。爲誰嬌鬢尚如許。叶
銅仙鉛淚似洗。嘆移盤去遠。難貯零露。叶病翼驚秋。枯形閱世。消可仄得斜陽幾
可平度。叶餘音更苦。甚獨可平抱清商。頓成淒楚。叶謾想薰風。柳絲千萬縷。叶

南浦 一百二字前段九句 後段八句共八韻　魯逸仲

風悲畫角。聽單于三弄落譙門。韻投可仄宿駸駸征騎。飛雪滿孤村。叶酒市漸闌
燈火。正敲窗亂葉舞紛紛。叶送數聲驚雁。乍離煙水。嘹唳度寒雲。叶好在半

朧淡月。到如今無處不銷魂。叶 故可平國梅花歸夢。愁損綠羅裙。叶 爲問暗香閒豔。也相思萬點付啼痕。叶 算翠屏應是。兩眉餘恨倚黃昏。叶

眉嫵 一百三字前段十句後段九句共十一韻又名百宜嬌

王沂孫

漸新痕懸柳。澹影穿花。依約破初暝。韻 便可平有團圓意。深深拜。相逢誰在香逕。叶 畫眉未穩。叶 料素娥猶帶離恨。叶 最堪愛一曲銀鉤小。寶簾挂秋冷。叶 千古盈虧休問。叶 嘆謾磨玉斧。難補金鏡。叶 太可平液池猶在。淒涼處何人重賦清景。叶 故山夜永。叶 試待他窺戶端正。叶 看雲外山河。還老桂花舊影。叶

綺羅香 一百四字前後段各九句共八韻

張翥

燕子梁深。秋千院冷。半可平溼垂楊煙縷。韻 怯可平試春衫。長可仄恨踏青期阻。叶 梅可仄子可平後可平餘可仄潤留寒。藕可平花可仄外可平嫩涼銷暑。叶 漸驚他秋可仄老梧桐。蕭可仄蕭金井斷蛩暮。叶 熏籠須待被暖。催雪新詞未穩。重尋箋譜。叶 水可平閣雲窗。總可平是慣曾經處。叶 曾可仄信可平有可平客可平裏關河。又可平怎可平禁可仄夜深風雨。叶 一聲聲滴可平在疏篷。做成情味苦。叶

永遇樂（一百四字前後段各十一句共八韻又名消息）　蔣捷

清（可仄）逼池亭。潤侵山（可仄）閣。雲（可仄）氣（可平）凝聚。（韻）未（可平）有蟬前。已（可平）無蝶（可平）後。花（可仄）
事隨流水。（叶）西（可仄）園支徑。今（可仄）朝重（可仄）到。半（可平）礙醉筇吟袂。（叶）除（可仄）非是（可平）鶯
身瘦（可平）小。暗（可平）中（可仄）引離（可仄）穿去。（叶）梅（可仄）簷滴（可平）溜。風（可仄）來吹斷。放得斜（可仄）
陽一縷。（叶）玉（可平）子敲枰。香（可仄）綃落（可平）剪。聲（可仄）度深幾許。（叶）層（可仄）層離恨。淒（可仄）迷
如（可仄）此。點（可平）破漫煩輕絮。（叶）應（可仄）難認（可平）爭春舊館。倚紅杏處。（叶）

二郎神（一百五字前段十句後段十一句共九韻柳永一首少一字後多從此體）　湯恢

瑣窗睡起。閒（可仄）竚立海棠花影。（韻）記翠櫳銀塘。紅牙金縷。杯泛梨花凍冷。（叶）燕
子銜來相思字。道玉瘦不（作平）禁春病。（叶）應蝶粉半銷。鴉雲斜墜。暗塵侵鏡。（叶）
還省。（叶）香痕碧唾。春衫都凝。（叶）悄一似酴醾玉肌翠（可平）。被消得東風喚醒。（叶）青
（可仄）杏單衣。楊（可仄）花小（可平）。扇閒卻晚春風景。（叶）最（可平）苦是。蝴蝶盈盈弄晚。一簾風
靜。（叶）

望海潮（一百七字前後段各十一句共十一韻）　秦觀

梅英疎淡。冰澌溶（仄可）洩。東風暗換年華。韻金谷俊游。銅駝巷陌。新晴細履平沙。叶長記誤隨車。叶正絮（平可）翻蝶（平可）舞。芳（仄可）思交加。叶柳下桃蹊。亂分春色到人家。叶西園夜飲鳴笳。叶有華燈礙（平可）月。飛（仄可）蓋妨花。叶蘭苑未空。行人漸老。重來事事堪嗟。叶煙暝酒旗斜。叶但倚（平可）樓極（平可）目。時（仄可）見棲鴉。叶無（仄可）奈歸心。暗隨流水到天涯。叶

一蕚紅　一百八字前段十一句後段十句共九韻　　周密

步深幽。韻正雲（仄可）黃天（仄可）淡。雪（平作）意未全休。叶鑑（平可）曲寒沙。茂（平可）林煙（仄可）草。俛（平可）仰（平可）今古悠悠。叶歲華（仄可）晚（平可）飄零漸（平可）遠。誰（仄可）念（平可）我（平可）同載五湖舟。叶磴（平可）古松斜亘（仄可）陰苔（仄可）老。一（平可）片清愁。叶回（仄可）首天涯歸（仄可）夢幾魂飛西浦。淚（平可）灑東州。叶故（平可）國山川。故（平可）園心（仄可）眼。還（仄可）似（平可）王粲登樓。叶最負（平可）他（仄可）秦鬟妝（仄可）鏡。好（平可）江（仄可）山（仄可）何事此時游。叶爲喚狂（仄可）吟老（平可）監。共（平可）賦銷憂。叶

疎影　一百十字前後段各十句共九韻又名綠意　　姜夔

苔枝綴玉。韻 有翠禽（可仄）小小。（可平）枝上同宿。叶 客裏相逢。籬角黃昏。無（可仄）言（可仄）自（可平）倚（可平）修竹。叶 昭君不慣胡沙遠。但暗憶江（可仄）南江北。叶 想佩環（可平）月夜歸來。化作此花幽獨。叶 猶記深宮舊事。那人正睡裏。飛近蛾綠。叶 莫似春風。不（作平）管盈盈。早與安排金屋。叶 還教一片隨波去。又卻怨玉（可平）龍哀曲。叶 等恁時重（可仄）覓幽香。已入小窗橫幅。叶

沁園春　一百十四字前段十三句後段十二句　陸游

孤（可仄）鶴歸飛。再過遼天。換盡舊人。韻 念纍（可平）纍枯（可仄）冢。茫（可仄）茫夢（可平）境。王（可仄）侯螻（可仄）蟻。畢（可平）竟成塵。叶 載（可平）酒園林。尋（可仄）花巷（可平）陌。當（可仄）日何曾輕（可仄）負春。叶 流年改。嘆圍（可仄）腰帶（可平）賸。點（可平）鬢霜新。叶 交親散（可平）落如雲。叶 又豈（可平）料如今餘（可仄）此身。叶 幸眼（可平）明身（可仄）健。茶（可仄）甘飯（可平）軟。非（可仄）惟我（可平）老。更（可平）有人貧。叶 躲（可平）盡危機。消（可仄）殘壯（可平）志。短（可平）艇湖中。閒（可仄）采蓴。叶 吾何恨。有漁（可仄）翁共（可平）醉。溪（可仄）友為鄰。叶

摸魚兒　一百十六字前後段各十字共十三韻兒或作子又名買陂塘安慶模　辛棄疾

更能消幾番風雨。怱怱春又歸去。韻惜可平春長可仄怕花開早。何可仄況落紅無數。 卷四
叶春且住。叶見可平說道天涯芳可仄草無歸路。叶怨可平春不語。叶算只可平有殷勤、
畫可平檐蛛可仄網。盡可平日戀飛絮。叶長門事準可平擬佳期又誤。叶蛾眉曾有人
妬。叶千金縱可平買相如賦、脈可平脈此情誰訴。叶君莫舞。叶君不見玉環飛可仄燕
皆塵土。叶閒愁最苦。叶休去可平倚危欄。斜可仄陽正可平在。煙可仄柳斷腸處。叶

賀新郎 一百十六字前段十句後段同共十二韻 郎一作涼又名金縷曲乳燕飛貂裘換酒 毛幵

風可仄雨連朝夕。韻最驚心春可仄光晼晚。又過寒食。叶落可平盡一可平番新桃李。芳
草南園似積。叶但可平燕子歸來幽寂。叶況可平是單可仄棲饒惆悵。儘無聊有可平夢
寒猶力。叶春意遠。恨虛擲。叶東君自是人間客。叶暫時來怱怱卻去。爲誰留
得。叶走可平馬插可平花當年事。池晼空餘舊跡。叶奈可平老去流光堪惜。叶杳可平隔
天可仄涯人千里。念無憑寄可平語長相憶。叶回首處。暮雲碧。叶

蘭陵王 一百三十字第一段九句第二段八句第三段十一句共十八韻 史達祖

漢江側。韻月可平弄仙人珮色。叶含情久搖曳楚衣。天可仄水空濛染嬌碧。叶文漪

簟影織。叶涼背。叶時將粉飾。叶誰曾見羅韈去時。點可平點波閒冷雲積。叶相思舊飛鷁。叶謾想像風裳追恨瑤席。叶涉可平江幾可平度和愁擷。叶記可平雪映雙腕。刺縈絲縷。分開綠可平蓋素袂溼。叶放新句吹入。叶寂作平寂。叶意猶昔。叶念淨社因緣。天許相覓。叶飄蕭羽可平扇搖團白。叶屢側臥尋夢。倚欄無力。叶風標公子。欲下處。似去聲認去聲得。叶萬氏詞律謂平仄如此不可移易

多麗　一百三十九字前段十三句後段十一句共十二韻又名綠頭鴨　張翥

晚山青。韻一可平川雲可仄樹冥冥。叶正參可仄差煙可仄凝紫可平翠。斜可仄陽畫可平出南屏。叶館娃歸吳可仄臺游可仄鹿。銅可仄仙可仄去漢可平苑飛螢。叶懷可仄古情多。憑可仄高望可平極。且可平將樽可仄酒慰漂零。叶自湖可仄上愛可平梅仙可仄遠。鶴可平夢幾時醒。叶空留得六可平橋疎可仄柳。孤可仄嶼危亭。叶待蘇隄歌可仄聲散可平盡。更可平須攜可仄妓西泠。叶藕花深雨可平涼翡翠。菰可仄蒲可仄軟風可仄弄蜻蜓。叶澄可仄碧生秋。鬧可平紅駐可平景。採可平菱新可仄唱最堪聽。叶見一可平片水可平天無可仄際。漁可仄火兩三星。叶多情月爲可平人留可仄照。未可平過前汀。叶

戚氏（二百十二字前段十四句中段十二句末段十五句共廿四韻）　柳永　九六

晚秋天。（韻）一（作平）霎（作平）微雨灑庭軒。（叶）檻菊蕭疏。井梧零亂。惹殘煙。（叶）淒然（叶）望江關。（叶）飛雲黯（可平）淡夕陽間。（叶）當時宋玉悲感。向此（作平）臨水與登山。（叶）遠（可平）道迢遞。行人淒楚。倦聽（平聲）隴（可平）水潺湲。（叶）正蟬鳴敗葉。蛩響衰草。相應聲喧。（叶）孤館度日如年。（叶）風露漸變。悄悄至更闌。（叶）長天靜。絳河清淺。皓月嬋娟。（叶）思綿綿。（叶）夜永對景那堪。（叶）屈指暗想從前。（叶）未名未祿。綺陌紅樓。往（可平）往經歲遷延。（叶）帝里風光好。當年少日。暮宴朝歡。（叶）況有狂朋怪侶。遇當歌對酒競留連。（叶）別來迅景如梭。舊游似夢。煙水程何限。（仄叶）念利名憔悴長縈絆。（仄叶）追往事空慘愁顏。（叶）漏箭移稍覺輕寒。（叶）聽嗚咽（作平）畫角數聲殘。（叶）對閒窗畔。停燈向曉。抱影無眠。（叶）

鶯啼序（二百四十字第一段八句四韻第二段九句四韻第三段十四句六韻第四段十四句四韻共十八韻）　吳文英

殘寒正欺病酒。掩沈香繡戶。（韻）燕來晚飛入西城。似說（作平）春事遲暮。（叶）畫船載清明過卻。晴煙冉冉吳宮樹。（叶）念羈情游蕩隨風。化爲輕絮。（叶）十載西湖。傍

柳繫馬。趁嬌塵輭霧。叶 遡紅漸招入仙溪。錦兒偸寄幽素。叶 倚銀屏春寬夢窄，
斷紅溼歌紈金縷。叶 暝隄空。輕把斜陽。總還鷗鷺。叶 幽蘭旋去聲老。杜若還生。
水鄉尚寄旅。叶 別後訪六橋無信。事往花萎。瘞玉埋香。幾番風雨。叶 長波妒盼。
遙山羞黛。漁燈分影春江宿。叶 記當時短楫桃根渡。叶 青樓髣髴。叶 臨分敗壁
題詩。淚墨作平慘淡塵土。叶 危亭望極。草色天涯。嘆鬢侵半苧。叶 暗點檢離痕
歡唾。尚染鮫綃。嚲鳳迷歸。破鸞慵舞。叶 殷勤待寫。書中長恨。藍霞遼海沈過雁。
謾相思彈入哀箏柱。叶 傷心千里江南。怨曲重招。斷魂在否。叶

徐敬修《詞學常識》

徐敬修(1893–1926),江蘇吳江人,曾為蘇州文學社團星社社員。主要著作有:《中學論說新範》《新學制小學教科書高級地理課本》《國學常識》十種(《小學常識》《音韻常識》《經學常識》《理學常識》《史學常識》《子學常識》《文學常識》《詩學常識》《詞學常識》《說部常識》)。《詞學常識》即《國學常識》之一種。《詞學常識》分三章:總說、歷代詞學之變遷和研究詞學之方法。《詞學常識》於民國十四年(1925)上海大東書局初版,以後多次再版。本書據大東書局初版影印。

徐敬修　**詞學常識**

詞學常識

詞學常識提要

詞者詩之餘·爲長短句之變體·惟因其可被諸管絃·故須按譜而塡·本書關於詞之起源·以及詞與詩樂曲之關係·歷代詞學之變遷·均詳細敍明·末附塡詞之方法·及詞譜詞韻·以備研究詞學者知所取法焉·

詞學常識 提要 （一）

詞學常識目次

詞學常識

吳江　徐敬修編著

第一章　總說

第一節　詞之意義及其起原

說文云：「詞者，意內而言外也．从言从司．」釋名曰：「詞，嗣也，令撰萻言相嗣續也．」此古人釋詞字之義，而非吾人所欲知「塡詞之詞」之意義也．茲將古人所論「塡詞之詞」之意義，分述于下：

彭孫遹詞統源流「以詞之長短錯落，發源於三百篇．」藝苑巵言曰：「詞者，樂府之變也．」張皋文曰：「詞者，蓋出于唐之詩人采樂府之音，以制新律，因繫其詞．」徐伯魯曰：「詩餘謂之塡詞．」

綜觀各家之說，其論詞也，可括之爲三：一曰，詞者，雅頌之遺音；

一曰，詞者，樂府之變；一曰，詞者，詩之餘．其實詞者，上承詩與樂府，下啓曲，爲韻文之一種，其辭句長短互用，稍近于言語之自然；比之絕句，則更宛轉而能入音克諧，比之于曲，則無曲之嘈雜淒緊緩急而徒以快耳爲也．

攷詞之起原，由來甚遠．汪森晉賢序朱竹垞詞綜云：「自有詩而長短句卽寓焉；南風之操，五子之歌是已；周之頌三十一篇，長短句居十；漢郊祀歌十九篇，長短句居其五；至短簫鐃歌十八篇，篇皆長短句，謂非詞之源乎？迄于六代，江南採蓮諸曲，去倚聲不遠，其不卽變爲詞者，四聲猶未諧暢也．自古詩變爲近體，而五七言絕句傳於伶官樂部，長短句無所依，則不得不更爲詞．當開元盛日，王之渙，高適，王昌齡詩句流播旗亭，而李白菩薩蠻等詞，亦被之歌曲；古詩之于樂府，近體之于詞，分鑣並騁，非有先後；謂詩降爲詞，以詞爲詩之餘，殆非通論矣。」王昶述菴國朝詞綜序云：「詞實繼古詩而作，而詩本于樂，樂本于音，音有淸濁高下輕重抑揚之別，乃爲五音十二律以著之，非句有長短，無以宣其氣，而達其音，故孔穎達詩正義，謂「風」「雅」「頌」有一二字爲句，及至七八字爲句者，所以和八聲而無不協也。三百篇後，楚辭亦以長短爲聲，至漢郊祀歌，鐃吹曲，房中歌，莫不皆然；蘇李詩出，畫以五言，而唐時優伶所歌，則七言絕句，其餘皆不入樂，李太白，張志和始爲詞以續樂府之後；不知者謂詩之變，而其實詩之正也；由唐而宋，多取詞入于樂府，不知者謂樂之變，而其實詞正所以合樂。且夫太白之「西風殘照，漢家陵闕，」黍離行邁之意也；志和之「桃花流水，」考槃衡門之旨也；嗣是溫岐韓偓諸人，稍及閨襜，然樂而不淫，怨而不怒，亦猶是摽梅蔓草之意，至柳耆卿黃山谷輩，然後多出於褻狎，是豈長短句之正哉？」此言詞之起源也。總之詞者，濫觴于李唐，滋衍于五代，而造極於兩宋；若論其體例，則具于齊梁之時；考其名稱，則肇于炎漢之際；按其音律，則遠自三百篇；惟以數典太遠，故後人多以李白之菩薩蠻，憶秦娥二闋，為百代詞調之祖也。若欲窮其源流，考其變遷，則當于下節詳述之。

第二節　詞調之淵源及詞之沿革

古時詩樂並重，降及秦漢之際，六經遂亡，漢乃設樂府之官，歌詠雜興，猶有先王樂教之意；然東漢以後，樂府之音節，漸歸澌滅，曹子建已患其難識，彼建安七子，雖雄於詞章，而可被之管絃者，實寥寥也。故漢代雅樂之存，不過鹿鳴騶虞伐檀文王四篇，而李延年之徒，以歌被寵，復改易音節，止存鹿鳴一曲．其他如短簫鐃歌樂曲，亦僅有朱鷺，艾如張，上之囘，戰城南，將進酒等二十二曲，晉與又盡改之，存者惟玄雲釣竿二曲而已．自晉以後，古樂盡亡，于是新聲乃起；宋少帝則有新製三十六曲，（即中朝曲是也）齊謝朓有隨王鼓吹曲，（凡十疊，一曰元會，二曰郊祀，三曰鈞天，四曰入朝，五曰出藩，六曰校獵，七曰從戎，八曰送遠，九曰登山，十曰溪水）梁武帝則有江南七弄，（一曰江南，二曰龍笛，三曰採蓮，四曰鳳笙，五曰採菱，六曰游女，七曰朝雲．其第一曲云：衆花雜色滿上林，舒芳耀綠垂輕陰，連手躞蹀舞春心；舞春心，臨歲腴，中人望，獨踟躕．）又有上雲七曲，（一曰鳳臺，二曰桐柏，三曰方丈，四曰方諸，五曰玉龜，六曰金丹，七曰金陵．）而沈約亦有鳳瑟曲，秦箏曲，朝雲曲，陽春曲，攜手曲，夜夜曲等，陳後主則有玉樹後庭花，隋煬帝則有望江南詞，夜飲朝眠曲，他如王令言有安公子曲，王叡有迎神送神曲，而白雪，公莫舞，巴渝，白苧，子夜，團扇，懊儂，莫愁，楊叛兒，烏夜啼等曲，亦盛行當世，蓋皆詞之濫觴也。至於唐代，盛傳外國之樂，故唐十部樂中，爲中國本土之音，惟清商曲辭所遺之清樂而已，其餘有採用涼州伊州甘州，天竺高麗龜茲，安西疏勒，高昌康國等音，故天寶之末，明皇詔道調法曲，與胡部新聲合作，是蓋由繫于清商樂之絕句，過于單調，不得不調以外國之樂律，以求諧協，于是絕句一體，大有詩樂一致之勢。然樂曲概長，以絕句而欲求節奏之和叶，不得不于字間加散聲，于句裏插和聲，以爲救濟之法，迨學士大夫，審音既熟，乃以曲譜爲基礎，散聲和聲，俱塡以實字，由是五七言絕句，句法遂有長短，所謂塡詞是也。然當時如李白之清平調，猶未脫七言絕句之體，迨作菩薩蠻，始破五七言之體，其起二句爲七言，其餘皆爲五言；憶秦娥則以七言而雜三四言；張子和之漁歌子，則又將七言絕句而截去一字者也；自是以後，作詞者靡然風從，然據全唐詞所載，多爲小令，其長者惟杜牧之八六子有九十二字，蜀尹鶚之金浮圖有九十六字，無名氏之魚游春水有九十一字；蓋以當時不著爲國家功令，但付梨園，故作者僅出其餘緒爲之耳。五代之時，詞學日盛，趙崇祚輯花間集，所收至五百餘首，亦可見當時作者之多矣。惜乎皆爲淫靡哀怨之詞，所謂亡國之音哀以思也。至於趙宋，以詞爲樂章，因之更大進步，推闡極至，於小令，中調以外，更添長調，於是其體大備，是爲詞學極盛時代。金元入主，變詞爲曲，詞學乃衰，然詞曲本爲一體，能曲者皆能爲詞，故當時詞家，如吳彥高，蔡伯堅，元好問，趙孟頫等，亦有八十餘人之多．朱明一代，詞人不下三百餘家，而自永樂以還，南宋諸家名詞，反不顯于世，惟花間草堂諸集盛行，其能步武前哲，惟李楨瞿祐張肯之流耳．及至崇禎之間，陳子龍崛起華亭，爲一代詞人之冠，然總有明一代觀之，小令中調，雖有可取，而長調則都涉于浮靡，甚至如錢塘馬浩瀾洪，以花影妖淫之詞，亦居然名著東南，詞風頹喪，于此極矣．清初如吳梅村錢牧齋王士禎諸人，新詞競唱，不減元明，惟是科舉方盛，學者皆留心帖括，無暇顧及，然如朱竹垞張皋文輩，皆能各樹一幟，爲一代詞宗，流風所扇，直至道咸之際，其風猶未衰也．蓋當時朝廷雖重科舉，而學者大都能倚聲塡詞，故可謂詞學之復興時代，迨咸同以後，此風漸衰，蓋學者大都不明音律，雖有佳作，亦皆貌合神離，不能協律，未足以備樂章之用矣。

第三節　詞之體例

詞之體例，較詩爲叢雜；其在唐初，皆爲五言或七言，初無長短句之分，中葉以後，至于五代，始變成長短句，句之短者，有僅一字或二字，其長者有八九字，每一首（或稱一闋，或稱一解）中，字句長短參差，至不一律，而每首字數之多寡，亦不一律，其少者僅十六字（如十六字令天，休使圓蟾照客眠；人何在？桂影自嬋娟。）其多者有二百四十字；（如鶯啼序）是以後人作詞，皆須按譜塡之，始能平仄諧協，句讀無誤；自蜀趙崇祚編花間集後，宋人編有草堂詩餘，於是張南湖有詩餘圖譜，程明善有嘯餘譜，萬樹有詞律，皆專講詞體而兼及作法之書也。茲將詞調之起原及其分目之方法，一一述之于下：

一 調名之原起

兪少卿云：「唐詞多緣題所賦，臨江仙則言水仙，女冠子則述道情，河瀆神則緣祠廟，巫山一段雲則述巫峽，醉公子則咏公子醉也。」胡元瑞藝林學山云：「諸詞所詠，固卽詞名，然詞家亦間如此，不盡泥也。菩薩蠻稱唐世諸調之祖，昔人著作最衆，乃無一曲與詞名相合，餘可類推，猶樂府然，題卽詞曲之名也。聲調卽詞曲音節也。宋人塡詞絕唱，如「流水孤村，」「曉風殘月」等篇，皆與調名了不關涉；而王晉卿人月圓，謝無逸漁家傲，殊碌碌無聞，則樂府所重，在調不在詞矣。」其故蓋以唐人因詞製調，至宋時則因調塡詞，故後人于調名之下，往往再附加題名，以醒眉目也。然而調名之原起，如楊用修都元敬，考之甚詳，沈天羽更掩楊論爲己說，如蝶戀花，取梁武帝「翻堦蛺蝶戀花情」句之意；滿庭芳，取吳融「滿庭芳草易黃昏」之句；點絳脣，取江淹「白雪凝瓊貌，明珠點絳脣」句之意；其考證甚多，不能一一盡述，學者可參看宋王灼碧鷄漫志，明楊愼丹鉛錄，淸毛先舒塡詞名解等書也．

二　詞調之分目

宋人編集歌詞，長者曰慢，短者曰令，初無中調，長調之目；自顧從敬編草堂詞，以臆見分之，後遂相沿，殊屬牽率；萬氏詞律發凡云：『自草堂有小令，中調，長調之目，後人因之，但亦約略云爾；詞綜所云，以臆見分之，後遂相沿，殊屬牽率者也．錢塘毛氏云：「五十八字以內爲小令，五十九字至九十字爲中調，九十一字以外爲長調，古人定例也．」愚謂此亦就草堂所分而拘執之，所謂定例，有何所據；若以少一字爲短，多一字爲長，必無是理；如七娘子有五十八字者，有六十字者，將名之曰小令乎？抑中調乎？如雪獅兒有八十九字，有九十二字者，將名之曰中調乎？抑長調乎？故本譜但敍字數，不分小令，中，長，之名。』按詞調分目，亦敍字數，與不分目而依字數排列，無大出入，但分目之法，流俗易解，而又能包括衆題，故仍爲詞家所通用也。

三 詞之分體

詞句字數有定，然因不能記憶，遂增一二字（黃鍾醉花陰加襯至八十餘字）以聯屬之，所謂襯字是也。後人不明其故，一律按腔以實之，于是同一調也，至成爲數體，乃有第一體第二體等之分別，萬氏則概稱之曰又一體；其言曰：「舊譜之最無義理者，是第一體第二體等，排次既不論作者之先後，又不拘字數之多寡，强作雁行，若不可踰越者，而所分之體，乖謬殊甚，尤不足取；因向來詞無善譜，俱以之爲高曾典型，學者每作一調，即自注其下云第幾體。夫某調則某調矣，何必表其爲第幾；自唐及五代十國宋金元，時遠人多，誰爲之考其等第，而確不可移乎？更有繼嘯餘而作者，逸其全刻，撮其注語，尤爲糊突，若近日圖譜，如歸國謠止有第二而無第一，山花子鶴沖天有一無二，賀聖朝有一三無二，女冠子有一二四五而無三，臨江仙有一四五六七而無二三，至如酒泉子以五列六後，又八體四十字，九，十，十一，十二體皆四十三字，故以八居十二之後，夫既以八體之字較多，則當改正爲十二，而以九升爲八，十升爲九矣，乃因舊定次序，不敢超越，故論字則以弟先兄，論行則少不踰長，得毋兩相背謬乎？此俱遵嘯餘而忘其爲無理者也。」此萬氏斤斤于又一體之論也；然頗爲後人口舌，蓋詞之分體，由于不明襯字之故，非眞別有一體也，其相沿成習，不能删去襯字以近於古，則以元明以來，宮譜失傳，莫或一一考證，是以一調而有數體也。

四　詞調名稱之同異

調牌之名稱，有同名異調者，亦有同調異名者；其故蓋以同此一調，所入之宮調不同，字數多少，因之亦異，雖同一調名，而其體製實已彼此不同，如西江月與長相思，俱有二調，且長短迥異，而名則相同；如相見歡，錦堂春俱別名烏夜啼，浪淘沙，謝池春俱別名賣花聲是也。又或以改易數字，或以變換襯字句法，因之而別創新名；又或以作者厭故喜新，更換新名，如木蘭花與玉樓春之類，唐人即有此異名，至於宋代，多取詞中字名篇，如賀新郎名乳燕飛，水龍吟名小樓連苑之類，調名龐雜朦混，幾不可體認矣。沈天羽云：「調有定名，卽有定格，其字數音韻較然；中有參差不同者：一曰襯字，因文義偶不聯暢，用一二字襯之，按其音節虛實間，正文自在，如南北劇這字那字正字个字卻字之類，亦非增實落字面，藉口爲襯也；一曰「宮調，」所謂「黃鍾宮，」「仙呂宮，」「無射宮，」「中呂宮，」「正宮，」「仙呂調，」「歇指調，」「高平調，」「大石調，」「小石調，」「正平調，」「越調，」「商調」也，詞有名同而所入之「宮調」異，字數多寡亦因之異者，如北劇黃鍾水仙子，與雙調水仙子異，南劇越調過曲小桃紅，與正宮過曲小桃紅異之類；一曰「體製，」唐人長短句皆小令耳！後演爲中調，爲長調；一名而有小令，復有中調，有長調；或系之以「犯」（如四犯翦梅花，係用解連環醉蓬萊雪獅兒，復用醉蓬萊，故名「四犯，」其他尙有玲瓏四犯，八犯玉交枝等。）以「近」（如訴衷情近，荔枝香近）以「慢」（卜算子慢，西江月慢）別之，（此外尙有「減字」「偸聲」「合調」「變調」「歌頭」等名稱。）如南北劇名「犯」名「賺」名「破」之類，又有字數多寡同而所入之「宮調」異，名亦因之異者，如玉樓春，與木蘭花同，而以木蘭花歌之，卽入「大石調」之類，又有名異而字數多寡則同，如蝶戀花一名鳳棲梧，鵲踏枝，如念奴嬌一名百字令，酹江月，大江東去之類，不能殫述矣。」尤悔菴曰：「詞名斷宜從舊，其更名者，乃摘前人詞中句爲之，如東坡念奴嬌赤壁詞首句云，大江東去，末云一樽還酹江月；今人竟改念奴嬌爲大江東去，又名酹江月，又名赤壁詞，如此則有一詞卽有一詞名，千百不能盡矣。」其言是也．夫吾人苟欲創調爲詞，則逕自製新調可也，又何必取前人之詞，摘其字句，別創調名，徒亂後人耳目，於詞學上有何關係哉！

五　詞調之分段

詞調無論小令，中調，長調，往往分上下兩半闋，而上半闋與下半闋之間，必空去一格，以爲區別；惟亦有例外者，如十六字令，望江南，深院月，憶王孫，三臺令，如夢令諸調，皆不分也．

六　詞體之數目

唐宋之時，詞學極盛，詞家莫不製腔造譜，供人歌唱，然宋亡以後，元曲代興，詞體因以散佚．今按康熙欽定詞譜，列八百二十六調，二千三百六體；萬氏詞律凡六百六十調，一千一百八十體，又拾遺補一百六十五調，四百九十五體，又補遺五十餘調，調雖略備，然體尙未全，以是知遺失者甚多也。

上述六項，關于詞之體例，其大要已一一述及，此外尚有所謂「換頭」一者；大概小調可換頭，長調多不換頭，但非正體耳。又有所謂「隱括體」及「迴文體」（始於東坡晦菴）等變例，此係文人慧筆，由熟生巧，初學者固可暫置勿問也。

第四節 詞與詩樂曲之關係

詞起於樂府散亡之後，其音調遠自三百篇，六朝之時，已開倚聲之權輿，由唐而宋，始稱全盛，金元入主，則又變而爲曲，故詞學一門，與詩與樂與曲，均有關係焉，茲分述之于下：

一 詞與詩之關係

前人稱詞爲詩之變，或稱之爲「詩餘，」或目之爲「雅頌之遺音，」

則詞之與詩，其間自有一種相互之關係矣。苕溪漁隱曰：「唐初歌詞，多是五言詩或七言詩，初無長短句，自中葉以後至五代，漸變成長短句，及本朝則盡爲此體，今所存者，止瑞鷓鴣，小秦王二闋，是七言八句詩，並七言絕句詩而已。」今錄其詞于下：

▲瑞鷓鴣

碧山影裏小紅旗，儂是江南踏浪兒，拍手欲嘲山簡醉，齊聲爭唱浪婆詞。西興渡口帆初落，漁浦山頭日未攲，儂送潮囘歌底曲，樽前還唱使君詩。

▲小秦王

濟南春好雪初晴，行到龍山馬足輕，使君莫忘霅溪女，時作陽關腸斷聲。

俞少卿云：「詞之紇那曲，長相思，五言絕句也；柳枝，竹枝，清平調引，小秦王，陽關曲，八拍蠻，浪淘沙，七言絕句也；阿那曲，雞叫子，仄韻七言絕句也；瑞鷓鴣，七言律詩也；款殘紅，五言古詩也。體裁易混，徵選實繁，故當稍別之，以存詩詞之辨。」

二　詞與樂府之關係

古之樂章，樂府，樂歌，樂曲，皆導源于詩，蓋詩與樂，在古時無所分別也；樂經既散，乃緣詩以作樂，後人更倚調以塡詞，其間鐘律宮商之理，無稍異也；故由唐而宋，多取詞入于樂府，而詞調之名，亦多與樂府之名相同，如紇那曲，竹枝，柳枝，甘州曲，長相思，靑門引，百字謠等，皆取樂府之名名之，而皆可被之於管絃也。及乎明代，詞學衰頹，無復被之管絃者，故稱之爲詩餘矣；然詞與樂府，亦非全無區別，沈天羽曰：「詞名多本樂府，然去樂府遠矣。」

三　詞與戲曲之關係

詞與南北曲同名者，蓋甚多也，然調實不同也。沈天羽曰：「南北劇名多本塡詞，然去塡詞亦遠；今按南北劇與塡詞同者，如靑杏兒卽北劇小石調，憶王孫卽北劇仙呂調，生查子，虞美人，一翦梅，滿江紅，意難忘，步蟾宮，滿路花，戀芳春，點絳脣，天仙子，謁金門，海棠春，秋蕊香，梅花引，風入松，浪淘沙，燕歸梁，破陣子，行香子，靑玉案，齊天樂，尾犯，滿庭芳，燭影搖紅，念奴嬌，喜遷鶯，搗練子，剔銀鐙，祝英臺近，東風第一枝，眞珠簾，花心動，寶鼎現，夜行船，霜天曉角，皆南劇引子，柳梢靑，賀聖朝，醉春風，紅林檎近，驀山溪，桂枝香，沁園春，聲聲慢，八聲甘州，永遇樂，賀新郎，解連環，集賢賓，哨遍皆南劇慢詞。」俞曲園曰：「唐藝文志經部樂類，有崔令欽教坊記一卷，其書羅列曲調之名目，自獻天花至同心結，凡三百三十有五，而今詞家所傳小令如南歌子，浪淘沙，長調如蘭陵王，入陣樂，其名皆在焉，以此知今之詞，古之曲也。」按詞與曲雖有同調同詞者，然亦非眞無畛域之分也。

詞與詩樂曲之關係，已盡述之矣，我今再引王阮亭之言，以作我結論，其言曰：「或問詩，詞，曲分界，予曰，無可奈何花落去，似曾相識燕歸來，定非香奩體。良辰美景奈何天，賞心樂事誰家院，定非草堂詞也。」

第二章　歷代詞學之變遷

第一節　唐代之詞學

考詞之淵源，固當上溯六朝；然就其發達之跡象而論，則當斷自唐代始。但唐人詩，詞不分，詞調之名稱亦甚少，不過小令而已。黃叔暘花菴詞選，謂李太白菩薩蠻，憶秦娥二闋，爲百代詞曲之祖，楊用修又傳其清平樂兩首，以爲詞祖；（按李白尙有連理枝桂殿秋，亦爲後世詞調之祖。）然太白集中，如菩薩蠻，憶秦娥等，均未載入，至楊齊賢蕭士贇註始附益之，胡應麟筆叢，亦疑其僞託；其故蓋以太白時尙無詞體，又或有以菩薩蠻爲温飛卿作；然湘山野錄謂魏泰輔得古風集于曾子宣家，正以菩薩蠻是太白作，然則唐代詞學，於太白之時，已開其風矣。總之唐自玄宗以後，聲樂彌盛，詞遂應運而生，如漁父詞，楊柳枝，浪淘沙諸調，都載入詩集中，蓋當時詩與詞猶未分也。大曆（代宗）以來，是爲中唐，作詞者漸多，至于晚唐，其風益盛，當時作者輩出，如韋應物，戴叔倫，王建，韓翃，劉禹錫，温庭筠等，皆創調塡詞，極一時之盛，茲將當時詞家，分述于下：

一　盛唐時之詞家

李白字太白，隴西成紀人，徙居蜀。天寶（玄宗）初，游長安，賀知章見其文，言于明皇，召見金鑾殿，奏頌一篇，命供奉翰林，懇求還山，賜金放歸；後坐永王璘事，流夜郎，會赦還。代宗立，以左拾遺召，已卒。其所製憶秦娥，菩薩蠻，淸平調，實詞調所自起云。

▲憶秦娥

簫聲咽，秦娥夢斷秦樓月；秦樓月，年年柳色，灞陵傷別。樂游原上淸秋節，咸陽古道音塵絕；音塵絕，西風殘照，漢家陵闕。

▲菩薩蠻

平林漠漠煙如織，寒山一帶傷心碧。暝色入高樓，有人樓上愁。玉階空佇立，宿鳥歸飛急。何處是歸程？長亭更短亭。

▲清平調

雲想衣裳花想容，春風拂檻露華濃；若非羣玉山頭見，會向瑤臺月下逢。

一枝濃艷露凝香，雲雨巫山枉斷腸；借問漢宮誰得似？可憐飛燕倚新妝！

名花傾國兩相歡，常得君王帶笑看。解釋春風無限恨，沉香亭北倚欄干。

張志和字子同，金華人。本名龜齡，以明經擢第，獻策於肅宗，得待詔翰林，授左金吾衞錄事參軍，改今名，後坐事貶南海尉，不之官，扁舟江湖，自稱煙波釣徒。著書十二卷，名元眞子，亦以自號。有漁歌子詞，亦詞調之祖也。今錄于下：

▲漁歌子（卽漁父詞）

西塞山前白鷺飛，桃花流水鱖魚肥。青箬笠，綠蓑衣，斜風細雨不須歸。

大曆以前，謂之盛唐，其時詞人，除李白，張志和外，尚有王維（字摩詰，太原人，出仕玄宗肅宗兩朝。）張說（字道濟，一字說之，洛陽人，玄宗時封燕國公。）沈佺期（字雲卿，相州內黃人，嘗侍中宗宴，爲迴波詞以悅帝）元結（字次山，瀼州人，天寶時進士。自稱浪士，更稱聱叟，亦曰曼叟。其所著欸乃曲云：千里楓林煙雨深，無朝無暮有猿吟。停橈靜聽曲中意，好似雲山韶濩音。亦詞調之祖也。）

諸人，皆有詞調傳世，惟皆爲小令耳．

二　中唐時之詞家

韋應物，京兆人，永泰（代宗）中，授洛陽丞，建中（德宗）初，拜比部員外郎，出爲滁州刺史，貞元（德宗）初，又刺蘇州．性高潔，有三臺令，轉應曲流傳後世．今錄轉應曲于下：

▲轉應曲（卽調笑令）

河漢！河漢！曉掛秋城漫漫．愁人起望相思，塞北江南別離．離別！離別！河漢雖同路絕．

韓翃，字君平，南陽人，天寶時進士．有妙妓柳氏，願嫁翃，而翃從辟淄靑，置柳都下，三歲，寄以詞，卽今所傳章臺柳是也．今錄之于下：

▲章臺柳

章臺柳，章臺柳，昔日青青今在否？縱使長條似舊垂，也應攀折他人手。

戴叔倫，字幼公。潤州金壇人，貞元中及第。其轉應曲一闋，與韋蘇州同妙。其詞云：「邊草！邊草！邊草盡來兵老。山南山北雪晴，千里萬里月明。明月！明月！哀笳一聲愁絕。」

白居易，字樂天，其先太原人，徙下邽。貞元中進士，嘗刺蘇杭二州，以刑部尚書致仕。著有長慶集，自號醉吟先生，又號香山居士。其所著詞有長相思，望江南，縟麗可愛；花非花一首，尤纏綿有情，又有柳枝詞等闋，皆傳誦人口；今錄長相思及花非花兩首于下：

▲長相思

汴水流，泗水流，流到瓜洲古渡頭，吳山點點愁。思悠悠，恨悠悠，恨到歸時方始休，月明人倚樓。

▲花非花

花非花，霧非霧，夜半來，天明去。來如春夢不多時，去似朝雲無覓處。

王建，字仲初，潁川人，大曆十年進士，官渭南尉，歷祕書丞侍御史，出爲陝州司馬，從軍塞上，後歸卜居咸陽。有調笑令等詞傳世，今錄于下：

▲調笑令

團扇！團扇！美人並來遮面。玉顏憔悴三年，誰復商量管絃！絃管！絃管！春草昭陽路斷。

劉禹錫，字夢得，中山人，貞元中進士，官至檢校禮都尙書。著有八拍蠻，小桃紅等詞，今錄於下：

▲八拍蠻（此係八拍蠻第二體，首句末用仄字）

愁鎖黛眉烟易慘，淚飄紅臉粉難勻。憔悴不知緣底事！遇人推道不宜春。

▲小桃紅

曉入紗窗靜，戲弄菱花鏡；翠袖輕勻，玉纖彈去，小妝紅粉。畫行人愁外兩青山，與尊前離恨。宿酒醺難醒，笑記香肩並，暖借香頣，碧雲微透，暈眉斜印。最多情生怕外人猜，拭香津微揾。

中唐時詞家，除上述以外，尙有劉長卿（字文房，河間人）張仲素（字繪之，元和（憲宗）中爲翰林學士）柳宗元（字子厚，河東人）李德裕（字文饒，贊皇人，元和時宰相。）諸人。

三　晚唐時之詞家

溫庭筠，本名岐，字飛卿，太原人，累舉不第，大中（宣宗）末，爲方山尉。唐自大中以後，詩衰而倚聲作，至庭筠始有專集，名握蘭金荃。如菩薩蠻，蕃女怨，遐方怨，河瀆神，更漏子等詞，均傳誦人口，茲錄之于下：

▲菩薩蠻

小山重疊金明滅，鬢雲欲度香顋雪。嬾起畫蛾眉，弄妝梳洗遲。照花前後鏡，花面交相映。新帖繡羅襦，雙雙金鷓鴣。

▲蕃女怨

萬枝香雪開已遍，細雨雙燕。鈿蟬箏，金雀扇，畫梁相見。雁門消息不歸來，又飛迴。

▲遐方怨

凴繡檻，解羅幃，未得君書，斷腸瀟湘春雁飛；不知征馬幾時歸？海棠花謝也，雨霏霏。

▲河瀆神

孤廟對寒潮，西陵風雨瀟瀟。謝娘惆悵倚蘭橈，淚流玉筯千條。暮天愁聽思歸樂，早梅香滿山郭；回首兩情蕭索，離魂何處飄泊？

▲更漏子

柳絲長，春雨細，花外漏聲迢遞；驚塞雁，起城烏，畫屏金鷓鴣。香霧薄，透重幙，惆悵謝家池閣；紅燭背，繡簾垂，夢長君不知。

段成式，字柯古，臨淄人。會昌（武宗）時，擢爲尚書郎，出爲吉州刺史，終太常少卿，有閒中好等詞傳世，今錄于下：

▲閒中好

閒中好，塵務不縈心；坐對當窗木，看移三面陰。

晚唐時詞家，尚有杜牧（字牧之，萬年人，武宗時官中書舍人）韓偓（字致堯，一字致光，萬年人，昭宗時，召爲學士）諸人。唐代詞人，除上述以外，方外則有呂巖，（字洞賓）宮嬪則有楊太眞，（小字玉環，天寶初，册爲貴妃）妓女則有柳氏（韓翃姬）劉采春等，要皆天籟自鳴，偶然成章，非眞能授筆著述，裒然成集也。

第二節　五代之詞學

陸務觀曰：「詩至晚唐五季，氣格卑陋，千人一律，而長短句獨精巧高麗，後世莫及，此事之不可曉者。」玉茗堂集云：「詞至西蜀南唐，作者日盛，往往情至文生，纏綿流露，不獨爲蘇黃秦柳之開山，即宣和（徽宗）紹興（高宗）之盛，皆兆于此矣。論者乃有世代升降之感，不知天地之運日開，山川之秀不盡，有不知其然而然者，非可膠柱而鼓瑟也。」按五季之時，後唐如莊宗，南唐如中主李璟，後主李煜，前蜀如後主王衍，詞皆濃豔隱秀，悽惋動人，而和凝韋莊薛昭蘊輩，深情曲致，詞名亦嘖嘖千古間，其餘作者亦多，然要以蜀與南唐爲最盛，茲將當時詞家，分述于下：

一 後唐之詞家

莊宗名存勖，小字亞子，天祐（昭宗）五年，嗣立爲晉王，後破燕滅梁，遂襲尊號，改元同光，在位三年，性知音，善度曲，世傳一葉落，宴桃源，陽臺夢等詞，茲錄于下：

▲一葉落

一葉落，搴珠箔，此時景物正蕭索。畫樓月影寒，西風吹羅幕；吹羅幕，往事思量著。

▲宴桃源（即如夢令）

曾宴桃源深洞，一曲舞鸞歌鳳。長記別伊時，和淚出門相送；如夢，如夢，殘月落花煙重。

▲陽臺夢

薄羅衫子金泥縫，困纖腰怯銖衣重；笑迎移步小蘭叢，嚲金翹玉鳳。嬌多情脈脈，羞把同心撚弄；楚天雲雨卻相和，又入陽臺夢。

和凝，字成績，鄆州人，初事後唐，後事後晉後漢，有集共百餘卷，其長短句名紅葉稿。北夢瑣言云：「晉相和凝，少年時好爲『曲子詞，」一布于汴洛，泊入相，專託人收拾焚毀不暇，然相國厚重有德，終爲豔詞玷之，契丹入夷門，號爲曲子相公。其所著詞，如長命女，採桑子，望梅花等，均極著名，茲錄于下：

▲採桑子

蝤蠐領上訶棃子，繡帶雙垂；椒戶閒時，競學樗蒲賭荔枝。　叢頭鞵子紅編細，裙窣金絲；無事嚬眉，春思翻教阿母疑。

▲長命女

天欲曉，宮漏穿花聲繚繞；窗裏星光少。　冷霧寒侵帳額，殘月光沈樹杪；夢斷錦幃空悄悄，强起愁眉小。

▲望梅花

春草全無消息，臘雪猶餘蹤跡。越嶺寒枝香自折，冷豔奇芳堪惜。

何事壽陽無處覓？吹入人家橫笛．

▲鶴沖天

曉月墜，宿雲披，銀燭錦屏帷．建章鐘動玉繩低，宮漏出花遲．春態淺，來雙燕，紅日漸長一線．嚴妝欲罷轉黃鸝，飛上萬年枝．

二　南唐之詞家

中主李璟，字伯玉，徐州人，唐宗室之裔，嗣父昪，僭號江南，改元保大，初名景通，後改爲璟，奉周正朔，避廟諱，復改爲景，降稱國主．宋建隆（太祖）二年卒，追復其帝號，號元宗，有長短句數首，今錄其浣溪沙及山花子二首于下：

▲浣溪沙

風壓輕雲貼水飛，乍晴池館燕爭泥，沈郎多病不勝衣．　沙上未聞鴻雁信，竹間時聽鷓鴣啼，此情惟有落花知．

▲山花子（又名攤破浣溪紗）

菡萏香銷翠葉殘，西風愁起綠波間．，還與韶光共顦顇，不堪看．

細雨夢回雞塞遠，小樓吹徹玉笙寒．，多少淚珠何限恨，倚闌干．

後主李煜，字重光，初名從嘉，璟之第六子，建隆二年嗣立，開寶（宋太祖）八年，國入于宋．煜妙于音律，能自譜樂府．後人合中主所作，刻之爲南唐二主詞集一卷．其所作烏夜啼，浪淘沙，望江南，虞美人等詞，尤爲哀婉，所謂亡國之音也．然在未亡國前，其詞實至爲淫豔，如菩薩蠻詞，爲小周后而作，（按周后爲昭惠后之妹，昭惠感疾，周后嘗留禁中，詞中云云，蓋寫實也．）其詞之浮靡淫艷，至乎其極．茲將最爲後人傳誦之詞，錄之于下：

▲菩薩蠻

銅簧韻脆鏘寒竹，新聲慢奏移纖玉；眼色暗相鉤，嬌波横欲流。雨雲深繡戶，來便諧衷素；宴罷又成空，夢迷春睡中。

花明月暗籠輕霧，今宵好向郎邊去；剗韈下香堦，手提金縷鞋。畫堂南畔見，一晌偎人顫；奴爲出來難，敎君恣意憐。

▲浪淘沙

簾外雨潺潺，春意闌珊；羅衾不耐五更寒，夢裏不知身是客，一晌貪歡。獨自莫凭闌，無限江山；別時容易見時難，流水落花春去也，天上人間。

▲烏夜啼（正名相見歡）

無言獨上西樓，月如鉤；寂寞梧桐深院，鎖清秋。翦不斷，理還亂，是離愁。別是一般滋味，在心頭。

▲望江南

多少恨，昨夜夢魂中；還似舊時遊上苑，車如流水馬如龍，花月正春風。多少淚，需袖復橫頤；心事莫將和淚說，鳳笙休向月明吹，腸斷更無疑。

▲虞美人

春花秋月何時了，往事知多少。小樓昨夜又東風，故國不堪回首，月明中。雕闌玉砌應猶在，只是朱顏改。問君還有幾多愁？恰似一江春水，向東流。

馮延巳，一名延嗣，字正中，廣陵人，事李昇，所著樂府甚多，宋陳世修編定爲陽春錄一卷，如謁金門，長相思，歸國謠諸詞，皆見稱于世；元宗樂府辭云：「小樓吹徹玉笙寒。」延巳有「風乍起，吹皺一池春水」之句。元宗嘗戲謂延巳曰：「吹皺一池春水，干卿何事。」延巳曰：「未如陛下小樓吹徹玉笙寒。」元宗悅。今錄其詞于下：

▲謁金門

風乍起，吹皺一池春水；閒引鴛鴦芳徑裏，手挼紅杏蕊。　鬥鴨闌干獨倚，碧玉搔頭斜墜；終日望君君不至，舉頭聞鵲喜。

▲長相思

紅滿枝，綠滿枝，宿雨厭厭睡起遲；閒庭花影移。　憶歸期，數歸期，夢見雖多相見稀；相逢知幾時。

▲歸國謠

江水碧；江上何人吹玉笛？扁舟遠送瀟湘客。　蘆花千里霜月白，傷行色，明朝便是關山隔。

三 前蜀之詞家

後主王衍，字化源，許州人，嗣父建僭號于蜀，改元乾德，後唐同光（莊宗）四年舉國降。衍有才思，好靡麗之詞，所製詞曲，蜀人皆傳誦焉。今錄其醉妝詞及甘州曲二詞于下：

▲醉妝詞

者邊走，那邊走，只是尋花柳。那邊走，者邊走，莫厭金杯酒。

▲甘州曲

畫羅裙，能結束，稱腰身，柳眉桃臉不勝春，薄媚足精神。可惜許，淪落在風塵。

牛嶠，字松卿，一字延峯，隴西人。乾符（唐僖宗）五年進士，歷官拾遺，補尚書郎，後仕蜀為給事中，有集三十卷。今錄其望江怨於下：

▲望江怨

東風急，惜別花時手頻執，羅幃愁獨入，馬嘶殘雨春蕪溼。倚門立，寄語薄情郎，粉香和淚滴。

韋莊，字端己，杜陵人。王建為西川節度使，昭宗命莊同李珣宣諭，遂留掌書記，及建僭號，莊累官至吏部尚書同平章事。有集二十卷，其弟藹編定其詩為浣花集五卷。早年嘗著秦婦吟，因稱為「秦婦吟秀才。」莊有寵人，姿質豔麗，兼善詞翰，建聞之，託以教內人為詞，强奪去，莊追念悒怏，作荷葉杯小重山等詞，情意凄怨，人爭傳播，盛行于世，後流傳入宮，姬聞之，不食死。今俱錄之于下：

▲荷葉杯

絕代佳人難得，傾國；花下見無期；一雙愁黛遠山眉，不忍更思惟·閒掩翠屏金鳳，殘夢；羅幙畫堂空；碧天無路信難通，惆悵舊房櫳·

記得那年花下，深夜；初識謝孃時；水堂西面畫簾垂，攜手暗相期·惆悵曉鶯殘月，相別；從此隔音塵；如今俱是異鄉人，相見更無因·

▲小重山

一閉昭陽春又春；夜寒宮漏永，夢君恩，臥思前事暗消魂；羅衣溼，紅袂有啼痕·歌吹隔重閽，遶庭芳草綠，倚長門；萬般惆悵向誰論；凝情立，宮殿欲黃昏·

▲女冠子

四月十七，正是去年今日。別君時，忍淚佯低面，含羞半斂眉。不知魂已斷，空有夢相隨。除卻天邊月，沒人知。

四　後蜀之詞家

後主孟昶，字保元，初名仁贊，邢州人，嗣父知祥僭號于蜀，改元廣政，宋乾德（太祖）三年舉國降。性好學，嘗集古今韻會五百卷，亦工樂府。嘗令城上盡種芙蓉，盛開四十里，語左右曰：「古以蜀爲錦城，今觀之，眞錦城也。」又嘗夜同花蕊夫人避暑摩訶池上，作玉樓春詞，今錄于下：

▲玉樓春

冰肌玉骨清無汗，水殿風來暗香滿。繡簾一點月窺人，攲枕釵橫雲鬢亂。　起來瓊戶啓無聲，時見疏星渡河漢。屈指西風幾時來，只

恐流年暗中換・

除上述以外，詞家尙多，如南唐有徐鉉（字鼎臣）張泌（字子澄）盧絳（字晉卿）成幼文諸人；前蜀有庾傳素毛文錫（字平珪）薛昭蘊，魏承班，尹鶚，李珣（字德潤）諸人；後蜀有歐陽彬（字齊美）歐陽烱，顧夐，毛熙震諸人；南平有孫光憲（字孟文）徐昌圖諸人；而後蜀趙崇祚（字宏奎，事孟昶爲衞尉少卿）又錄自温庭筠以下十八人之詞，凡五百首，（今逸二首）分十卷，顏曰花間集，歐陽烱爲之作序，集中多錄蜀人之詞，蜀詞賴以流傳・南唐諸詞，往往見于尊前集，按尊前集不著編者姓氏；陳振孫書錄解題，但推花間集爲後世倚聲填詞之祖，故後人頗疑尊前爲晚出也・

第三節 宋代之詞學

詞至於宋，為全盛之時代，小令，中調之外，更增長調，而詞調亦大都成于此際，故有宋一代，實為詞體大備之時期，蓋宋之詞，猶唐之詩，俱為我國文學史上重大進步之跡象，故多大書特載者也。當時作者，帝王如太宗，徽宗，高宗，大臣如寇準，韓琦，司馬光，范仲淹，歐陽修，無不善為小詞，極清新俊逸之致；其他如道學，武夫，婦人，女子，方外，宦者，亦皆通曉音律，製腔塡詞，詞學之盛，于此為極。當時詞學，大概可分二派：其一則沿花間之遺，婉約蘊藉，所謂「南派」是也；其一則為蘇黃一派，脫音律之拘束，創為豪放激趣之聲調，所謂「北派」是也。清四庫全書東坡詞提要曰：「詞自晚唐五代以來，以淸切婉麗為宗，至柳永而一變，如詩家之有白居易；至軾而又一變，如詩家之有韓愈，遂開南宋辛棄疾等一派；尋源溯流，不能不謂之別格，然謂之不工則不可；故至今日尙與花間一派並行而不能偏廢。」由此可知宋代詞家，不特能繼五代諸家而起，且能一掃其浮靡之習，由鍛鍊而歸于醇雅，至東坡而又橫放極出，直欲上追靑蓮；（李白）顧後之論者，以爲晏氏父子，耆卿，子美，少游，易安，稱爲詞之正宗；而稱溫韋爲豔而促，黃九爲精而刻，長公爲麗而壯，幼安爲辨而奇，爲詞之變體；但此不過就大體而言，未可作爲定論也。茲將當時重要之詞家述之于下：

一　北宋時之詞家

晏殊，字同叔，臨川人，慶曆（仁宗）中稱賢相，卒諡元憲，其詩近西崑體，故詞亦婉麗。而不蹈前人語，喜馮延巳歌詞，其所作亦不減延巳，實開宋初風氣，有珠玉詞一卷。今錄其清商怨，相思兒令，滴滴金等詞丁下：

▲涪商怨

關河愁思望處滿，漸素秋向晚；雁過南雲，行人回淚眼。雙鸞衾裯悔展，夜又永枕孤人遠；夢未成歸，梅花聞塞管。

▲相思兒令

昨日探春消息，湖上綠波平；無奈繞堤芳草，還向舊痕生。有酒且醉瑤觥，更何妨檀板新聲；誰敎楊柳千絲？就中牽繫人情。

▲滴滴金

梅花漏泄春消息；柳絲長，草芽碧。不覺星霜鬢邊白；念時光堪惜。蘭堂把酒留嘉客；對離筵，駐行色。千里音塵便疏隔；合有人相憶。

晏幾道，字叔原，號小山，殊之子也，人稱爲小晏。爲詞有父風，可直逼花間高處，惟工豔幾于勸淫，是其短也，有小山詞二卷。今錄其喜團圓，秋蕊香兩首于下：

▲喜團圓

危樓靜鎖，窗中遠岫，門外垂楊；珠簾不禁春風度，解偸送餘香。眠思夢想，不如雙燕，得到蘭房；別來只是，憑高淚眼，感舊離腸。

▲秋蕊香

池苑清陰欲就，還傍送春時候。眼中人去歡難偶，誰共一杯芳酒。朱欄碧砌皆如舊，記攜手；有情不管別離久，情在相逢終有。

張先，字子野，吳興人。晏殊尹京兆，辟爲通判，歷官都官郎中，居錢塘，嘗創花月亭。有子野詞一卷。人稱之爲張三中，卽心中事眼中淚意中人也。又稱張三影，即「雲破月來花弄影，」「嬌柔嬾起簾押捲花影，」「柳徑無人墜絮輕無影」是也。嘗作碧牡丹，晏殊讀之，爲之憮然曰：「人生行樂耳，何自苦如此？」蓋元獻嘗納侍兒，善歌子野詞，元獻因甚屬意，後爲夫人所不容，遂被斥；至此乃亟命于宅庫支錢若干，復取前出侍兒來。子野又嘗于玉仙觀道中逢謝媚卿，作謝池春慢，今俱錄之于下：

▲碧牡丹

步障搖紅綺，曉月沈煙砌；緩板香檀，唱徹伊家新製。怨入眉頭，斂黛峯橫翠。芭蕉寒雨聲碎。鏡華翳。閒照孤鸞戲，思量去時容易；鈿合瑤釵，至今冷落輕棄。望極藍橋，但暮雲千里；幾重山，幾重水。

▲謝池春慢

繚牆重院，時聞有啼鶯到．繡被掩餘寒，畫幕明新曉，朱檻連空闊，飛絮無多少．徑莎平，池水渺，日長風靜，花影閒相照．塵香拂馬，逢謝女城南道．秀豔過施粉，多媚生輕笑，鬥色鮮衣薄，碾玉雙蟬小．歡難偶，春過了；琵琶流怨，都入相思調．

柳永，字耆卿，初名三變，樂安人．景祐（仁宗）元年進士，著有樂章集九卷．三變好為淫冶曲調，傳播四方，嘗有鶴沖天詞云：「忍把浮名，換了淺斟低唱．」一時仁宗留意儒雅，深斥浮豔虛薄之文，及臨軒放榜，特落之曰：「且去淺斟低唱，何要浮名？」至及第後改名永，方得磨勘轉官．官至屯田員外郎，故世號柳屯田．後流落不偶，死之日，羣妓醵金葬之郊外．今所傳「楊柳岸曉風殘月」之名句，即雨霖鈴詞中句也，今錄之于下：

▲雨霖鈴

寒蟬淒切，對長亭晚，驟雨初歇。都門帳飲無緒，方留戀處，蘭舟催發。執手相看淚眼，竟無語凝咽，念去去千里煙波，暮靄沈沈楚天闊。多情自古傷離別，更那堪冷落淸秋節，今宵酒醒何處，楊柳岸曉風殘月。此去經年，應是良辰好景虛設，便縱有千種風情，更與何人說。

蘇軾字子瞻，一字和仲，自號東坡居士，眉山人，有東坡居士詞二卷。曾敏行獨醒雜誌，載蘇軾守徐州日，作燕子樓樂章，其稿初具，邏卒已聞張建封廟中有鬼歌之，其事雖荒誕，而東坡之詞，爲輿隸所傳誦，蓋可知矣。又吹劍錄載東坡在玉堂日，有幕士善歌，因問我詞何如柳七？對曰：「柳郎中詞只合十七八女郎執紅牙板，歌楊柳岸曉風殘月；學士詞須關西大漢，銅琵琶鐵綽板，唱大江東去。」東坡爲之絕倒。蓋詞至東坡，始脫音律之拘束，一洗綺羅香澤之態，高歌豪放，超逸尋常，黃九和之，雖高妙極出，然粗俗處往往而有。所以後村（劉後村）之徒，稱東坡如敎坊雷大師舞，雖極天下之工，要非本色。今錄念奴嬌詞于下：

▲念奴嬌

大江東去，浪淘盡千古風流人物；故壘西邊，人道是三國周郎赤壁；亂石穿空，驚濤拍岸，捲起千堆雪；江山如畫，一時多少豪傑。遙想公瑾當年，小喬初嫁了，雄姿英發，羽扇綸巾談笑處，檣櫓灰飛煙滅。故國神游，多情應笑我，早生華髮。人生如夢，一尊還酹江月．

秦觀字少游，初字太虛，高郵人，登第後，蘇軾薦于朝，徽宗時放還，有淮海詞三卷．晁補之曰：「今代詞手，惟秦七黃九，他人不能及也．」蓋少游詩格不及蘇黃，而詞則情韻兼勝，遠在蘇黃之上．蔡絛鐵圍山叢談載少游壻范温，常預貴人家會，貴人有侍兒喜歌少游長短句，坐間略不顧温，酒酣懽洽，始問此郎何人？温遽起叉手對曰：「某乃山抹微雲女壻也．」今錄其詞于下：

▲滿庭芳

山抹微雲，天黏衰草，畫角聲斷譙門．暫停征棹，聊共飲離尊；多少蓬萊舊事，空回首烟靄紛紛；斜陽外寒鴉數點，流水遶孤村．消魂，當此際，香囊暗解，羅帶輕分；謾贏得青樓，薄倖名存．此去何時見也，襟袖上空惹啼痕，傷情處高城望斷，燈火已黃昏。

周邦彥，字美成，錢塘人。好音樂，能自度曲。宋於熙甯中曾立大晟府，爲雅樂寮，選用詞人及音律家，日製新曲，謂之大晟詞，邦彥于徽宗朝復頌大晟樂府，比切聲調，十二律各有篇目。著有清眞集（今傳者曰片玉詞）其詞精深華麗，體兼蘇黃。所製諸調，不獨音之平仄宜遵，卽仄字之上去入三音，亦不相混。長調尤善鋪敍，妙能用唐人詩句，隱括入律，渾然天成，在南北之間，屹然成一大宗，其在姑蘇時，與營妓岳楚雲相戀，後從京師過吳，則岳已從人矣，因飲酒于太守蔡巒席上，見其妹，乃賦點絳脣詞寄之，楚雲得詞感泣累日。美成至汴，有妓李師師者，欲委身而未能也。一夕徽宗幸師師家，美成倉卒不能出，匿複壁間，遂製少年游以記其事，今倂錄之于下：

▲點絳脣

遼鶴歸來，故人多少傷心事；短書不寄，魚浪空千里。　憑仗桃根，說與相思意；愁無際，舊時衣袂，猶有東風淚。

▲少年游

并刀如水，吳鹽勝雪，纖指破新橙；錦幄初溫，獸香不斷，相對坐調笙。　低聲問向誰行宿？城上已三更，馬滑霜濃，不如休去，直是少人行。

北宋詞家，除上述外，如賀鑄（字方回）以舊譜塡新詞，自裒其歌詞爲東山寓聲樂府三卷；如黃庭堅（字魯直，自號山谷道人，一號涪翁）以聚刻見長，有山谷詞二卷；又有李清照（自號易安居士）者，格非之女也，亦能倚聲塡詞，著有漱玉集，格力高秀，音調清新，推爲詞家正宗。嘗以重陽醉花陰詞，寄其夫趙明誠，明誠歎絕，苦思求勝之，廢寢食者三日，得五十闋，雜易安詞于中，以示友人陸德夫，陸玩之再三，謂只三句絕佳。「莫道不消魂，簾捲西風，人比黃花瘦」正易安作也。（見嫏嬛記）此外詞人尚多，不能一一盡述。

二 南宋時之詞家

辛棄疾，字幼安，號稼軒，歷城人，陷于金。高宗朝，率數千騎南歸，授承務郎，甯宗時，累官龍圖閣待制，樞密都承旨，有稼軒詞十二卷。藝苑巵言曰：「詞至辛稼軒而變，其源實自蘇長公，至劉改之（名過，太和人，著有龍洲詞。）諸公極矣。南宋如曾覿張掄輩應制之作，志在鋪張，故多雄麗，稼軒輩撫時之作，意存感慨，故饒明爽，然而穠情致語，幾于盡矣。」清四庫全書稼軒詞提要曰：「其詞慷慨縱橫，有不可一世之概，于倚聲家爲變調，而異軍特起，能于翦紅刻翠之外，屹然別立一宗，迄今不廢，觀其才氣俊邁，雖似乎奮筆而成，然岳珂桯史記棄疾自誦賀新涼，永遇樂二詞，使座客指摘其失，珂謂賀新涼詞首尾二腔語句相似，永遇樂詞用事太多，棄疾乃自改其語，凡數十易，累月猶未竟，其刻意如此。」劉後邨稱其所作，大聲鞺鞳，小聲鏗鍧，橫絕六合，掃空萬古，其穠麗緜密者，亦不在小晏秦郎之下。今錄其破陣子及賀新郎（卽賀新涼）二詞于下。以見其詞之一斑。

▲破陣子

醉裏挑燈看劍，夢囘吹角連營。八百里分麾下炙，五十弦翻塞外聲；沙場秋點兵。　馬似的盧飛快，弓如霹靂弦驚，了卻君王天下事，贏得生前身後名，可憐白髮生．

▲賀新郎 別茂嘉十二弟

綠樹聽嗁鴂，更那堪杜鵑聲住，鷓鴣聲切．嗁到春歸無嗁處，苦恨芳菲都歇，算未抵人間離別．馬上琵琶關塞黑，更長門翠輦辭金闕；看燕燕，送歸妾． 將軍百戰聲名裂，向河梁回頭萬里，故人長絕．易水蕭蕭西風冷，滿座衣冠似雪，正壯士悲歌未徹．嗁鳥還知如許恨，料不嗁清淚長嗁血；誰伴我？醉明月．

姜夔字堯章，鄱陽人，流寓吳興，自號白石道人，著有白石詞五卷．黃叔暘云：「白石詞極精妙，不減清眞，其高處有美成所不能及．」善吹簫，自製新腔，音節文采，冠絕一時，嘗有「自製新詞韻最嬌，小紅低唱我吹簫．」之句，其風致蓋可想見．所製長短句，無不協律呂，而以咏蟋蟀齊天樂一闋爲最勝。侍姬小紅，石湖家青衣也。色藝俱妙，尤善歌暗香疎影二詞。今錄齊天樂及暗香疏影兩詞于下：

▲齊天樂

庾郎先自吟愁賦，淒淒更聞私語。露溼銅鋪，苔侵石井，都是曾聽伊處。哀音似訴；正思婦無眠，起尋機杼。曲曲屏山，夜深獨自甚情緒。西窗又吹暗雨，爲誰頻斷續？相和砧杵。候館吟秋，離宮弔月，別有傷心無數。豳詩漫與；笑籬落呼燈，世間兒女。寫入琴絲，一聲聲更苦。

▲暗香

舊時月色。算幾番照我，梅邊吹笛。喚起玉人，不管清寒與攀摘。何遜而今漸老，都忘卻春風詞筆；但怪得竹外疎花，香冷入瑤席。

江國．正寂寂．歎寄與路遙，夜雪初積．翠樽易竭，紅萼無言耿相憶．長記曾攜手處，千樹壓西湖寒碧；又片片吹盡也，幾時見得．

▲疏影

苔枝綴玉．有翠禽小小，枝上同宿．客裏相逢，籬角黃昏，無言自倚修竹．昭君不慣胡沙遠，但暗憶江南江北．想珮環月下歸來，化作此花幽獨．猶記深宮舊事，那人正睡裏，飛近蛾綠．莫似春風，不管盈盈，早與安排金屋．還教一片隨波去，又卻怨玉龍哀曲．等恁時重覓幽香，已入小窗橫幅．

張炎，字叔夏，西秦人，僑居臨安，自號樂笑翁，著樂府指迷，玉田詞三卷，鄭思肖為之作序，又有白雲詞八卷．其詞源論五音均拍，最為詳贍，昔人謂「詞有姜張，如詩有李杜．」其推重可想見矣．茲錄其壺中天一首于下：

▲壺中天　養拙夜飲客有彈箜篌者即事以賦此

瘦筇訪隱，正繁陰閒鎖，一壺幽綠。喬木蒼寒圖畫古，窈窕人行韋曲。鶴響天高，水流花淨，笑語通華屋。虛堂松靜，夜深涼氣吹燭。樂事楊柳樓心，瑤臺月下，有生香堪掬。誰理商聲簾戶悄？蕭颯懸璫鳴玉。一笑難逢，四愁休賦，任我雲邊宿。倚闌歌罷，露螢飛下秋竹。

南宋之詞學，實軼于北宋之上。豪壯當推稼軒，艷麗當推白石；而史達祖（字邦卿號梅溪）高觀國（字賓王）輩與白石齊名，復有張輯（字宗瑞）吳文英（字君特號夢窗）諸人師之于前，趙以夫（字用父）蔣捷（字勝欲）周密（字公謹）著有草窗詞三卷）陳允平（字君衡）

王沂孫（字聖與著有碧山樂府二卷）諸人效之于後，他若黃昇（字叔暘號玉林）復輯唐宋諸名家樂府，爲絕妙好詞十卷（又著有散花庵詞一卷）所選較花間爲廣矣．故當時詞學，可謂極盛；然一至金元之時，「院本」「劇曲」，起而奪詞家之席，蓋斯道從此衰微矣．

第四節　金元之詞學

詞至金元，爲詞學衰頹時代，蓋此時作曲之風盛行，詞乃漸行衰落；然觀元遺山集中州樂府，起吳學士激訖其父明德翁，凡三十六人，總一百二十四首，篇篇可誦也．至于元代，如趙孟頫張埜張翥諸人，亦極著名一時，而總金元時之詞家，先後亦有八十餘人，惜皆爲曲所掩耳．茲將當時著名之詞家分述于下：

一　金之詞家

吳激字彥高，建州人；米芾之壻，使金被留，拜翰林待制．著有東山詞一卷．其在張侍御座上，見有一侍兒進止溫雅，意狀摧抑可憐，問其姓名，乃宋之宮姬也．因賦人月圓詞紀之．時宇文叔通，亦賦念奴嬌，先成而頗近俚鄙，及見彥高作，茫然自失，自後人有求作樂府者，叔通卽批云，吳郎近以樂府高天下，可往求之，（見中州樂府）今錄其詞于下：

▲人月圓

南朝千古傷心事，還唱後庭花．舊時王謝，堂前燕子，飛向誰家？恍然一夢，仙肌勝雪，宮鬢堆鴉．江州司馬，青衫淚溼，同是天涯．

蔡松年字伯堅，父靖，宋燕山太守，仕金翰林學士，松年仕金累官至尙書右丞相，工樂府，與吳彥高齊名，稱吳蔡體。自號蕭閒老人，有蕭閒公集六卷。其子珪字正甫，有江城子詞一首附于蕭閒公集後。論者以吳蔡實宋儒，不當于金元文派列之，當斷自蔡正甫爲宗。（蕭眞卿語）按松年尉遲杯，有「夢似花飛，人歸月冷，一夜小山新怨」之句，極膾炙人口；而蔡正甫以金代文派之宗，其樂府僅有江城子一首。時王季温自北都歸，過三河，正甫爲賦此詞，茲錄于下：

▲江城子

鵲聲迎客到庭除，問誰歟？故人車。千里歸來，塵色滿征裾；珍重主人留客意，奴白飯，馬青芻。　東城入眼杏千株，雪模糊，俯平湖；與子花間，隨分倒金壺。歸報東垣詩社友，曾念我，醉狂無。

元好問字裕之，太原秀容人，少時稱爲元才子，官尙書省左司員外郎，金亡不仕，以著作自任，世稱遺山先生，嘗輯金人長短句一帙，名中州樂府，其所自著者，錢塘凌雲翰編集之爲遺山樂府。按遺山詞深于用事，精于鍊句，其風流蘊藉處不減周秦，今錄其水調歌頭一闋，蓋紀王德新玉溪之風景也。按玉溪在嵩山之前，費莊兩山之絕勝處。

▲水調歌頭

空濛玉華曉，瀟灑石淙秋。嵩高大有佳處，元在玉溪頭。翠壁丹崖千丈，古木寒藤兩岸，邨落帶林丘。今日好風色，可以放吾舟。百年來，算惟有，此翁遊。山川邂逅佳客，猿鳥亦相留。父老雞豚鄉社，兒女籃輿竹几，來往亦風流。萬事已華髮，吾道付滄洲。

金之詞家，除上述外，如金章宗有蝶戀花詞詠聚扇云：「幾股湘江龍骨瘦。巧樣翻騰，疊作湘波皺。金縷小鈿花草鬥，翠條更結同心扣。

金殿珠簾閒永晝。一握清風，暫喜懷中透。忽聽傳宣須急奏，輕輕褪入香羅袖。」極爲著名。世宗有減字木蘭花，亦爲後人所稱道，而金主亮亦善爲詞，其他如鄧千江（有望海潮詞推爲金人詞中第一）趙秉文（字周臣著有滏水集）韓玉（字溫甫著有東浦詞）趙元（字宜之著有愚軒詞）折元禮段克己（字復之著有遯齋樂府一卷）段成己（字誠之克己弟也，著有菊軒樂府一卷）諸人，亦俱善爲詞，惟不如吳蔡遺山之著耳。

二 元之詞家

張翥字仲舉，晉甯人，嘗學于李存仇遠之門，至正（順帝）初，召爲國子助教，累官至太常博士國子祭酒集賢學士，著有蛻巖樂府三卷，其詞婉麗風深，有南宋風格，今錄其東風第一枝一首于下：

▲東風第一枝 憶梅

老樹渾苔，橫枝未葉，靑春肯誤芳約．背陰未返冰魂，陽梢已含紅萼．佳人寒怯，誰驚起、曉來梳掠．是月斜窗外棲禽，露冷竹間幽鶴．雲淡淡、粉痕漸薄．風細細、凍香又落．叩門喜伴金樽，倚闌怕聽畫角．依稀夢裏，記半面、淺窺珠箔．甚時節重寫鸞牋？去訪舊遊東閣．

仇遠字仁近，一字仁父，錢塘人．宋咸淳（度宗）中與白珽同以詩名，人謂之仇白．張雨（字伯雨自號句曲外史，著有貞居詞一卷．）張翥皆出其門，自號近村，又號山村，著有山村遺稿．其詞淸微要妙，蒨麗和雅，足與玉田草窗諸人相鼓吹．嘗登招寶山觀月出，作八犯玉交枝，其縱橫之妙，直似東坡，今錄其詞于下：

▲八犯玉交枝

滄島雲連，綠瀛秋入，暮景卻沈洲渚；無浪無風天地白，聽得潮生人語，擎空孤柱，翠倚高閣憑虛，中流蒼碧迷烟霧；惟見廣寒門外，青無重數。不知是水是山，不知是樹，漫漫知是何處。倩誰問凌波輕步，漫凝睇乘鸞秦女；想庭曲霓裳正舞，莫須長笛吹去；怕喚起魚龍，三更噴作前山雨。

此外如趙孟頫（字子昂）有松雪詞一卷，汪宗臣（字公輔）有紫巖集附詞，吳澄（字幼清）有草廬詞一卷，許有壬（字可用）有圭塘小稿詞一卷，薩都剌（字天錫號直齋）有鴈門集詞一卷。張埜（字埜夫）有古山樂府二卷，當時詞學雖衰，然其工者，亦不減宋人也。

第五節　明代之詞學

詞至于明，阡陌決裂，淫哇遂起，詞體之壞，于此爲極。然有明兩祖列宗，好學不倦，染翰俱工，如仁宗鳳栖梧賦九月海棠云：「煙抹霜林秋欲褪，吹破臙脂，猶覺西風嫩．翠袖怯寒愁一寸，誰傳庭院黃昏信．明月修容生遠恨．旋摘餘嬌，簪滿佳人鬢，醉倚小闌花影近，不應先有春風分．」娟秀絕倫．宣宗有醉太平賜學士沈度云：「濃雲散雨收，花苑內鳴鳩．曉來喜見日光浮，暖融融永晝．麥苗潤澤懷清秀，穡花滲映紅光溜，田家鼓缶盡歌謳，是處慶豐年醉酒．」其留心農事如此．（見蘭皋集）周憲王遭世隆平，奉藩多暇，留心翰墨，尤精詞曲，製誠齋學府傳奇若干種，音律諧美，流傳內府，至今中原弦索多用之．（見蘭皋集）劉基（字伯温）在青田未遇時，嘗賦感懷水龍吟，頗有感喟激昂擇木之意見，其他小詞，亦皆靡靡可誦．至若宋金華（宋濂字景濂，金華浦江人）以大手筆開一代風氣，而亦有麗語如

「戀郎思郎非一朝，好似并州花剪刀；一股在南一股北，幾時裁得合歡袍。有郎金鳳飾花容，無郎秋鬢若飛蓬；儂身要令千年白，不必來塗紅守宮。」此鑑湖竹枝也，其小詞惜不及見耳。（見古今詞話）其他詞人尚多，茲分述之于下：

楊慎字用修，新都人。七歲作擬古戰場文，正德（武宗）辛未廷試第一，授翰林院修撰，以議禮謫戍滇南。著述最富，升庵集之外，凡百餘種。所輯百琲珠詞，林萬選王弇州稱之爲詞家功臣也。其詞好入六朝，茲錄其誤佳期一首于下：

▲誤佳期

今夜風光堪愛，可惜那人不在；臨行多是不曾留，故意將人怪。

雙木架鞦韆，兩下深深拜；條香燒盡紙成灰，莫把心兒壞。

王世貞，字元美，號鳳洲，太倉人，嘉靖（世宗）丁未進士，爲員外郎郎中，後爲嚴嵩所忌，出任青州兵備副使。與李攀龍輩號後七子，有弇州山人四部稿四百七十四卷，續稿二百七卷。其詞以生動見長，茲錄其甘草子一首于下：

▲甘草子

春暮。密打窗紗，陣陣梨花雨。韐匣迸胭脂，綺袖調鸚鵡。　輕煖頻寒相剗剌，做不癢不疼情緒。倩得張郎畫眉嫵，任子規淒楚。

陳子龍，字人中，又字臥子，青浦人，崇禎（思宗）丁丑進士，歷官兵部給事中，有湘眞閣江蘺檻詞行世。古今詞話云：『明季詞家競起，然妙麗惟湘眞閣江蘺檻諸什，如咏斜陽則云：「弄晴催薄暮。」咏黃昏則云：「靑燈冷碧紗煙盡，半晌愁難定。」咏五更則云：「愁時如夢夢時愁，角聲到小紅樓。」一咏杏花則云：「微寒著處不勝嬌，一番弄雨花梢。」一咏落花則云：「玉輪碾平芳草，半面惱紅妝。」一咏春閨則云：「幾度東風人意惱，深深院落芳心小。」一咏豔情則云：「難去難去，門外尺深花雨。」一皆黃門意到之句。」子龍嘗與夏允彝等結「幾社」以氣節相高，故國變以後之作，更爲激昂沈著。按子龍之詞，纏綿悱惻，神韻天然，爲有明一代詞人之冠。惟其宗旨以李（李攀龍）王（王世貞）爲依歸，後之痛貶李王者，併子龍而亦貶之，殊不知其崛起雲間，挽之以迴大雅，實能矯李王之失者也。

明代詞人除上述以外，如高啓（字季迪自號青丘子）有扣舷集，楊基（字孟載與高啓張羽徐賁號吳中四傑）有眉菴集十二卷，張綖（字世文）有詩餘圖譜，詞家奉爲指南，又有南湖集四卷，其他如瞿宗吉聶大年夏公謹周白川唐子畏徐文長兪仲茅沈天羽卓發諸人，莫不新詞競唱，傳一代之風華，統計前後作家，不下三百餘人，惟當時長調，多雜俚語；而錢塘馬浩瀾洪，雖以詞名東南，其實花影妖淫，皆爲殘脂賸粉，不足取也。總之有明一代之詞學，初則沿蛻巖之風軌，永樂以後，花間草堂諸集漸盛，當時惟小令中調，間有可取，其餘則偏于浮靡俚俗，無一硬語，至陳子龍出，始卓然可稱一代詞宗，然已身丁季叔，而開有清風氣之先矣。

等六節　清代之詞學

有清之世，爲詞學復興之時代。襲花間之貌，入南宋之室，作者蔚然蒸起，盛極一時，而當時號稱能手，尤莫盛于東南，如吳偉業（字駿公，號梅村，太倉人）錢謙益（字受之號牧齋）龔鼎孳（字孝升號芝麓）號稱江左三大家，其詞皆風動當世，他如曹秋岳毛西河顧貞觀（有彈指詞）彭羨門（有延露詞）宋琬嚴繩孫李雯宋徵輿尤侗及吾家虹亭公（徐釚字電發，自號垂虹亭長，著有菊莊詞及詞苑叢談等書）等，均善倚聲塡詞，名冠東南。其振起于北方者，則有王士禎曹貞吉（有珂雪詞）性德孫枝蔚（字豹人）諸人，或以悽惋勝，或以剛勁勝，莫不號爲能手，茲將當時重要詞家，述之于下：

王士禎，字貽上，號阮亭，別號漁洋山人，山東新城人。順治十五年進士，官至刑部尙書。初爲牧齋所重，旣而文名漸高，天下尊爲詩壇盟主。然與梅村筆路先驅，實開淸代詞學之風。吾家虹亭公曰：「王阮亭和漱玉詞，有『郞似桐花妾似桐花鳳』之句，長安盛稱之，遂號爲王桐花，幾令鄭鷓鴣不能專羨，」今錄其詞于下：

▲蝶戀花 閨思

涼夜沈沈花漏凍，攲枕無眠，漸聽荒鷄動。此際閒愁郎不共。月移窗罅春寒重。憶共錦衾無半縫，郎似桐花，妾似桐花鳳。往事迢迢徒入夢，銀箏斷續連珠弄。

朱彝尊，字錫鬯，號竹垞，秀水人。年十七，棄舉子業，肆力古學，康熙十七年，舉博學鴻詞，著述甚富，修明史及一統志，著有曝書亭集又編詞綜三十六卷。竹垞詞宗南宋，一以姜張爲法，刻削雋永，豔而能雅，清代前後作者，莫能過焉。時與竹垞齊名者，則有陳其年，（名維崧有烏絲詞）嘗合刻朱陳村詞，工力悉敵，難分上下也。乾嘉以前，要以二人爲泰斗，所謂浙派是也。惟後之論者，以爲朱才多不免于碎，陳氣盛不免于率；而朱氏又好引經典，餖飣瑣屑，時有朱貪多，王（卽漁洋）愛好之稱，可謂切中其病矣。玆錄竹垞暗香詞一首于下：

▲暗香 紅豆

凝珠吹黍，似早梅乍萼，新桐初乳。莫是珊瑚，零落敲殘石家樹。記得南中舊事，金齒屐、小鬟蠻女；向兩岸、樹底盈盈，素手摘新雨。延佇。碧雲暮。休逗入茜裙，欲尋無處。唱歌歸去，先向綠窗飼鸚鵡。惆悵檀郎終遠，待寄與、相思猶阻；燭影下、開玉盒，背人偸數。

張惠言，字皋文，常州人。振北宋名家之緒，賦手文心，開淸代倚聲家未有之境，所謂常州派是也。其詞沈鬱疏快，遒逸悱惻，著有茗柯詞，乾嘉以來學者多宗之。當時常州詞人，如惲敬黃景仁陸繼輅李兆洛輩，亦皆著名一時。至若金應城金式玉則學于皋文而有得者也。董士錫則以皋文之甥而傳其業者也。止庵周氏，則爲茗柯後起之勁，而足以後先輝映者也。

納蘭容若，名性德，滿洲人，初名成德，故亦有稱成容若者，明珠太傅之子也。早飲香名，出入禁衛，然其詞獨瓣香鴛鴦寺主，纏綿婉轉，一唱三歎，能使殘唐墜緒，絕而復續，頗似憔悴失職者所爲，故論者至以重光（李煜）後身目之。多情多才，而又善怨，宜其享年不永矣。其詞小令尤工，而飲水詞側帽詞則爲一時之冠。所謂側帽詞者，乃容若題側帽投壺圖之詞也，茲錄于下：

◎賀新涼　贈顧梁汾

德也狂生耳。偶然間緇塵京國，烏衣門第。有酒惟澆趙州土，誰會成生此意？不信道遂成知己．青眼高歌俱未老，向樽前拭盡英雄淚．君不見，月如水．　共君此夜須沉醉．且由他蛾眉謠諑，古今同忌．身世悠悠何足問，冷笑置之而已．尋思起從頭翻悔．一日心期千劫在，後身緣恐結他生裏．然諾重，君須記．

除上述詞人以外，如太倉王時翔王漢舒則以晏歐淮海爲宗，矯然獨出，另成一派，其他如厲鶚有樊榭山房詞，郭麐有蘅夢樓詞，姚燮有疏影樓詞，周之琦有金梁夢月詞，承齡有冰蠶詞，邊浴禮有空青詞，宋浣花有浣花詞，張嘯山有翦錦詞，項蓮生有憶雲詞，趙秋舲有香消酒醒詞，王鵬運有半塘詞，要皆名振一時，以詞章見重于世．而王昶則有明詞綜及清朝詞綜之編輯，陶梁則有詞綜補遺，龔翔麟則有浙西六家詞，查繼超則有詞學全書，是皆詞學總彙之書也．至若萬樹（字紅友）之詞律，戈載（字順卿）之詞林正韻，一則致功聲律，一則闡明韻學，皆空前之著述，惟其所作，均不逮所見，是其短也。餘如過葆中，史位存，龔定盦，鄭板橋，趙璞涵，吳穀人輩，亦不媿名手，惟是道咸以後，爲詞者大多不明樂理，故其詞雖有可誦者，而不足以備樂府之遺，眞所謂長短句而已，詩餘而已。光宣以來，風雅道衰，海內詞家，寥如晨星，是以承先啓後，挽頽旨于未墮，正在我輩，從事提倡，詔示來者，不可緩矣。

第三章　研究詞學之方法

第一節　塡詞之入手法

塡詞之法，重在多讀多看多作而已。多讀則聲調自能圓轉，多看則材料自然豐富，多作則出筆自能流利。諺云：「熟讀唐詩三百首，不會吟詩也會吟。」學詞之法，豈有異乎？詞學全書中有古今詞論一卷，其中述各家論作詞之法，頗爲詳備；如張玉田論塡詞之法云：「塡詞先審題，因題擇調名，次命意，次選韻，次措詞，其起結須先有成局，然後下筆，最是過變勿斷了曲意，要結上起下爲妙。」楊誠齋論作詞之法云：「作詞有五要：第一要擇腔，腔不韻則勿作，如塞翁吟之衰颯，帝臺春之不順，隔浦蓮之奇煞，鬬百花之無味是也。第二要擇律，律不應則不美，如十一月須用正宮，元宵詞必用仙呂宮爲相宜也。第三要句韻按譜；自古作詞，能依句者少，依譜用字者百無一二，若歌韻不協，奚取哉？或謂善歌者能融化其字則無疵，殊不知製作轉折，用或不當則失律，正旁偏側，凌犯他宮，非復本調矣。第四要推律押韻，如越調水龍吟，商調二郞神，皆用平入聲韻，古調俱押去聲，所以轉折乖異，苟或不詳，則乖音昧律者，反加稱賞，是解熙熙而啓齒也。第五要立新意，若用前人詩詞句爲之，此蹈襲無足奇也，須作不經人道語，或翻前人意，始能驚人，若祇鍊字句，纔讀一過，便無精神，不可不知也。」其餘引述各家之說頗多，不能一一盡述，茲爲初學者便利起見，更擇要言之于下：

一、句法　詞句有一字二字三字以至六七八字以上爲一句者，其一句中之平仄，學者宜行注意，而下字又不可因平仄之故，一味堆砌，須胸中先有成竹，然後下筆。張玉田曰：「詞中句法貴平妥精粹，一曲之中，安能句句高妙，只要襯副得去，于好發揮處，勿輕放過，自然使人讀之擊節。」又曰：「語句太寬則容易，太工則苦澀，故對偶處卻須極工，字眼不得輕泛，正如詩眼一例，若八字既工，下句便須少寬，約莫太寬又須工緻，方爲精粹。」劉體仁詞繹曰：「詞中對句，正是難處，莫認作襯句，至五言對句七言對句，使觀者不作對疑尤妙。」此皆論造句之法也。

二、字法　吾家虹亭公詞苑叢談云：『詞與詩不同，詞之語句，有兩字四字至七八字者，若惟疊實字，讀之且不通，況付雪兒乎？合用虛字呼喚，一字如「正」「但」「任」「況」之類，兩字如「莫是」「又還」之類，三字如「更能消」「最無端」之類，卻要用之得其所。』俞仲茅曰：「詞全以調爲主，調全以字之音爲主。音有平仄，多必不可移者，間有可移者；仄有上去入，多可移者，間有必不可移者；倘必不可移者，任意出入，則歌時有棘喉澀舌之病，故宋時一調，作者多至數十人，如出一吻。」張玉田曰：「句法中有字面，生硬字切勿用，必深加鍛鍊，字字推敲響亮，歌之妥溜，方爲本色語。」此皆前人論用字之法也。按字又有陰陽聲之別，塡詞之時，如陽聲多則沈頓，陰聲多則激昂，重陽間一陰，則柔而不靡；重陰間一陽，則高而不危；學者亦不可不知也。

三、章法　詞之章法，不外空中蕩漾，所謂蕩漾之法若何？曰奇正實空，抑揚開合，工易寬緊諸法而已；如一詞之中，上意本可直接下意，今偏偏作盤馬彎弓之勢，而不接入，反于其間傳神寫照，從空際盤旋做出搖曳從容之態度，如此則下意愈覺栩栩欲動矣。總之承接轉換之處，不外紆徐斗健四字，如能交相爲用，自入妙境矣。

四、起結　凡詞之起句，須見所詠之意，不可汎入閒事。劉體仁曰：「詞起結最難，而結尤難于起，蓋不欲轉入別調也。呼翠袖爲君舞，倩盈盈翠袖，揾英雄淚。正是一法，然又須結得有不愁明月盡自有夜珠來之妙，乃得。」張砥中曰：「凡詞前後兩結最爲緊要，前結如奔馬收韁，須勒得住，尙存後面地步，有住而不住之勢。後結如衆流歸海，要收得盡，迴環通首源流，有盡而不盡之意。」此論起結之法也。

五、詞調 作詞之法，選調爲要，大概小令宜宗花間，長調宜宗兩宋。張玉田曰：「詞之難于小令，如詩之難于絕句，蓋十數句間，要無閒句字，要無閒意趣，末又要有有餘不盡之意。」兪仲茅曰：「小令佳者，最爲警策，令人動褰裳涉足之想，第好語往往前人說盡，當何處生活。長調尤爲亹亹，染指較難，蓋意窘于侈，字貧于複，氣竭于鼓，鮮不納敗，比于兵法，知難可焉。」劉體仁曰：「中調長調轉換處，不欲全脫，不欲明黏，如畫家開合之法，須一氣呵成，則神味自足，以有意求之不得也。」又曰：「長調最難工，蕪累與癡重同忌，襯字不可少，又忌淺熟。」沈去矜曰：「小調要言短意長，忌尖弱；中調要骨肉停勻，忌平板；長調要操縱自如，忌粗率；能于豪爽中著一二精緻語，綿婉中著一二激厲語，尤見錯綜。」賀黃公曰：『小詞以含蓄爲佳，亦有作決絕語而妙者，如韋莊「誰家年少足風流，妾擬將身嫁與一生休，縱被無情棄，不能羞」之類是也。』又曰：『長調最忌演湊，如蘇養直「獸鐶半掩，」前半皆景語，至「漸迤邐更催銀箭」以下，則觸景生情，緣情布景，節節轉換，穠麗周密，譬之織錦家，眞竇氏回文梭矣。』毛稚黄曰：「塡詞長調，不下于詩之歌行，長篇歌行，猶可使氣，長調使氣，便非本色，高手當以情致見佳，蓋歌行如駿馬驀坡，可以一往稱快，長調如嬌女步春，旁去扶持，獨行芳徑，徙倚而前，一步一態，一態一變，雖有强力健足，無所用之。」顧宋梅曰：「詞雖貴于情柔聲曼，然第宜于小令，若長調而亦喁喁細語，失之約矣；必慷慨淋漓，沈雄悲壯，乃爲合作，其不轉韻者，以調長恐勢散而氣不貫也。」李東琪曰：「小令敍事須簡淨，再著一二景物語，便覺筆有餘閒。中調須骨肉停匀，語有盡而意無窮。長調切忌過于鋪敍，其對仗處須十分警策，方能動人，設色既窮，忽轉出別境，方不窘于邊幅。」此前人就調論詞之言也。

除上述以外，如詞中用事，詠物，用意，用字，創調等方法，前人論之者頗多，學者可取詞源（張炎叔夏編）及古今詞論兩書參觀也。

第二節　塡詞之格式

塡詞與作詩不同，蓋詞之字句，至不一律，不但平仄而已；字句既各有長短，用韻之處，又各調不同，在熟習者固可脫口而出，然在初學者，非按圖譜不可．按前人所著詞譜如萬樹有詞律，收羅至廣，然非初學者所宜．查繼超有塡詞圖譜，然于平仄處但加圈識，刻本不無舛誤．舒夢蘭有白香詞譜，所錄僅百餘首，其平仄近人已有考正之者，於初學者似較便利，本局最淺學詞法中所選古詞，小令中調長調三類，亦能扼要，初學者亦可備置案頭也．茲選最通用之調十數首，分列于下，俾初學者略見塡詞格式之一斑：

一、小令　塡詞圖譜，以不及六十字者爲小令．

夢江口　二十七字，五句三韻．又名謝秋娘，憶江南，望江梅，春去也．有四體．

千年恨句恨極在天涯韻山月不知心裏事句水風空落眼前花叶搖曳碧雲斜叶（温庭筠）

譜

平（平仄）仄句（仄平）仄仄平平韻（仄平）仄（平仄）平平仄仄句（仄平）平（仄平）仄仄平平叶（仄平）仄仄平平叶

如夢令

三十三字，六句五韻。又名憶仙姿，宴桃源。

鶯嘴啄花紅溜韻燕尾點波綠皺叶指冷玉笙寒句吹徹小梅春透叶依舊叶依舊叠句人與綠楊俱瘦叶（秦觀）

譜

（平仄）仄（平仄）平平仄韻（平仄）仄（平仄）平（平仄）仄叶（平仄）仄仄平平句（平仄）仄（平仄）平平仄叶平仄叶平仄叠句（平仄）仄仄平平仄叶

長相思　三十六字，前後段各四句，共八韻。亦名雙紅豆。有四體。

紅滿枝韻綠滿枝叶宿雨厭厭睡起遲叶閒庭花影移叶　憶歸期叶數歸期叶夢見雖多相見稀叶相逢知幾時叶（馮延巳）

譜

平仄 仄平 平韻 平仄 仄平 平叶 仄平 仄平平 平仄 仄平叶 仄平 平 平仄 仄平叶　平仄 仄平 平叶 平仄 仄平 平叶 平仄 仄平平 仄平 仄平叶 平仄 平 仄平 仄平叶

點絳脣　四十一字，前段四句，後段五句，共七韻。亦名點櫻桃，沙頭雨，南浦月。

一夜東風句枕邊吹散愁多少韻數聲啼鳥叶夢轉紗窗曉叶　來是春初句去是春將老叶長亭道叶一般芳草叶只有歸時好叶（曾允元）

譜

平仄 仄平平句 仄平 平 仄平 仄平平仄韻 平仄 平平仄叶 平仄 仄平平仄叶　平仄 仄平平句

仄平仄平平仄叶平平仄叶仄平平平仄叶仄平仄平平仄叶

浪淘沙　五十四字，前段五句四韻。後段同。又名賣花聲。

蹙損遠山眉韻幽怨誰知叶羅衾滴盡淚胭脂叶夜過春寒人未起句門外鴉啼叶惆悵阻佳期叶人在天涯叶東風頻動小桃枝叶正是銷魂時候也句撩亂花飛叶（康與之）

譜

仄平仄仄平平韻平仄仄平平叶平仄平平仄仄仄平平叶平仄仄平仄平平仄仄句平仄仄平平叶平仄仄仄平平叶平仄仄平平叶平仄平平仄仄仄平平叶平仄仄平仄平平仄仄句平仄仄平平叶

中調

塡詞圖譜，以六十字至九十字者爲中調。

蝶戀花　六十字，前段五句四韻，後段同。又名一籮金，黃金縷，鵲踏枝，鳳棲梧，捲珠簾。魚水同歡，明月生南浦。

花褪殘紅青杏小韻燕子飛時句綠水人家繞叶枝上柳棉吹又少叶天涯何處無芳草叶架上鞦韆牆外道叶牆外行人句牆裏佳人笑叶笑漸不聞聲漸杳叶多情卻被無情惱叶（蘇軾）

譜

平仄仄平仄平平仄仄韻仄平仄平平句仄平仄平平仄叶平仄仄仄平平平仄仄叶平仄平平仄
仄平平仄叶平仄仄平仄平平仄仄叶平仄仄平平句平仄仄平平仄叶平仄仄仄平平平
仄仄叶平仄平仄平仄平平仄叶

一翦梅

六十字，前段六句六韻，後段同。此調通首用韻。

一片春愁帶酒澆韻江上舟搖叶樓上帘招叶秋娘容與泰娘嬌叶風又飄飄叶雨又瀟瀟叶何日雲帆卸浦橋叶銀字箏調叶心字香燒叶流光容易把人拋叶紅了櫻桃叶綠了芭蕉叶（蔣捷）

譜

仄平 仄平平仄仄平 韻 仄平 仄平平 叶 平仄 仄平平 叶 仄平 平 仄平 仄仄平平 叶 仄平 仄平平

叶 仄平 仄平平 叶 仄平 仄平平仄仄平 叶 仄平 仄平平 叶 仄平 仄平平 叶 仄平 平 仄平 仄仄

平平 叶 仄平 仄平平 叶 仄平 仄平平 叶

漁家傲 六十二字，前後段各五句五韻。

塞下秋來風景異 韻 衡陽雁去無留意 叶 四面邊聲連角起 叶 千嶂裏 叶 長煙落日孤城閉 叶 濁酒一杯家萬里 叶 燕然未勒歸無計 叶 羌管悠悠霜滿地 叶 人不寐 叶 將軍白髮征夫淚 叶 （范仲淹）

譜

仄仄 仄平 平平仄仄 韻 仄平 平 平仄 仄平平仄 叶 仄平 仄 仄平 平平仄仄 叶 平 平仄 仄 叶 仄平 平

平仄 仄平平仄 叶 仄仄 平仄 平平仄仄 叶 平仄 平 平仄 仄平平仄 叶 仄平 仄平平平仄仄

（叶）平（平仄）仄（叶）（平仄）平（平仄）仄平平仄（叶）

天仙子　六十八字，前後段各六句，共十韻。

水調數聲持酒聽（韻）午醉醒來愁未醒（叶）送春春去幾時回（句）臨晚鏡（叶）傷流景（叶）往事後期空記省（叶）　沙上並禽池上暝（叶）雲破月來花弄影（叶）重重簾幕密遮燈（句）風不定（叶）人初靜（叶）明日落紅應滿徑（叶）（張先）

譜

（平仄）仄（平仄）平平仄仄（韻）（平仄）仄（仄平）平平仄仄（叶）（平仄）平平仄仄平平（句）平（平仄）仄（叶）平（平仄）

仄（叶）（平仄）仄（平仄）平平仄仄（叶）（仄平）仄（平仄）平平仄仄（叶）（仄平）仄（平仄）平平仄仄（叶）（平仄）平（平仄）

仄仄平平（句）平（仄平）仄（叶）平（平仄）仄（叶）（仄平）仄（平仄）平平仄仄（叶）

長調　塡詞圖譜，以九十字以上者爲長調。

滿庭芳　九十五字，前後段各九句，共九韻。一名鎖陽臺，滿庭霜。

曉色雲開句春隨人意句驟雨纔過還晴韻古臺芳榭句飛燕蹴紅英叶舞困榆錢自落句鞦韆外豆綠水橋平叶東風裏豆朱門映柳句低按小秦箏叶多情叶行樂處句珠鈿翠蓋句玉轡紅纓叶漸酒空金榼句花困蓬瀛叶豆蔻梢頭舊恨句十年夢豆屈指堪驚叶憑闌久豆疎煙澹日句寂寞下蕪城叶（秦觀）

譜

仄平仄平平句仄平平平仄仄句仄平仄仄平仄平平韻仄平平平仄句仄平仄仄平平叶仄平仄

仄平平平仄仄句仄平仄平仄豆平仄仄平平叶平平仄豆平平仄仄句仄平仄仄平平叶

平平叶平仄仄句仄平平仄平仄句仄平仄平平叶平仄平仄平平仄句仄平仄平平叶平仄仄

平仄平平仄仄句仄平仄平仄豆平仄仄平平叶平平仄豆平平仄仄句仄平仄仄平平叶

念奴嬌

前段九句，後段十句，共一百字，八韻。一名大江東去，壺中天，百字令，酹江月。按此調於第二句第三字分豆亦可，如東坡詞「浪淘盡，千古風流人物」是也。不必拘定。

石頭城上句望天低吳楚豆眼空無物韻指點六朝形勝地句惟有青山如壁

叶蔽日旌旂句連雲檣櫓句白骨紛如雪叶大江南北句消磨多少豪傑叶寂寞避暑離宮句東風輦路句芳草年年發叶落日無人松徑冷句鬼火高低明滅叶歌舞樽前句繁華鏡裏句暗換青青髮叶傷心千古句秦淮一（作平聲）片明月叶（薩都剌）

譜

仄平平仄句仄平（仄平）平仄豆（平仄）平平仄韻（平仄）仄（仄平）平平仄仄句（平仄）仄平平（平仄）仄叶仄仄平平句平平（仄平）仄句（平仄）仄平平仄叶（仄平）平平仄句（平仄）平平仄平仄叶（平仄）仄（平仄）仄平平句平平（仄平）仄句平仄平平仄叶（平仄）仄平平平仄仄句（平仄）仄平平平仄叶（平仄）仄平平句（仄平）平（仄平）仄句（平仄）仄平平仄叶（仄平）平平仄句（平仄）平平仄平仄叶

沁園春　一百十四字，前段十三句，後段十二句，共十韻。又名大聖樂，洞庭春色，壽星明。按詞中交親之親字，不叶韻亦可。

孤鶴歸飛句再過遼天句換盡舊人韻念纍纍枯塚句茫茫夢境句王侯螻蟻

句畢竟成塵叶載酒園林句尋花巷陌句當日何曾輕負春叶流年改句嘆圍腰帶賸句點鬢霜新叶交親叶散落如雲叶又豈料豆而今餘此身叶幸眼明身健句茶甘飯輭句非惟我老句更有人貧叶躲盡危機句消殘壯志句短艇湖中閒采蓴叶吾何恨句有漁翁共醉句溪友爲鄰叶（陸游）

譜

平仄仄平平句仄仄平平句平仄仄平仄平韻仄仄平平仄平仄句平仄平仄平仄句平仄平仄平仄
句平仄仄平平叶仄平仄平平句平仄平仄平仄句平仄仄平平平仄仄平叶平平仄句仄平
平仄平仄句仄平仄平平叶平平叶平仄仄平平叶仄仄平仄豆平平平仄平叶仄平仄
平仄平仄句平仄平平仄仄句平平平仄仄句平仄仄平平叶平仄仄平平句平仄平仄仄句平仄
仄平平平仄平叶平平仄句仄平平仄仄句仄平仄平平叶

賀新郎一百十六字，前段十句，後段同，共十三韻。一作賀新涼，又名金縷曲，乳燕飛，貂裘換酒。

篆縷銷金鼎韻醉沉沉豆庭陰轉午句畫堂人靜叶芳草王孫知何處句惟有楊花糝徑叶漸玉枕豆騰騰春醒叶簾外殘紅春已透句鎮無聊豆殢酒懨懨病叶雲鬢亂豆未忺整叶江南舊事休重省叶遍天涯豆尋消問息句斷鴻難倩叶月滿西樓憑闌久句依舊歸期未定叶又只恐豆瓶沉金井叶嘶騎不來銀燭暗句枉教人豆立盡梧桐影叶誰伴我豆對鸞鏡叶（李玉）

譜

平仄仄平平仄韻仄平平豆仄平平仄仄句仄平平仄叶平仄仄仄平平平平仄仄句平仄平平仄仄叶仄平仄仄豆平平平仄叶平仄仄仄平平平仄平仄句仄平平豆仄平仄平平仄叶平仄仄豆仄平仄叶平平仄仄平平仄叶仄平平豆平平仄仄句仄平平仄叶仄平仄平仄平平仄平仄句平仄平平仄仄叶仄平仄仄豆平平平仄叶平仄仄仄平平平平平仄仄句仄平平豆平仄仄平平仄叶平仄仄豆仄平仄叶

上列十數首，不過爲初學者立一格式，陋略殊多；然學者苟能熟讀此十數調，按譜以塡之，他日自能升堂入室也。

第三節 詞韻

詞昉于唐，而唐詞用韻與詩同，至於宋代，始漸有以入代平，以上代平諸例，然無韻書也。戈順卿曰：『宋朱希眞嘗擬應制詞韻十六條，而別列入聲韻四部，其後張輯釋之，馮取洽增之，至元陶宗儀曾譏其淆混，欲爲改定，而其書久佚，且亦無自攷矣。厲鶚論詞絕句有云：「欲呼南渡諸公起，韻本重雕菉斐軒。」注云，「曾見紹興二年刊菉斐軒詞林要韻一册，分東紅邦陽十九韻，亦有上去入三聲作平聲者。」于是人皆知有菉斐軒詞韻，而又未之見。近秦敦夫先生取阮芸臺先生家藏詞林韻釋，一名詞林要韻，重爲開雕，題曰「宋菉斐軒刊本。

」而跋中疑爲元明之際謬託，又疑此書專爲「北曲」而設，誠哉是言也．觀其所分十九韻，且無入聲，則斷爲曲韻無疑．樊榭偶未深究耳．是欲輯詞韻，前既無可攷，而此書又不可據以爲本也；國初沈謙曾著詞韻略一編，毛先舒爲之括略，並注以東董江講支紙等標目，平領上去，而止列平上，似未該括，入聲則連二字，曰屋沃，曰覺藥，又似紛雜；且用陰氏韻目，刪併既失其當，則分合之界，糢糊不清，字復亂次以濟，不歸一類，其音更不明晰，舛錯之譏，實所難免．同時有趙鑰曹亮武，均撰詞韻，與去矜（沈謙字去矜）大同小異．若李漁之詞韻四卷列二十七部（中略）至前此胡文煥文會堂詞韻，平上去三聲用曲韻，入聲用詩韻，騎牆之見，亦無根據，近又有許昂霄輯詞韻考略，亦以今韻分編．（中略）今塡詞家所奉爲圭臬，信之不疑者，則莫如吳烺程名世諸人所著之學宋齋詞韻，其書以學宋為名，宜其是矣，乃所學者，皆宋人誤處。（中略）復有鄭春波者，繼作綠漪亭詞韻以附會之，羽翼之，而詞韻遂因之大紊矣。是古人之詞具在，無韻而有韻，今人之韻成書，反有韻而無韻，豈不大可笑哉？是書列平上去為十四部，入聲為五部，共十九部，皆取古人之名詞，參酌而審定之，盡去諸弊，非謂前人之書皆非，而予言獨是也；不過求合于古，一片苦心，知音者自能鑒諒爾。」茲將戈氏詞林正韻，錄其要目于下

第一部〔平聲〕一東．二冬．三鍾．通用．

〔仄聲〕（上聲）一董．二腫（去聲）一送．二宋．三用．通用．

第二部〔平聲〕四江．十陽．十一唐．通用．

〔仄聲〕（上聲）三講．三十六養．三十七蕩．（去聲）四絳．

四十一漾・四十二宕・通用・

第三部〔平聲〕五支・六脂・七之・八微・十二齊・十五灰・通用・
〔仄聲〕（上聲）四紙・五旨・六止・七尾・十一薺，十四賄・
（去聲）五寘・六至・七志・八未・十二霽・
十三祭・十四太半・十八隊・二十廢・通用・

第四部〔平聲〕九魚・十虞・十一模・通用・
〔仄聲〕（上聲）八語・九麌・十姥・（去聲）九御・十遇・十
一暮・通用・

第五部〔平聲〕十三佳半・十四皆・十六咍・通用・
〔仄聲〕（上聲）十二蟹・十三駭・十五海・（去聲）十四太半
・十五卦・十六怪・十七夬・十九代・通用・

第六部〔平聲〕十七眞・十八諄・十九臻・二十文・二十一欣・二十三魂・二十四痕・通用・

〔仄聲〕(上聲)十六軫・十七準・十八吻・十九隱・二十一混・二十二很・(去聲)二十一震・二十二稕・二十三問・二十四焮・二十六慁・二十七恨・通用・

第七部〔平聲〕二十二元・二十五寒・二十六桓・二十七删・二十八山・一先・二仙・通用・

〔仄聲〕(上聲)二十阮・二十三旱・二十四緩・二十五潸・二十六產・二十七銑・二十八獮・(去聲)二十五願・二十八翰・二十九換・三十諫・三十一

襇・三十二霰・三十三線・通用・

第八部〔平聲〕三蕭・四宵・五爻・六豪・通用・

〔仄聲〕（上聲）二十九篠・三十小・三十一巧・三十二晧・（去聲）三十四嘯・三十五笑・三十六效・三十七號・通用・

第九部〔平聲〕七歌・八戈・通用・

〔仄聲〕（上聲）三十三哿・三十四果・（去聲）三十八箇・三十九過・通用・

第十部〔平聲〕十三佳半・九麻・通用・

〔仄聲〕（上聲）三十五馬・（去聲）十五卦半・四十禡・通用・

第十一部〔平聲〕十二庚・十三耕・十四清・十五青・十六蒸・十七登

・通用・

〔仄聲〕（上聲（三十八梗・三十九耿・四十靜・四十一迥・四十二拯・四十三等・（去聲）四十三映・四十四諍・四十五勁・四十六徑・四十七證・四十八隥・通用・

第十二部〔平聲〕十八尤・十九侯・二十幽・通用・

〔仄聲〕（上聲）四十四有・四十五厚・四十六黝・（去聲）四十九宥・五十候・五十一幼・通用・

第十三部〔平聲〕二十一侵・獨用・

〔仄聲〕（上聲）四十七寑・（去聲）五十二沁、通用・

第十四部〔平聲〕二十二覃・二十三談・二十四鹽・二十五沾・二十六

咸・二十七銜・二十八嚴・二十九凡・通用・

〔仄聲〕（上聲）四十八感・四十九敢・五十琰・五十一忝・五十二儼・五十三豏・五十四檻・五十五范・（去聲）五十三勘・五十四闞・五十五艷・五十六㮇・五十七驗・五十八陷・五十九鑑・六十梵・通用・

等十五部〔仄聲〕（入聲）一屋・二沃・三燭・通用・

第十六部〔仄聲〕（入聲）四覺・十八藥・十九鐸・通用・

第十七部〔仄聲〕（入聲）五質・六術・七櫛・二十陌・二十一麥・二十二昔・二十三錫・二十四職・二十五德・二十六緝・通用・

第十六部（仄聲）（入聲）八勿・九迄・十月・十一沒・十二曷・十三末・十四黠・十五牽・十六屑・十七薛・二十九葉・三十帖・通用・

第十九部（仄聲）（入聲）二十七合・二十八盍・三十一業・三十二洽・三十三狎・三十四乏・通用・

塡詞用韻，不離平上去入四聲，就中平聲只能獨押，上去聲可以通押，入聲亦只能獨押；然如西江月少年心菩薩蠻換巢鸞鳳之類，皆統押平上去三聲，此其特例・此外詞中又有換韻之法；所謂換韻者，卽不全押一韻之謂也・如一用平聲，一用入聲者，則爲二聲並押；如用平聲而又換押上聲去聲者，則爲三聲並押，至其應換韻之處，學者按諸詞譜，自能了然矣・詞中用韻，又有用仄韻宜押入聲，而不宜用上去者；亦有必須押上聲，或必須押去聲者，規律極嚴，非本編所能盡述，學者苟欲詳加研究，則有唐段安節樂府雜錄，（有五音二十八調之圖，對于塡腔叶韻之法，論之甚詳。）宋張玉田詞源兩書，可以備參攷也。

第四節　詞書之取材

唐宋以來，古人所著之詞書，種類甚多，茲爲初學者應用起見，擇要分列于下：

花間集十卷　蜀趙崇祚編

草堂詩餘四卷　宋人編

花庵詞選十卷　中興以來詞選十卷　宋黃昇編

絕妙好詞箋十卷　附續鈔一卷　宋周密編

詞綜三十六卷 淸朱彝尊編 補二卷 王昶編

明詞綜十二卷 淸王昶編。

淸朝詞綜四十八卷 二集八卷 淸王昶編

讀以上各書，可知歷代詞學之盛衰變遷，劉公勇曰：「詞亦有初盛中晚，不以代也。牛嶠和凝張泌歐陽炯韓偓鹿虔扆輩，不離唐絕句，如唐之初，未脫隋調也，然皆小令耳。至宋則極盛，周張柳康，蔚然大家，至姜白石史邦卿。則如唐之中，而明初比晚唐，蓋非不欲勝人，而中實枵然，取給而已，于神味處全未夢見。」學者苟能將以上各書，流覽一過，則當知劉氏之論，爲不謬矣。又朱祖謀之彊邨叢書，共刻詞集一百七十二種，校對亦精，學者如能置備，則詞綜，明詞綜，淸詞綜三書，可不必備矣。

詞林紀事二十二卷　附錄三卷　清張宗橚編

詞律二十卷　清萬樹編

詞律拾遺六卷　補注二卷　清徐本立纂

上述詞律，與朱竹垞之詞綜，皆攷覈精微，可作塡詞圖譜觀也。

菉斐軒詞林韻釋二卷

詞源二卷　宋張炎編

詞苑叢談　清徐釚編　此爲古今惟一之詞話書，極有價値之作也。

詞學全書十四卷　清查繼超編

詞話二卷　清毛奇齡編

以上各書，爲評論詞學之書，其體例作法，以及音律腔拍，論之頗詳，而前人謬誤之處，亦能一一道出，學詞者不可不讀之書也。

學者如欲專學一家或一派之詞，則可備下列兩書：

宋六十名家詞九十卷　明毛晉編

十六家詞三十九卷　清孫默編

上述宋六十名家詞，兩宋名家之詞，大致盡網羅無遺；十六家詞，則清代著名各家，亦已應有盡有。

以上總集類

學者如欲選讀數家，則可選各家詞集，以資觀摩，茲亦附錄于後：

淸眞詞　周邦彥著

醉翁琴趣　歐陽修著

東坡樂府　蘇軾著

屯田集　柳永著

淮海集　秦觀著

樵歌　朱敦儒著

稼軒詞　辛棄疾著

後村詞　劉克莊著

白石道人歌曲　姜夔著

碧山詞　王沂孫著

夢窗詞　吳文英著

以上宋人詞集

珂雪詞　曹貞吉著

曝書亭詞註七卷　朱彝尊著　李富孫注

烏絲詞　陳維崧著

彈指詞　顧貞觀著

飲水詞　側帽詞　納蘭性德著

樊榭山房詞　厲鶚著

蘅夢樓詞　郭麐著

茗柯詞　張惠言著

疏影樓詞　姚燮著

金粱夢月詞　周之琦著

冰蠶詞　承齡著

空青詞　邊浴禮著

以上清人詞集。初學者可就性之所近，擇一二家專集而讀之，然後縱觀博覽可也。

以上專集類

詞林正韻　清戈載編

以上韻書類

詞學常識

詞學常識終

王蘊章《詞學》

王蘊章（1884–1942），字蓴農，號西神，別號窈九生、紅鵝生，別署二泉亭長、鵲腦詞人、西神殘客等，室名菊影樓、篁冷軒、秋雲平室，江蘇省金匱（今無錫市）人。光緒二十八年（1902年）中副榜舉人。曾任商務印書館編輯，後遊歷南洋各國數年，歷任上海滬江大學、南方大學、暨南大學國文教授，上海《新聞報》秘書、編輯、主筆，同時任上海正風文學院院長。著有《秋平雲室詞話》《梅魂菊影室詞話》《詞學》《詞學一隅》《詞史卮談》《燃脂餘韻》《梁溪詞話》等。

《詞學》分為溯源、辨體、審音、正韻、論派、作法六節，注重論述的系統性和邏輯性。《詞學》為叢書《文藝全書》之一種，民國八年（1919年）由崇文書局出版。本書據崇文書局本影印。

文藝全書卷三

詞學

無錫王蘊章蓴農著

●溯源第一

詞之源出於樂府古者以長短句製樂府歌詞由漢迄南北朝皆然蓋樂本乎音有清濁高下輕重抑揚之別乃爲五音十二律以審之非句有長短無以宣其氣而達其音故孔氏穎達詩正義謂風雅頌有一二字爲句及至八九字爲句者所以和八聲而無不均也三百篇後楚辭亦以長短爲聲至漢郊祀歌、鐃吹曲、房中歌、莫不皆然自古詩變而爲近體而五七絕句傳於伶官樂部長短句無所依不得不變爲詞故詞之與詩與樂府皆一脈相通有源流正變之可尋徐巨源謂古詩者風之遺樂府者雅之遺蘇李變而爲黃初建安變而爲選體流至齊梁排律及唐之近體而古詩遂亡。樂府變爲吳趨越豔。雜以捉搦企喻子夜之屬以下逮於詞。而樂府亦衰。其說是矣。然猶不如方成培之論爲精確。方之言曰。古者詩與樂合。而後世詩與樂分。古人緣詩而作樂。後人倚調以塡詞。古今若昇其不同。而鐘律宮商之理。未嘗有異也。自五言變爲近體。樂府之學幾絕。唐人所歌、多五七言絕句。必雜以散聲。以字句實之。而長短句興焉。故詞者所以濟近體之窮。而上承樂府之變也。成培、歙人。精於音律之學。著有香研居詞麈。觀徐方二氏之說。可知古人製詞。若可付諸管絃。自宋以後。音律失傳。紅友萬氏所著詞律。斤斤於去上之別。於宮調音韻之學。一未涉及。白石道人歌曲所注旁譜。亦無人能識之者。是以讀宋書樂志漢鼓吹鐃歌十八曲。至有所思之妃呼豨、臨高臺之收中吾。均索解無從。然猶得據王僧虔啓所云。諸調曲皆有聲有辭。辭者歌詩聲者若羊吾夷伊那何之類引爲比例至若宋鼓吹鐃歌上邪晚芝田艾如張諸曲幾於滿紙皆幾令吾微令吾更令人口呿舌撟不知其作何語及考諸樂府解題則云凡古樂錄皆大字是辭細字是聲昔則聲辭合寫務求其明備後則以聲辭雜糅之故益復駁蝕難明故生今之世不欲塡詞則已苟欲塡詞惟有確守宋人之成法陰陽四聲一字不易如方千里之和周淸眞詞庶可不戾於古否則鹵莽滅裂無一是處也

詞而曰塡其義可知蓋詞之興也先有文字從而宛轉其聲以腔就辭者也洎乎傳播遠久音律確然繼起諸詞人不得不以辭就腔於是必遵前詞字腳之多寡字面之平仄號曰塡詞或變易前詞仄字而平或變易前詞平字而仄要於音律無礙或前詞少而今多之則融洽其多字於腔中或前詞多而今少之則引伸其少

字於腔外亦仍與音律無礙蓋當時作者述者皆善歌故製辭度腔而字之多寡平仄參焉今之歌法已失其傳音律之故不明變易融洽引伸之技何由而施吾所謂確守宋人之成法者此也以腔就辭如楊元素先自製腔張子野蘇東坡塡詞實之名勸金船（張子野有流杯堂和翰林主人、楊元素自撰腔勸金船詞東坡勸金船詞題作和元素韻自撰腔命名、）沈遵製醉翁操有聲無詞、東坡爲塡詞實之亦名醉翁操（東坡醉翁操序、瑯邪山水奇麗、泉鳴空澗、若中音會、六一居士作醉翁亭其上、欣然忘歸、既去十餘年、好奇之士沈遵往遊、以琴寫其聲曰醉翁操節奏流宕、音韻和暢、知琴者以爲絕倫、然有聲無辭、醉翁爲之作歌、而與琴聲不合、又依楚詞作醉翁引、好事者亦倚其詞以製曲、而琴聲爲詞所縛、非大成也、後三十餘年、公既捐館舍、遵亦殞久矣、有廬山玉澗道人特妙於琴、恨其曲之無傳、乃譜其聲請於軾以補之、爲醉翁操云） 范石湖製腔。而姜白石塡詞實之。名玉樓令。（白石高平調玉梅令詞序、石湖家自製此聲、未有語實之、命予作、石湖宅南鬲河、有圃曰范村、梅開雪落、竹院深靜、而石湖畏寒不出、故戲及之、） 霓裳曲十八闋皆虛譜無辭。白石爲作中序一闋之類是也、（白石霓裳中序第一、序云丙午歲留長沙、登祝融、因得其祠神之曲曰黃帝鹽蘇合香、又於樂工故書中、得商調霓裳曲十八闋、皆虛譜無辭、按沈氏樂律、霓裳道調、此乃商調、樂天詩云、散序六闋、未知孰是、然音節閑雅、不類今曲、予不暇盡作、作中序一闋、傳於世、余方羈遊、感此古音、不自知其辭之怨抑也、） 或先率意爲長短句。然後協之以律。定其宮調。命之以名。如姜白石長亭怨自叙所云是也。（白石中呂宮長亭怨慢自叙、予頗喜製曲、初率意爲長短句、然後協以律、故前後闋多不同、桓大司馬云、昔年種柳、依依漢南、今春搖落、悽愴江潭、樹猶如此、人何以堪、此語予深愛之、）又有所謂犯調者。或采本宮諸曲。合成新調、而聲不相犯。則不名曰犯。如曹勳八音諧之類是也。或采各宮之曲合成調。而宮商相犯。則名之曰犯。如道調宮上字住、雙調亦上字住。所住字同。故道調曲中犯雙調。或雙調於曲中犯道調。皆名曰犯。如白石淒涼犯、劉過四犯翦梅花、仇遠八犯玉交枝之類是也。

上言製腔。腔如何製。今之塡詞家類多以不明音調而忽之。茲述其法如下。腔出於律。律不調者。其腔不能工。然必熟於音理。然後能製新腔。製腔之法。必吹竹以定之。或管或笛或簫皆可。（金石絲竹、無不可製腔造譜者。此獨以竹言、取其聲易調也、）惟吾意而吹焉。即以筆識其工尺於紙。然後酌其句讀。劃定板眼。（聲之雅俗、在板之疏密、宋人詞贈板甚少、故其聲猶有雅淡之意、）而後吹之聽其腔調不美音律不調之處再三增改務必使其抗墜、抑揚圓美如貫珠而後已再看其起韻處前後兩節、是何字眼而知其爲某宮某調（假如是六字起調六爲黃鐘清而第一拍轉、至起韻用高五字、爲太簇、黃鐘均以太簇爲商、則此屬太簇清商、也在燕樂名爲大石調、餘倣此、若兩結不用高五字、則爲出調凌犯他宮、非復大石調矣、）至於犯調宮商雖犯而律字相同實有以類相從聲應氣求之義不可以凌犯例之此古人製犯調之精義也新腔既定命名以實之而後實之以詞此謂塡腔如前所云東坡白石以腔就辭是也塡腔之法第照其板眼塡之聲之悠揚相應處卽用韻處也故宋人用韻少之詞謂之急曲子韻多者謂之慢曲子義蓋如此此非所難難在審其起韻兩結之高低清濁而以韻配之使歌者便於融入某律某調耳然腔調雖至多韻腳雖至夥而止以清濁陰陽高下配之且所重止在起兩結而其他不論故其法亦簡易不煩古之知音者卽酒邊席上任意揮毫莫不可諧諸律呂者蓋識此理也今之塡詞者徒知有律呂之名而不識工尺之理俗工又僅粗習工尺之節而昧於律呂之源遂使古法失傳元音終閟譬之山中白雲但可自相怡悅求如酒邊按拍花外傳歌黃河遠上添逸韻於雙鬟白雪新腔廣嗣音於羣雅渺矣不可復得安得盡人能由俗傳之工尺而上求古人旋宮之法知十二均八十四調之源而各製新腔以廣其傳哉

詞起於唐人絕句如太白之清平調卽以被之樂府太白憶秦娥、菩薩蠻皆絕句之變格爲小令之權輿旗亭畫壁賭唱皆七言斷句此外如紇那曲、長相思五言絕句也柳枝、竹枝、清平調引、小秦王陽關曲八拍蠻浪陶沙七言絕句也兩那曲雞叫子仄韻七言絕句也。瑞鷓鴣。七言律詩也。款殘紅。五言古詩也。蓋唐時無論詩詞皆能入歌。觀唐詩稱李賀樂章數十篇。諸工皆合之管絃。又稱李益詩每一篇成。樂工慕名者。爭以賂取之。元稹贈樂天詩云。休遺玲瓏唱我詩。我詩多是別君辭。自注云、樂人高玲瓏能歌余數十詩。可知此事在當時自成風尚。至若渭城曲之爲陽關三疊。竹枝中之有女兒年少舉棹等字。亦皆七言而稍異其調。或以爲歌時相和聲而已。卽所謂散聲是也。自是以後。遂競爲長短句。自一字兩字至七字。以抑揚高下其聲。樂府之體爲之一變。而詞起矣。沈約六憶詩。其三云。憶眠時。人眠獨未眠。解羅不待勸。就枕更須牽。復恐旁人見。嬌羞在燭前。後隋煬帝乃祖之作夜飲朝眠曲云。憶睡時。待來剛不來。卸妝仍索伴。解佩更相催。博山思結夢。沈水未成灰。憶起時。投籤初報曉。被惹香黛殘。枕隱金釵裊。笑動上林中。除却司晨鳥。又梁武帝之江南弄云。衆花雜色滿上林。舒芳燿采垂輕陰。連手蹀躞舞春心。舞春心。臨歲腴。中人望。獨躊躇。皆爲詞之濫觴。而探源星宿。直當上溯三百篇中。詞有三五言調。而殷雷之詩曰殷其雷。在南山之陽。則三五言之先聲也。詞有二四言調。而魚麗之詩曰魚麗於罶。鱨鯊。則二四言之鼻祖也。詞有六七言調。而還之詩曰遭我乎猱之間兮。並驅從兩肩兮。則六七言之模楷也。詞多疊句。而江汜之詩曰不我以。不我以。實開其端。詞每換韻。而東山之詩曰我來自東。零雨其濛。鶴鳴於垤。婦歎於室。已導其源。詞必換頭。而行露之詩曰厭浥行露。其二章曰誰謂雀無角。已兆其始。凡此煩促相宣。短長互用。皆啓後人協律之原。亦塡唐人長短句皆小令耳。後演爲中調爲長調。一名而有小令。復有名調有長調。或系之以犯、以引、以近、以慢、以別之。如南北曲名犯、名賺、名破之類。又有字數多寡同而所入之宮調異。名亦因之異者。如玉樓春與木蘭花同。而以木蘭花歌之。卽入大石調之類。其所以分爲小令中調長調者。以當筵作伎。以字之多少。分調之長短。以應時刻之久暫。草堂詩餘一集。盡爲徵歌而設。故別題春景、夏景、等名。使隨時卽景歌以娛客。題吉席慶壽。更是此意。其中詞語。間與集本不同。其不同者。恆平俗。亦以便歌。以文人觀之。適當一笑。而當時歌妓則必需此也。引者。以小令微引而長之。如陽關引、千秋歲引、江城梅花引之類。又謂之近。如訴衷情近、祝英臺近之類。以音調相近。從而引之也。引而愈長者。則爲慢。慢與曼通。曼之訓引也。長也。如木蘭花慢、長亭怨慢、拜新月慢之類。犯已見前。

其始蓋皆令耳。亦有以小令曲度無存。遂去慢字。亦有別製名目者。故令者。樂家所謂小令也。曰引、曰近者。樂家所謂中調也。曰慢者。樂家所謂長調也。沿及後世。不曰令、曰引、曰近、曰慢、曰犯。而曰小令、中調、長調者。取流俗易解。又能包括衆題也。

詞興於唐。盛於南唐。大昌於兩宋。否於元。剝於明。至有清一代。又成地天之泰。地雷之復焉。唐之作者。始自宮闈。明皇之好時光、「明皇譜音律。善度曲。嘗臨軒縱擊。製一曲曰春光好。方奏時。桃李俱發、又製一曲曰秋風高。奏之風雨颯然。帝曰此事不喚我作天工可乎、惜詞俱失傳」昭宗之巫山一段雲、莊宗之一葉落、陽臺夢。諸詞。詞選總集多采之。而李白、韋應物、白居易、王建、劉禹錫、皇甫淞、司空圖、韓偓、並有述作。李白以謫仙之筆。吐瑋麗之詞。菩薩蠻之。平林漠漠烟如織。寒山一帶傷心碧。十四字中。尺幅千里。憶秦娥之西風殘照漢家陵闕有黍離行邁之思尤爲絕唱五代之際。孟氏李氏君臣爲謔。競作新調。雖詞之雜流。由此而起。而其高情逸韻。不可滅也。南唐後主。尤具逸才。嚼雪餐冰。如藐姑射仙人。絕去塵俗。有宋繼之。太宗洞曉音律。製大小曲、及因舊曲造新聲。施之教坊舞隊。曲凡三百九十。又琵琶一曲。有八十四調。仁宗於禁中度曲。時有若柳永。徽宗大晟名樂。時有若周邦彥、曹組、辛次膺、万俟雅言。皆明於宮調。無相奪倫者也。故有宋一代。詞學極盛。上自帝王。下及士庶閭巷。莫不各製新腔。爭相酬和。雖道學如朱仲晦、眞希元。德業如范文正、司馬溫公。亦能倚聲中律呂。而姜夔審音尤精。終宋之世。樂章大備。四聲二十八調。多至十餘曲。有引、有序、有令、有慢、有近、有犯、有賺、有歌頭、有促拍、有攤破、有摘遍、有大遍、有小遍、有轉踏、有轉調、有增減字、有偸聲。懿歟盛哉。詞學至此。歎觀止矣。惜劉昺所編燕樂新書失傳。而八十四調圖譜不見於世。今之略可窺見大略者。僅假安節樂府雜錄、王灼碧雞漫志等書而已。

自宋之亡而元曲作。詞之變爲曲。亦由古樂府之由詩而詞。皆本於言之不足而長言之之意。雖亦運會使然。而曲既盛行。詞漸衰落。至明而更一蹶不振。雖其間不無一二作者。或亦能製爲新腔。如王太倉之怨朱絃、小諸皋。楊新都之落燈風、誤佳期。湯臨川之添字昭君怨。徐山陰之鵲踏花翻等。要皆未能深造。新都博矣。而失之雜。臨川自是曲中高手。故非所語於詞。自宋後而言詞。不得不推有清爲極盛。然其間亦有宗派興革之可言。別詳論派章中。茲不備錄。

●辨體第二

詞源既明。必進而求其體。詞體至雜。萬紅友詞律共六百五十九調。計一千七百七十三體。欽定詞譜共八百二十六調。計二千三百六體。較之萬律增體一倍有奇。然較定爲譜者。僅居其半。餘皆列以備體而已。以是知遺佚者正多。蓋唐宋以來。詞學極盛之時。家各有集。人各有詞。拍譜朝傳。歌筵夕唱。其始誤於傳寫。其繼誤於妄作。又有同一調而同時增減一二字。別爲一體者。非眞別一體也。蓋詞中之有增字耳。曲有襯字。人人知之。詞有增字。則人驟聞之必致疑詑。此詣毛先舒稚黃方成培仰松二氏皆詳言之。大抵曲中之有襯字。譜工尺時。多用贈板。（贈板卽古之花拍、今謂之花腔）取其音之旖旎悅耳。如古樂之所謂纏聲。皆於正文之外。多加襯字以引長其聲。太眞傳明皇吹玉笛遲其聲以媚之。卽多用纏聲是也。此法於古斥謂淫靡之音。古樂聲希味淡。必無此種。做作自古樂云亡。聲律之趨勢。隨時尙而變。曲中之有襯字。遂成定格。塡曲者有襯字以輔助之。既便於行文。譜曲者亦易因此爲取悅俗耳之計。遂一成而不可變。詞之增字。正如曲中之襯字。惟曲中之襯字類多寫於旁行。詞之增字則不然。後人誤以其所增之字。爲正文。一律按腔塡詞以實之。於是有此增一字彼增二字同一調也。而至成爲數體者。異流同源。萬氏不明此理。所作詞律。皆以又一體列之。而嘵嘵置辨。識者徒笑其無謂耳。

毛稚黃論詞之增字頗覈。其塡詞圖譜凡例云。詞中有襯字者。因此句限於字數。不能達意。偶增一字。後人竟可不用。如繫裙腰末句問字之類。沈天羽曰。調有定格。卽有定字。其字數音韻較然。中有參差不同者。一曰襯字。因文義偶不聯屬。用二字襯之。按其音節。虛實正文自在。如南北曲這那正調。卻字之類。亦非增實字。而藉口爲襯也。方仰松詞塵之論醉花陰調亦精。其言曰。黃鐘醉花陰。本五句。並換頭祗五十二字。又加襯八十餘字。繁聲太多。音節太密。去古益遠矣。蓋始作此曲者。或四言。或五言。必有襯字以贊助之。通爲五十二字。後人撰詞。並其襯字亦以詞塡實。工師不知。於定腔五十二字之外。又加襯八十餘字之多。皆淫哇之聲也。必刪去始爲近古。觀毛方二家所論詞中增字之理。可思過半矣。萬紅友詞律不明此理。遂謂多一字誤。少一字亦誤。而斤斤於又一體之說。大足貽人以口實。惟自元明以來。宮譜失傳。作者腔每自度。音不求諧。於是詞之體漸卑。詞之學漸廢。而詞之律則更鮮有言之者。七百年來。得萬氏起而振之。凡格調之分合。句逗之長短。四聲之參差。一字之同異。莫不援名家之傳作。據以論定是非。正嘯餘之謬誤。示後學之準繩。學者舍此一書。別無可遵之譜。其功

亦自不可泯滅惟所謂律者非音律之律亦非律例之律不過如詩之五七律之律耳正名崇實不如仍名爲譜之確此則學者所不可不知者也

吳夢窗唐多令詞縱芭蕉不雨也颼颼也字即詞中之增字蓋此句應上三下四也趙鼎滿江紅下闋云欲待忘憂除是酒奈酒行欲盡愁無極奈字亦是增字此處應作兩七字句也此外尚多不備舉

知詞中之有增字則凡同調異名昔人分爲二體、或數體者皆可從刪故欲辨正詞體必先自考同調異名始茲錄其普通習見者如下

十六字令、即蒼梧謠南歌子、即南柯子又即春宵曲雙調、即望秦川又即風蝶令三台、即翠華引又即開元樂憶江南即夢江南望

江南。江南好。又卽謝秋娘。其望江南、夢江口、歸塞北、春去也、等名。則人不甚知矣。深院月、卽擣練子。陽關曲、卽小秦王。賣花聲、過龍門、曲入眞、卽浪淘沙。憶君王、豆葉黃、欄干萬里心、卽憶王孫。宮中調笑、轉應曲、三台令、卽調笑令。憶仙姿、宴桃源、卽如夢令。一絲風、桃花水、卽訴衷情。內家嬌、卽風流子。紅娘子、灼灼花、卽小桃紅、水晶簾、卽江城子。烏夜啼、上西樓、西樓子、月上瓜洲、秋夜月、憶眞妃、卽相見歡。雙紅豆、憶多嬌、吳山青、卽長相思。醉思凡、四字令、卽醉太平。愁倚欄令、卽春光好。一痕沙、宴西園、卽昭君怨。溼羅衣、卽中興樂。南浦月、沙頭月、點櫻桃、卽點絳唇。月當窗、卽霜天曉。百尺樓、卽卜算子。羅敷媚、羅敷豔歌、采桑子、卽醜奴兒。青杏兒、似娘兒、卽促拍醜奴兒。慢子夜、靜重疊金、卽菩薩蠻。釣船笛、卽好事近。好女兒、卽繡帶兒。玉連環、洛陽春、上林春、卽一落索。花自落、垂楊碧、卽謁金門。喜沖天即喜遷鶯。秦樓月、碧雲深、玉交枝、即憶秦娥。江亭怨、即荊州亭。憶蘿月、即清平樂。醉桃源、碧桃春、即阮郎歸。烏夜啼、即錦堂春。虞美人歌、胡搗練、即桃源憶故人。秋波媚、即眼兒媚。早春怨、即柳梢青。小欄干、即少年遊。步虛詞、白蘋香、即西江月。明月棹孤舟、夜行船、即雨中花。春曉曲、玉樓春、惜春容、即木蘭花。玉瓏璁、折紅英、即釵頭鳳。思佳客、於中好、即鷓鴣天。舞春風、即瑞鷓鴣。醉落魄、即一斛珠。一蘿金、黃金縷、明月生南浦、鳳棲梧、鵲踏枝、捲珠簾、魚水同歡、即蜨戀花。南樓令、即唐多令。孤雁兒、即玉街行。月底修簫譜、即祝英臺近。上西平、西平曲、上南平、即金人捧露盤。上陽春、即驀山溪。瑞鶴仙影、即淒涼犯。鑠陽臺、滿庭霜、即滿庭芳。碧芙蓉、即尾犯。綠腰、即玉漏遲。花犯念奴、即水調歌頭。紅情、即暗香。綠意、即疏影。催雪、即無悶。瑤臺聚八仙、八寶妝、即秋雁過妝樓。百字令、百字謠、大江東去、酹江月、大江西上曲、壺中天、淮甸春、無俗念、湘月、即念奴嬌。惟湘月係念奴嬌之隔指聲。詳見音韻章。疎簾淡月、即桂枝香。小樓連苑、莊椿歲、龍吟曲、海天闊處、即水龍吟。鳳樓吟、芳草、即鳳簫吟。臺城路、五福降中天、如此江山、即齊天樂。柳色黃、即石州慢。四代好、即宴清都。菖蒲綠、即歸朝歡。西湖、即西河春霽、即秋霽。望梅、杏梁燕、玉聯環、即解連環。扁舟尋舊約、即飛雪滿羣山、惜餘春慢、蘇武慢、選冠子、即過秦樓。壽星明、即沁園春。金縷曲、貂裘換酒、乳燕飛、風敲竹、即賀新郎。安慶摸、買陂塘、陂塘柳、即摸魚兒。畫屏秋色、即秋思耗。綠頭鴨、即多麗。箇儂、即六醜。

以上皆萬氏詞律所已載者。其失載者。更錄如下。

臨江仙、一名雁後歸。見東山寓聲樂府。江城梅花引、一名攤破江神子。見書舟詞。八聲甘州、一名瀟瀟雨。鳳凰閣、一名數花風。霜葉字令、一名花嬌女。如夢令、一名小梅花。天仙子、一名萬斯年。點絳唇、一名十八香。思歸樂、一名二色宮桃。朝玉階、一名散天花。靑玉案、一名客中憶。夢行雲、一名六幺花十八。倒犯、一名吉了犯。見無名氏同調異名錄。

古人製詞牌名。均有取義。詳見宋王灼碧雞漫志、明楊慎丹鉛錄、都穆南濠詩話、淸毛先舒塡詞名解。茲不具錄。大抵或節取其詞首句。或詞中之某句而名之。或取其本事。或即景取名。昔人因調以製詞。故命令多屬本意。後人塡詞。以從調。故賦詠可離原唱。無關宏指。不必過事拘泥也。

◉審音第三

塡詞必明音律。平上去入謂之韻。舌脣齒牙謂之音。音律並稱者。

以由喉舌脣齒之音可以配合宮商由平上去入之韻不能配合宮商也故必先明音之原理而後始可言律一調之中平上去入之韻固宜恪遵一字之中喉舌脣齒之音尤宜嚴辨欲精此詣可試取古人白度腔先定夫平上去入之不易再審夫喉舌脣齒牙之無訛進而求之其庶幾矣

近世以音律論詞者惟戈順卿爲最精其言云凡作詞一調有一調之起有一調之畢某調當用何字起何字畢起是始韻畢是末韻有一定不易之則蓋謂詞定何調以始韻之字何音卽謂何調畢韻仍用始起之音則協如用他音則過腔矣又云韻有四呼七音三十一等呼分開合音辨宮商等敍清濁而其要則有六條一曰穿鼻二曰展輔三曰斂脣四曰抵齶五曰直喉六曰閉口穿鼻之韻東冬鍾江陽唐庚耕淸青蒸三部是也其字必從喉間反入

穿鼻而出，作收韻，謂之穿鼻。展輔之韻，支脂微齊灰佳半皆咍二部是也。其字出口之後，必展兩輔，如笑狀，作收韻，謂之展輔。斂唇之韻，魚虞模蕭宵爻豪尤侯幽三部是也。其字在口，半啓半閉，斂其唇以作收韻，謂之斂唇。抵齶之韻，眞諄臻文欣魂痕元寒桓刪山先仙二部。其字將終之際，以舌抵上齶作收韻，謂之抵齶。直喉之韻，歌戈佳半麻二部是也。其字直出本音以作收韻，謂之直喉。閉口之韻，侵覃談鹽沾嚴咸銜凡二部是也。其字閉其口以作收韻，謂之閉口。凡平聲十四部已盡於此，上去即隨之，惟入聲有異耳。明是六者，庶幾起畢住字無不合。又云：上去自來通用，惟上與去其音迥殊。元和韻譜云：上聲厲而舉，去聲清而遠，相配用之，方能抑揚有致。故詞中之宜用上、宜用去、宜用上去、宜用去上，有不可假借之處，關係非輕。凡此皆精心獨造，提要鈎元之語，學詞者不可不知。詞中去上不可假借之調甚多。茲舉一例如下。

花犯　周邦彥

詠梅

粉牆低梅花照眼依然舊風味露痕輕綴疑淨洗鉛華無限佳麗去年勝賞曾孤倚冰盤共燕喜更可惜雪中高士香篝熏素被、今年對花太匆匆相逢似有恨依依愁悴吟望久青苔上、旋看飛墜相將見脆圓薦酒人正在空江烟浪裏、但夢想一枝瀟灑黃昏斜照水

右詞上半闋第一句粉字必用上聲。照眼二字必用去上。第二句舊字必用去字。第四句淨洗二字必用去上。第五句麗字必用去聲。第六句勝賞二字必用去上。倚字必用上。第七句燕喜二字必用去上。第八句更可二字必用去上。士字必用上。第九句素被二

字必用去上。下半闋第二句有恨二字必用上上。第三句悴字必用上。第四句望久二字必用去上。第六句旋字必用去。第七句昇字必用去。薦酒二字必用去上。第八句浪裏二字必用去上。第九句。但夢想三字必用去去上。灑字必用上。第十句照水二字必用去上。凡去上聲之必應遵守者共三十四字。清眞首唱方千里和之。以後譚在軒、王碧山、吳夢窗、周草窗諸家無不字字遵守可見宋人守律之嚴矣。下半闋之第八句尤必用平去上。如此調清眞云煙浪裏。千里詞作香步裏。草窗作熏草被。夢窗作驚換了。無非平去上者。上下闋之末句尾二字去上尤爲緊要。清眞此詞中之翠被被字上聲。勿誤讀去聲。雖宋詞不盡如此。而如此者正多。如遶佛閣之爲澀調。雪梅香之七字拗句。壽樓春之起句五平聲字。憶舊遊之收句必用平平去入平上平。不勝枚舉。茲特先舉其一例耳。學者勿以音律爲不足重輕而隨意爲之也。

音律之學。張玉田詞源一書。言之最詳。其書共分二卷。上卷曰五音相生。曰陽律陰呂合聲圖。曰律呂隔八相生圖。曰律生八十四調。曰古今譜字。曰四宮清聲。曰五音宮調配屬圖。曰十二律呂。曰管色應指字譜。曰宮調應指譜。曰律呂四犯。曰結字正訛。曰謳曲要指。學者尚能熟讀此書。而復以字求音。何字爲宮。何字爲商。塡詞旣成。復由工尺而配宮商。則不難追蹤古人矣。蓋詞以協音爲先。音者、譜也。古人無不按律製譜。以詞定聲者。玉田生平好爲詞章。用功逾四十年。錘煅字句。必求協乎音律。且又淵源家學。故其造詣益進。玉田之父樞。字斗南。號雲窗。一號寄閒老人。爲循王之五世孫。曉暢音律。有寄閒集。旁綴音譜。每作一詞。必先令歌者按之。稍有不協。隨卽改正。曾賦瑞鶴仙詞云。捲簾人睡起。放燕子歸來商量春事。芳菲又無幾。減風光都在賣花聲裏。吟邊眼底。被嫩綠移紅換紫。甚等閒半委東風。半委小橋流水。還是苔痕湔雨。竹影留雲。做晴猶未。繁華迤邐。西湖上多少歌吹。粉蝶兒撲定花心不去。閒了尋香兩翅。那知人一點新愁。寸心萬里。此詞按之歌譜聲字皆協。惟撲字稍不協。遂改爲守字乃協。可知雅字協音。雖一字亦不能放過。信乎協音之不易也。又作惜花春起早云。瑣窗深。深字意不協。改爲幽字。又不協。再改爲明字。歌之始協。此三字皆平聲。胡爲如是。則以深爲閉口音。幽爲斂脣音。明爲穿鼻音。消息各別故也。故五音有喉舌脣齒牙之別。因有喉舌脣齒牙之別。而有輕清重濁之分。清濁卽陰陽也。明字爲陽。深幽爲陰。細審自別。詞家既審平仄。當辨聲之陰陽。又當辨收音之口法。取聲取音。以能協爲尚。此中三昧。未易爲不知者道也。

平上去入四聲中。平聲之陰陽。最易辨別。上聲無陰陽。去入皆有之。故毛先舒以陰平、陽平、上聲、陰去、陽去、陰入、陽入爲七聲。且每部以四字爲準。各舉其例如下。

陰平聲　种該箋腰。　陽平聲　篷陪全潮。

上聲　無陰陽。

陰去聲　貢玠霰釣。　陽去　鳳賣電廟。

陰入聲　穀七妾鴨。　陽入聲　孰亦爇鑞。

姜白石湘月詞。自注。即念奴嬌鬲指聲。於雙調中吹之。鬲指亦謂之過腔。見晁無咎集。凡能吹竹者。便能過腔也。後人多不解鬲指過腔之義。萬紅友遂列湘月於念奴嬌下。以爲同調。不知念奴嬌本大石調。即太簇商。雙調爲仲呂商。律雖異而同是商音。故其腔可通。太簇當用四字。仲呂當用上字。今姜詞不用四字。住而用上字住。簫管四上字中間只隔一孔。笛四上字兩孔相聯。只在隔指之間。又此兩調畢曲當用一字。尺字亦在隔指之間。故曰隔指聲也。能吹竹聲便能過腔。正此之謂。所以欲過腔者。必緣起韻及兩結字眼。用四字不諧。配以上字聲方諧婉。故不得不過耳。此說本於歙方成培氏。宋人不傳之秘。得此而始明。亦治音律之學者所當知也。

凡詞中陽聲字多則沈頓。陰聲字多則激昂。重陽間一陰則柔而不靡。重陰間一陽則高而不危。

上去固宜辨。上入亦宜辨。入可代去上。不可代去。入之作平者無論矣。其作上者可代平。作去者斷不可以代平。平去是兩端。上由平而之去。入由去而之平。

●正韻第四

一字之成。必有首有腹有尾。卽聲、音、韻三者是也。聲者、出聲也。是字之首。孟子云金聲而玉振之。聲之爲名蓋始事也。音者、度音也。是字之腹。字至成音而其字始正矣。韻者收韻也。是字之尾。故曰餘韻。然三者之中。韻居其殿。而最爲要。凡字之有韻。如水之趨海。其勢始定。如畫之點睛。其神始完。故於審音之後。再進而言韻。詞韻與詩韻有別。然其源卽出於詩韻。乃以詩韻分合之耳。惟前人向無完美之書。詞始於唐。唐時亦別無詞韻書也。宋朱希眞嘗擬應制詞韻十六條。而外列入聲韻四部。其後張輯釋之。馮取洽增之。至元陶宗儀曾譏其混淆。欲爲改定。而其書久佚。目亦無自考矣。厲鶚論詞絕句有云。欲呼南渡諸公起。韻本重雕菉斐軒。注云、曾見紹興二年刊菉斐軒詞林要韻一册。分東紅邦陽十九韻。亦有上去入三聲作平聲者。於是人皆知有菉斐軒詞韻。而又未之見後秦敦夫取阮芸臺家藏詞林韻釋。一名詞林要韻。重爲開雕。題曰宋菉斐軒刊本。而跋中疑爲元明之季謬託。又疑此書專爲北曲而設。誠哉是言也。觀其所分十九韻。且無入聲。則斷爲曲韻無疑。樊榭偶未深考耳。此外清初沈謙曾所著詞韻略一編。毛先舒爲之括略。同時趙鑰曹亮武亦撰詞韻。與沈書大同小異。又李漁之詞韻四卷。胡文煥文會堂詞韻。許昂霄詞韻考略。吳烺程名世諸人之學宋齋詞韻。鄭春波綠猗亭詞韻。皆疏謬百出。不能應用。自戈順卿戴詞林正韻一書出。而後翳障一空。詞家始有可守之韻。今之塡詞者。只須以此書爲法。其餘論韻之書。紛如牛毛。展轉騰駁。枝葉繁多。皆置之不論可也。

戈氏詞林正均。列平上去爲十四部。入聲爲五部。共十九部。其目如下。

第一部 平聲 一東、二冬、三鍾、通用。仄聲 上聲 一董、二腫。 去聲 一送、二宋、三用、通用。

第二部 平聲 四江、十陽、十一唐、通用。仄聲 上聲 三講、三十六養、三十七蕩、 去聲 四絳、四十一漾、四十二宕、通用。

第三部 平聲 五支、六脂、七之、八微、十二齊、十五灰、通用。仄聲 上聲 四紙、五旨、六止、七尾、十一薺、十四賄。 去聲 五寘、六至、七志、八未、十二霽、十三祭、十四太半、十八隊、二十廢、通用。

第四部 平聲 九魚、十虞、十一模、通用。仄聲 上聲 八語、九麌、十姥。 去聲 九御、十遇、十一暮通用。

第五部 平聲●十三佳半十四皆、十六咍、通用。

仄聲 上聲●十二蟹、十三駭、十五海、 去聲●十四太半十五卦、十六怪、十七夬、十九代、通用。

第六部 平聲●十七眞、十八諄、十九臻、二十文、二十一欣、二十三魂、二十四痕、通用。

仄聲 上聲●十六軫、十七準、十八吻、十九隱、二十一混、二十二很。 去聲●二十一震、二十二稕。二十三問、二十四焮、二十六慁、二十七恨、通用。

第七部 平聲●二十二元、二十五寒、二十六桓、二十七刪、二十八仙、一先、二仙、通用。

仄聲 上聲●二十阮、二十三旱、二十四緩、二十五潸、二十六產、二十七銑、二十八獮。去聲二十五願、二十八翰、二十九換、三十諫、三十一襇、三十二霰、三十三線通用。

第八部

平聲　三蕭、四肴、五爻、六豪通用。

仄聲　上聲　二十九篠、三十小、三十一巧、三十二皓。去聲　三十四嘯、三十五笑、三十六效、三十七號通用。

第九部

平聲　七歌、八戈通用。

仄聲　上聲　三十三哿、三十四果。去聲　三十八箇、三十九過通用。

第十部

平聲　十三佳半、九麻通用。

仄聲　上聲　三十五馬。去聲　十五卦半、四

卷三　詞學

十禡、通用。

第十一部　平聲。十二庚、十三耕、十四清、十五青、十六蒸、十七登通用。

仄聲　上聲。三十八梗、三十九耿、四十靜、四十一迥、四十二拯、四十三等。　去聲。四十三映、四十四諍、四十五勁、四十六徑、四十七證、四十八隥、通用。

第十二部　平聲。十八尤、十九侯、二十幽、通用。

仄聲　上聲。四十四有、四十五厚、四十六黝。

去聲。四十九宥、五十候、五十一幼、通用。

第十三部　平聲。二十一侵、獨用。

仄聲　上聲。四十七寢。　去聲。五十二沁、通

三十六

用。

第十四部　平聲　二十二覃、二十三談、二十四鹽、二十五沾、二十六嚴、二十七咸、二十八銜、二十九凡通用。仄聲　上聲　四十八感、四十九敢、五十琰、五十一忝、五十二儼、五十三豏、五十四檻、五十五范。去聲　五十三勘、五十四闞、五十五豔、五十六㮇、五十七驗、五十八陷、五十九鑑、六十梵通用。

第十五部　入聲　一屋、二沃、三燭通用。

第十六部　入聲　四覺、十八藥、十九鐸通用。

第十七部　入聲　五質、六術、七櫛、二十陌、二十一麥、二十二昔、二十三錫、二十四職、二十五德、二十六緝通用。

第十八部　入聲　八勿、九迄、十月、十一沒、十二曷、十三末、十

四點、十五舝、十六屑、十七薛、二十九葉、三十帖、通用、

第十九部　入聲。二十七合、二十八盍、三十一業、三十二洽、

三十三狎、三十四乏、通用。

以上十九部。綱舉目張。無從前舛雜。如眞諄臻文欣魂痕庚耕清蒸登侵混用之弊。亦用元寒桓刪山先仙。覃談鹽沾嚴咸銜凡併部入聲之誤。詞韻善本。不得不推此書爲最。詞家但按此書尋韻塡詞。自無舛誤矣。

韻之於詞。最關緊要。雖大別之。僅平仄兩途。而某調宜押平韻。某調宜押仄韻。某調可押平韻。亦可押仄韻者。正自不少。其所謂仄乃入聲也。如越調又有霜天曉角慶春宮。商調又有憶秦娥其餘則雙調之慶佳節。高平調之江城子。中呂宮之柳梢青。仙呂宮之

望梅花、聲聲慢、大石調之看花回、兩同心、小石調之南歌子。用仄韻者皆宜入聲。滿江紅有入南呂宮、有入仙呂宮。入南呂宮者卽白石所改平韻之體。而要其本用入聲。故可改也。外此又有用仄韻而必須入聲者。則如越調之丹鳳吟、大酺、越調犯正宮之蘭陵王、商調之鳳凰閣、三部樂、霓裳中序第一、應天長慢、西湖月、解連環、黃鐘宮之侍香金童、曲江秋、黃鐘商之琵琶仙、雙調之雨霖鈴、仙呂宮之好事近、蕙蘭芳引、六幺令、暗香、疏影、仙呂犯商調之淒涼犯、正平調近之淡黃柳、無射宮之惜紅衣、正宮中呂宮之尾犯、中呂商之白苧、夾鐘羽之玉京秋、林鐘商之一寸金、南呂商之浪淘沙慢。此皆宜用入聲韻者。勿概之曰仄而用上去也。其用上去之調。自是通叶。而亦稍有差別。如黃鐘商之秋宵吟、林鐘商之清商怨、無射商之魚游春水。宜單押上聲。仙呂調之玉樓春、中呂調之菊花新。雙調之翠樓吟。宜單、押、去、聲。復有一調中必須押上必須押去之處。有起韻結韻宜皆押上宜皆押去之處不能一一臚列。唐段安節樂府雜錄。有五音二十八調之圖平聲羽七調。上聲角七調。去聲宮七調。入聲商七調。上平聲調爲徵聲。以五音之徵有其聲。無其調。故祇二十八調也。所論皆塡腔叶韻之法。作者宜細加考核。隨律押韻。更隨調擇韻。則無轉摺怪異之病矣

韻者。天籟。不僅於詩詞爲然。卽古文亦必有音節。音節諧婉。諷之始能感人。況詞爲樂府之遺。可以紅牙按拍者乎。古文用韻有二字成兩韻者。子桑琴引父邪母邪。天乎人乎。父音甫。母音門補反。只二字相叶成韻。天音梯因反。與人亦二字相叶成韻。邪乎四字。則餘聲耳。此卽一言詩也。四字兩韻。則老子知足不辱。知止不殆。韓非名正物定。名倚物徙。史記甌窶滿篝。汙邪滿車。然潛龍勿用。

句。實已。先。開。其。端。前漢書燕燕尾涎涎。燕涎相叶。木門倉琅根。門根相叶。是五字兩叶。至七字兩韻始於漢。盛於東京。沿及兩晉六朝。至隋唐以後始不多見。或謂之七字謠。蓋亦源於三百篇君子陽陽。左執簧等句。如焦頭爛額爲上客。（前漢霍光傳）關中大豪戴子高（後漢戴良傳）五經紛綸井大春。（後漢井丹傳）殿中無雙丁孝公。（後漢丁鴻傳）關中觥觥郭子橫。（後漢郭憲傳）解經不窮戴侍中。（後漢戴憑傳）萬事不理問伯始。天下中庸有胡公。（後漢胡廣傳）關西夫子楊伯起。（後漢楊震傳）問字不休賈長頭。（後漢賈逵傳）道德彬彬馮仲文。（後漢馮豹傳）五經無雙許叔重。（後漢許愼傳）甑中生塵范史雲。釜中生魚范萊蕪。（後漢范丹傳）仕宦不止車生耳。（漢諺）重親致歡曹景桓。（曹令碑）一馬兩車茨子河。（東觀漢記茨竟傳）說經鏗鏗楊子行。論難偘偘祁聖元。（東觀漢記楊政傳）德行恂恂召伯春。（東觀漢記召馴傳）五經復興魯叔陵。（東觀漢記魯丕傳）五經縱橫周宣光。（東觀漢記周擧傳）關東說詩陳君期。東觀漢記陳囂傳不畏強禦陳仲舉、九卿直言有陳蕃。天下楷模李元禮。天下好交荀伯條。天下冰楞丁秀陵。天下忠平魏小英。天下稽古劉伯祖。天下良輔杜周甫。天下英霮趙仲經。袁山松後漢書厥德神明郭喬卿。華陽國志仕進不止執虎子。魏略蘇則傳州中嘩嘩賈叔業。辨論洶洶敬文通。魏略賈洪傳德行堂堂邢子昂。魏志邢顒傳以官易富鄧元茂。魏書鄧颺傳京都三明各有名。晉中興傳草木萌芽殺長沙。晉長沙王乂傳䮄然稀言江應元。晉江統傳盛德絕倫郗嘉賓。江東獨步王文度。晉王坦之傳世說作揚州獨步王文度後來出人郗嘉賓洛中雅雅有三嘏。晉劉琰傳涼州鴟茖寇賊消。晉張軌傳鳳凰鳳凰止阿房。苻堅載記阿堅牽連三十年。同上戎馬悠悠會隴頭。晉姚弋載記皇亡皇亡敗趙昌。劉曜載記人中爽爽何子朗。梁書何思澄傳登車不落爲著作。體中何如作秘書。南史學行可師賀德基。文質彬彬賀德仁。舊陳書賀德基傳逢儒則肉師必覆。唐書黃巢傳以時及澤爲上策。齊民要術此外如聖賢羣輔錄中天下忠誠竇游平之類尚多。茲特略就記憶所及者舉之耳。此皆以第四字起韻者。又有七言而以第二字起韻者。如列女傳秋胡子謂妻力田不如逢豐年。力桑不如見國卿是也。凡此皆爲詞之用韻之濫觴。由詞而變爲南北曲。則法益繁矣。

古人製詞。先事塡腔。凡聲之悠揚相應處。卽用韻之處。再看其起韻之處。與前後兩結是何字眼。辨其工尺之高低淸濁。而以韻配之。使歌者使於融入某律某調。故韻與宮調之關係最爲密切。然音韻之學。談者已尟。宮調之理。知者益鮮。欲明此理。可觀方成培詞麈十二均八十四調之圖。其說詳詞麈宮調發揮度曲正譌二則。學者可就其書潛心玩索。楊守齊作詞五要。第一、要擇腔。腔不韻則勿作。如塞翁吟之衰颯。帝臺春之不順。隔浦蓮之寄煞。鬥百花之無味是也。第二、要擇律。律不應則不美。如十一月須用正宮。

元曾詞必用仙呂宮爲宜也。第三、要、韻、詞、按、譜。自古作詞。能依句者少。依譜用字。百無一二。詞若歌韻不叶。奚取哉。或謂善歌者能融化其字。則無疵。殊不知製作轉折。用或不當。則失律。正旁偏側。淩犯他宮。非復本調矣。第四、要、隨、律、押、韻。如越調水龍吟、商調二郎神、皆用平入聲韻。古調俱押去聲。所以轉折乖異。第五、要立新意。此說已開方普之先路。總之詞之爲道。最忌落腔。落腔者。卽丁仙現所謂落韻也。姜白石云。十三宮住字不同。不容相犯。沈存中補筆談。載益樂二十八調殺聲。張玉田詞源論結聲正訛。不可轉入別腔、住字、殺聲、結聲。名雖異而實不殊。全賴乎韻以歸之。然此第言收音也。而用韻之吃緊處。則在乎起調畢曲。蓋一調有一調之起。有一調之畢。某調當用何字起。何字畢。起是始韻。畢是末韻。有一定不易之則。而住字殺聲結聲。卽由是以別焉。詞之諧不諧。

全恃平韻之。合不合。韻各有其類。亦各有其音。用之不紊。始能融。入本調。收足本音。此可與前審音章參酌而互觀之也。

七宮十二調。聲韻各異。按拍譜唱。仙呂宮則清新綿邈。南呂宮則感歎傷悲。中呂宮則高下閃賺。黃鐘宮則富貴纏綿。正宮則惆悵雄壯。道宮則飄逸清幽。大石調則風流蘊藉。小石調則旖旎嫵媚。高平調則條物滉漾。般涉調則拾掇坑塹。歇拍調則急併虛歇。商角調則悲傷宛轉。雙調則健棲激裊。商調則淒愴怨慕。角調則嗚咽悠揚。宮調則典雅沉重。越調則陶寫冷笑。此雖指顧曲而言。而塡詞者亦宜參酌出之。消息其間。庶宮調聲韻。無不諧合。東眞韻寬平。支先韻細膩。魚歌韻纏綿。蕭尤韻感慨。各具聲響。亦不可草草亂用。

韻上之字。最要相發。或竟相貼。相其上下而調之。則鏗鏘諧暢。上

聲韻韻上應用仄字者去爲妙去入韻則上爲妙平聲韻韻上應用仄字者去爲妙入次之疊則聲牙鄰則無力

●論派第五

詞之起也由來久矣舜典曰詩言志歌永言聲依永律和聲詩序曰在心爲志發言爲詩情動於中而形於言言之不足故嗟嘆之嗟嘆之不足故永歌之永歌之不足不知手之舞之足之蹈之樂記曰詩言其志歌詠其聲舞動其容三者本於心然後樂器從之故有心卽有詩有詩卽有歌有歌卽有聲律有聲律卽有樂歌歌詞之作皆本天籟高歡命斛律金作敕勒歌云山蒼蒼天茫茫風吹草低見牛羊金不知書而能發揮自然之妙如此至今讀此歌者猶想見邊塞苦寒氣象荆軻入秦燕太子丹及賓客送至易水之上高漸離擊筑軻和而歌爲變徵之聲士皆流涕又前爲歌曰

風蕭蕭兮易水寒壯士一去兮不復還復爲羽聲慷慨士皆瞋目髮上指冠軻非以聲律著名者乃能變徵換羽於立談間而哀感動人至此可見其出自性情自然而然韓愈所謂不得其平則鳴雖欲阻之不鳴候鳥寒蟲氣節所感欲不鳴而不得也惟人心不同隨時而異故歷代所作歌詞亦彼此不相沿襲論唐詩者有初中盛晚之別惟詞亦然其派別所在不難條分縷晰茲以時代爲斷而論定之首唐五代次宋次清而明人不與焉明之詞如詩之晚唐而彌復不逮一二才異者非不欲勝前人而中實枵然取給而已於神味全未夢見但知爲貌襲耳故略之金元間不少作者則附於宋後以爲閏統雖評論未必盡當初學得此亦庶幾略識其塗徑矣

唐五代

詞有唐五代猶文之先秦諸子詩之漢魏樂府也近世學者祖尙南渡天水而上罕或及之殆文禰唐宋八家而祧東西京詩學黃涪翁而不知有蘇李十九首未可謂善學也夫自十五國風息而樂府興樂府微而歌詞作其始也皆非有一成之律以爲範也抑揚抗墜之音短修之節運轉於不自已以蘄適歌者之吻而終乃上躋於雅頌下衍爲文章之流別詩餘名詞非其朔矣唐人之詩未能胥被管絃而詞無不可歌者晚唐五季如沸如羹天宇崩析彝教淩遲深識之士陸沈其間懼忠言之觸機文俳語以自晦黍離麥秀用遺所傷美人香草楚騷所託其辭則亂其志則苦故作者數十人大抵皆緣情託興讀其詞者俯仰之際萬感橫集花間詞派遂爲詞學之極軌焉後之學者愼毋徒賞其鏤金錯采之工也茲分論各家之作如下

南唐二主。並標聲逸。元宗實爲先驅。其詞多可傳者。尤以浣溪紗風壓輕雲貼水飛。乍晴池館燕爭泥。沈郎多病不勝衣。沙上未聞鴻雁信。竹間時聽鷓鴣啼。此情惟有落花知。攤破浣溪紗菡萏香銷翠葉殘。西風愁起綠波間。還與韶光共憔悴。不堪看。細雨夢回雞塞遠。小樓吹徹玉笙寒。多少淚珠何限恨。倚闌干。二首爲最佳。

李後主詞幾於無首不佳。其氣清。其神逸。其音哀以思。絕世風華。最推獨步。後來學之者。惟納蘭容若得其彷彿。然氣體終不逮也。後主虞美人詞。問君能有幾多愁。恰似一江春水向東流。情語也。歸時休放燭花紅。待踏馬蹄清夜月。致語也。剪不斷。理還亂。是離愁。別是一般滋味在心頭。膩語也。開後人多少法門。

後蜀後主木蘭花詞。冰肌玉骨清無汗。水殿風來暗香滿。繡簾一點。月窺人。欹枕釵橫雲鬢亂。起來瓊戶啓無聲。時見流星渡河漢。

屈指西風幾時來只恐流年暗中換融景入情其妙處全在一結遂使通體生動

李白菩薩蠻憶秦娥二詞自是百代詞曲之祖

白樂天花非花之詞爲自度之曲楊升庵謂其因情生文雖高唐洛神遜其奇麗然吳山點點愁之句亦自名雋

溫飛卿詞最工比興綺麗纏綿足爲花間集之冠菩薩蠻諸闋皆感士不遇也篇法彷彿長門賦而用節節逆敍張臯文言之最詳

韋莊春水碧於天畫船聽雨眠菩薩蠻諸闋即塡詞中古詩十九首也當以讀十九首心眼讀之

皇甫松以天仙子摘得新著名然不如夢江南二首爲尤勝其詞曰蘭燼落屏上暗紅蕉閒夢江南梅熟日夜船吹笛雨瀟瀟人語驛邊橋樓上寢殘月下簾旌夢見秣陵惆悵事桃花柳絮滿江城

雙髻坐吹笙。

張曙侍郎禕猶子。禕有愛姬早逝。曙代爲浣溪紗一詞置几上曰。枕障薰爐冷繡幃。二年終日苦相思。杏花明月爾應知。天上人間何處去。舊歡新夢覺來時。黃昏微雨畫簾垂。禕見之哀慟曰。此必阿灰作也。阿灰曙小字。蓄墨不多。自然悽感。此是花間妙諦所在。

張子澄露濃香泛小庭花句。孫光憲一庭花雨溼春愁句。皆足當幽豔二字。

牛嶠望江南詞。一詠燕。一詠鴛鴦。詠物而不滯於物。足爲詠物之法。

李珣巫山一段雲詞。古廟依青嶂。行宮枕碧流。水聲山色瑣妝樓。往事思悠悠。雲雨朝還暮。煙花春復秋。啼猿何必近孤舟。行客自多愁。唐詞多緣題所賦。臨江仙則言仙事。女冠子則述道情。河瀆神則詠祠廟。大概不失本題之意。後漸變。失題遠矣。如珣此作。實唐人本來詞體如此。

鹿虔扆臨江仙宮詞云。金鎖重門荒院靜。綺窗愁對秋空。翠華一去寂無蹤。玉樓歌吹。聲斷已隨風。煙月不知人事改。夜闌還照深宮。藕花相向野塘中。暗傷亡國。清露泣香紅。自有憑弔悽愴之意。最得詠史體裁。

歐陽炯序花間集。言愁苦之音易好。懽愉之語難工。頗合詞理。

張泌江南人。為李後主內史。以江城子二闋得名。然不如浣溪紗所云鈿轂香車通柳隄。樺煙分處馬頻嘶。為他沈醉不成泥。花滿驛亭香露細。杜鵑聲斷玉蟾低。含情無語倚樓西。及南歌子柳色遮樓暗。桐花落砌香。畫堂高處遠風涼。高卷水精簾額。襯斜陽。等作。尤為儁秀。

馮延巳鼓吹南唐上翼二主下器歐晏實正變之樞紐短長之流別陽春一編允推名作謁金門詞風乍起吹皺一池春水佳話流傳幾同有井水處能相傳唱矣其精警處尤以蝶戀花諸首爲最錄其三首云六曲闌干偎碧樹楊柳風輕展盡黃金縷誰把鈿箏移玉柱穿簾燕子雙飛去滿眼遊絲兼落絮紅杏開時一霎清明雨濃睡覺來鶯亂語驚殘好夢無尋處其一莫道閒情拋棄久每到春來惆悵還依舊日日花前常病酒不辭鏡裏朱顏瘦河畔青蕪隄上柳爲問新愁何事年年有獨立小橋風滿袖平林新月人歸後其二幾日行雲何處去忘卻歸來不道春將暮百草千花寒食路香車繫在誰家樹淚眼倚樓頻獨語雙燕來時陌上相逢否掩亂春愁如柳絮依依夢裏無尋處其三三詞忠愛纏綿宛然騷辨之義延巳爲人專蔽嫉妒又敢爲大言此詞蓋以排間異己者其君之

所以信而勿疑也

宋

詞至北宋而大至北宋而深北宋多北風雨雪之感南宋多黍離麥秀之悲北宋詞用密亦疏用隱亦亮用沈亦快用細亦潤用精亦渾其妙處不在豪快而在高健不在豔褻而在幽咽至南宋而更極其工北宋主樂章故情景但取當前無窮高極深之趣南宋則文人弄筆彼此爭名故變化益多取材益富然南宋有門徑有門徑故似深而轉淺北宋無門徑無門徑故似易而實難北宋承五代之遺馨烈遠紹南宋如張玉田輩漸開淸初浙詞一派運會所繫略可窺見自來論宋詞者無慮多人而具片段闢奧窔者要以武進張氏、宜興周氏、元和戈氏、金壇馮氏、諸家爲最茲采輯諸家之說間以己意參酌其間宋代詞家之派別大略可覩矣晏同叔爲北宋倚聲家初祖蓋同叔去五代未遠流風所扇得之最先故左宮右徵和婉而明麗其所詣與南唐馮氏爲近詞至南唐二主作於上正中和於下詣微造極得未曾有宋初諸家靡不祖述二主憲章正中譬之歐虞褚薛之書皆出於逸少也

詩有西江派詞亦有西江派歐陽文忠家廬陵晏元獻家臨川學詞皆宗南唐翔雙鵠於交衢馭二龍於天路可稱二美而文忠深致突過元獻疏雋開子瞻深婉開少遊西江流波倜乎遠矣

文忠蝶戀花詞庭院深深深幾許楊柳堆煙簾幙無重數玉勒雕鞍遊冶處樓高不見章臺路雨橫風狂三月暮門掩黃昏無計留春住淚眼問花花不語亂紅飛過秋千去此詞寄託深遠庭院深深閨中既以邃遠也樓高不見哲王又不寤也章臺游冶小人之徑雨橫風狂政令暴急也亂紅飛去斥逐者非一人而已殆爲韓

范作乎此詞亦見馮正中集武進張氏據李易安語定爲文忠之作易安宋人去歐公未遠自當從之卽以詞論亦非忠正如歐公不能爲此語也

柳耆卿詞曲處能直密處能疏奡處能平狀難狀之景達難達之情而出之以自然自是北宋巨手然好爲俳體詞多媟黷有不僅如提要所云以俗爲病者避暑錄話謂凡有井水飲處卽能歌柳詞三變之爲世詬病亦未嘗不由於此蓋與其千夫競聲毋寧白雪之寡和也

東坡詞無意不可入無事不可言頗似老杜詩其豪放之致又時與大白爲近

秦七黃九並稱而黃實非秦匹少遊以絕塵之才早與勝流不可一世而一謫南荒遽喪靈寶故所爲詞寄慨身世閑雅有情思酒

邊花下一往而深而怨悱不亂悄乎得小雅之遺
淮海小山眞古之傷心人也其淡語皆有味淺語皆有致求之兩
宋詞人實罕其匹毛子晉欲以晏氏父子匹配李氏父子知言哉
知言哉
清眞詞其意淡遠其氣深厚其音節又復清妍和雅最爲詞家之
正宗陳氏子龍曰以沈摯之思而出之必淺近使讀之者驟遇之
如在耳目之前久誦之而得雋永之趣則用意難也以儇利之詞
而製之必工鍊使篇無累句句無累字圓潤明密言如貫珠則鑄
詞難也其爲體也纖弱明珠翠羽猶嫌其重何況龍鸞必有鮮妍
之姿而不藉粉澤則設色難也其爲境也婉媚雖以驚露取妍實
貴含蓄不盡時在低回唱歎之餘則命篇難也張氏綱孫曰結構
天成而中有豔語雋語奇語豪語苦語癡語沒要緊語如巧匠運

斥毫無痕跡毛氏先舒曰言欲層深語欲渾成諸家論詞之旨直造精微而求之兩宋惟清眞足以備之清眞妙處尤在渾之一字詞至於渾無可復進周止庵以清眞爲宋四家之首戈順卿以清眞爲宋七家之首豈其然矣

清眞善運化唐人詩句最爲詞中神妙之境而史梅溪亦擅其長筆意更爲相近戈順卿嘗謂梅溪乃清眞之附庸若仿張爲作詞家主客圖周爲主史爲客未始非定論也

張功甫序云情辭俱到能事無遺有瓌奇警邁清和閒婉之長妥貼輕圓特其餘事姜白石亦歎其奇秀清逸有李長吉之韻蓋能融情景於一家會句意於兩得者

蘇辛並稱東坡天趣獨到處殆成絕詣而苦不經意完璧者少稼軒則沈著痛快有轍可尋南宋諸公無不傳其衣鉢稼軒由北開

南夢窗由南追北是詞家轉境

稼軒負高世之材不可羈勒能於唐宋諸大家外別樹一幟自茲以降詞家遂有門戶主奴之見而才氣橫軼者羣樂其豪縱而效之乃至里俗浮囂之子亦靡不推波助瀾自託辛劉以屏蔽其陋則非稼軒之咎而不善學者之咎也卽如集中所載長恨復長恨一闋水龍吟昔時曾有佳人一闋連綴古語渾然天成旣非東家所能效顰而摸魚兒祝英台近諸作摧剛爲柔纏綿悱惻尤與粗獷一派判若秦越

龍洲自是稼軒附庸然得其豪放未得其宛轉

劍南屏除纖豔獨往獨來其逋峭沈鬱之概求之有宋諸家無可方比提要以爲詩人之言終爲近雅與詞人之冶蕩有殊是也

白石爲南渡一人千秋論定無俟揚搉蓋由其天籟人力兩臻絕

頂筆之所至神韻俱到野雲孤飛去留無迹其高遠峭拔之致前無古人後無來者讀姜詞者必欲求下手處則先自俗處能雅滑處能澀始

老杜爲詩中之聖而李商隱刻意學之淸眞爲詞中之聖而吳夢窗刻意學之夢窗從吳殿齋諸公遊晚年好塡詞以綿麗爲尙渾麗深遠用筆幽邃鍊字鍊句迥不猶人貌觀之雕繢滿眼而實有靈氣行乎其間細心吟繹覺味美於回引人入勝旣不病其晦澀亦不見其堆垛此其淸眞梅谿白石並爲詞學之正宗一派眞傳特稍變其面目耳張玉田獨以七寶樓臺不成片段目之蓋山中白雲專主淸空與夢窗家數相反故於諸作中但賞其唐多令之疏快實則何處合成愁一闋非君特之本色也

後村詞與放翁稼軒猶鼎三足其主丁南渡拳拳君國似放翁志

在有爲不欲以詞人自域似稼軒如玉樓春云男兒西北有神州莫滴水西橋畔淚憶秦娥云宣和宮殿冷煙衰草傷時念亂可以怨矣

草窗詞洗盡靡曼獨標清麗有韶倩之色有綿渺之思與夢窗旨趣相侔、二窗並稱允矣無忝

碧山善學白石其詞運意高遠吐韻妍和其氣清故無沾滯之音其筆超故有宕往之趣且胸次恬淡故黍離麥秀之感只以唱歎出之無劍拔弩張習氣周止庵以清眞稼軒碧山夢窗爲宋四家謂學者可問塗碧山歷夢窗稼軒、以還清眞之渾化塡詞捷徑莫此若矣

玉田才不甚高而善於琢磨宅句安章自見風致初學者每喜學之然有不可不知者玉田以空靈爲主但學其空靈而筆不轉深

則其意淺非入於滑卽入於麤矣玉田以婉麗爲宗但學其婉麗而句不鍊精則其音卑非近於弱卽近於靡矣

附 金元

元遺山集中州樂府起吳學士激訖其父明德翁凡三十六人總一百二十四首篇篇可誦完顏文獻略備於此矣

元遺山詞深於用事精於鍊句其遺山樂府自序人莫不飲食鮮能知味者譬之羸牸老羝千煮百煉淑桂之香逆於人鼻然一吷之後敗絮滿口或厭而吐之矣必若金頭大鵝鹽養之再宿使一老奚知火候者烹之膚黃肪白愈嚼而味愈出乃可言其雋永耳蓋自道其所得也杜善夫謂遺山詩如佛說法其言如蜜中邊皆甜讀遺山詞亦當作如是觀

折元禮詞不多見而望海潮一解儒將風流宛然在目

仇山村詞清微要妙、蒨麗和雅、足與玉田中仙草窗相鼓吹、

蛻巖詞婉麗風深。有南宋舊格。

句曲外史詞翰高絕。即作樂章亦自不凡。

圭塘樂府善狀閒適之趣。

清

詞至清代。其貞元絕續之交乎。清初諸公。承明代之弊。而能襲花間之貌。入南渡之室。作者朋興。蔚爲極盛。至張皋文出而此道益以大章。周止庵踵揚其緒。承學之士。遂儕塡詞於宏篇鉅製之列而不復以小道目之。蓋有清一代。二百數十年中。問學之業絕盛自六書九數經訓文辭篆隸之字。開方之圖。推究於漢以後唐以前者。無不研深造微。而詞亦同躋其盛。世運升降。愈演愈進。固亦潮流之所驅矣。其間家數。略可僂計。梅村漁洋。篳路先驅。及秀水

朱竹垞出一以姜張爲法是爲浙派、武進張皋文振北宋名家之緒賦手文心開倚聲家未有之境是爲常州派而訥蘭容若獨辮香鴛鴦寺主遙情逸韻一唱三歎論者遂以重光後身稱之同時吾鄉顧梁汾又能以清剛雋上自標勁韻此外加厲太鴻之幽蒨項蓮生之雋秀蔣鹿潭之沈著周稚圭之穠麗得其一節皆足名家茲編揭櫫衆流各爲評斷惟生存之人不具攈涉標榜也

漁洋和漱玉詞不徒貌似桐花翠鳳之語最得陳梁之遺其夜飲用蔣竹山韻賀新郎詞又居然勝欲固知才人無所不可也

吳薗次詞名甚著然藝香集中絕少佳搆卽把酒祝東風種出雙紅豆之作亦未爲詞家上乘

彭十羨門豔情當家然殺粉調鉛羌無寄託金荃麗製不善學之漸成俳語清初諸家最多此病

顧梁汾力追北宋。振奇飲水之外。擢秀擒芬。自是高手。不徒季子平安否等作爲絕唱也。

納蘭容若爲明珠太傅之子。早飲香茗。出入禁衛。而其詞類憔悴失職者之所爲。粗服亂頭。風標自賞。尤工小令。格高韻遠。極纏綿婉約之致。能使殘唐墜緒。絕而復續。從來非文人不能多情。非才子不能善怨。騷雅之作。怨而能善。惟其情之所鍾。爲獨多也。容若旣患情多。兼傷才富。思幽近鬼。韻淡疑仙。降年不永。亦以此矣。

錢芳標詞適怨淸和。如聞錦瑟。尤善以六朝樂府入詞。神味與淮海相近。

朱竹垞、陳其年二家出而淸代詞派始成。顧朱傷於碎。陳厭其率。則其病也。竹垞情深。其年筆重。則其勝也。朱詞高秀。超詣綿密。精嚴標格。在南宋諸公。而但以姜張爲止境。又好引經據典。餖飣瑣肎遂有朱貪多王、謂漁洋愛好之稱。可謂切中其弊。陳詞天才豔發。辭鋒橫溢。未奪稼軒之壘。先蹈龍州之轍。湖海樓詞多至千八百闋。可謂玉石雜糅矣。流風所扇。嘉慶以前詞人大都爲二家所籠絡。

厲樊榭詞如空谷幽人。靚妝獨立。論其才思可到清眞。苦爲玉田境地所限。又喜徵僻典。隸事極博。而時失之餖飣。纖弱則猶小長蘆之宗風也。若能盡如月夜過七里瀧之百字令。秋聲館賦秋聲之齊天樂。隱几山樓賦夕陽之八歸。永康夜雨之玉漏遲諸作。則琴雅名詞。吾何間然。

吳枚菴郭頻伽二家同出浙派。而雅自振拔。枚菴高朗。頻伽清疏。故是一時能手。頻伽詞風神秀絕。格調圓融。尤便初學者之模仿。然究苦無骨。擷英芟蕪。無事博取。陽春數章。握蘭一卷。如花初胎如蘭竟體是所望於善學者。

詞學至張皋文而奧窔始開。胸襟醞釀。噴薄而出。大雅遒逸。探源北宋。嘉慶以來諸名家均從之出。此是詞派中一大關鍵。同時作者若難弟翰風以及董、陸、方、錢諸家。及親炙緒餘如歙之金鄭諸子。皆能與茗柯把臂入林。其造就遠矣。

爲茗柯之後勁者。惟止庵周氏。其論詞曰。愼重而後出之。馳騁而變化之。胸襟醞釀。乃有所寄。又曰。詞非寄託不入。專寄託不出。一物一事。引伸觸類。意感偶生。假類必達。斯入矣。萬感橫集。五中無主。赤子隨母笑啼。鄕人緣劇喜怒。能出矣。其持論之精如此。而所作亦能副之。非如紅友萬氏致功聲律。順卿戈氏闡明韻學。而所作均不能逮其所見也。

項蓮生憶雲詞。盪氣回腸。一波三折。有白石之幽澀而去其俗。有玉田之秀折而無其率有夢窗之深細而化其滯與納蘭容若飲水詞幽艷哀斷異曲同工擬唐五代諸家詞尤有孤芳自賞之態周昉美人圖非時世妝可比也

龔定公天才也亦粗才也飛仙劍客可時一晤對不可日與狎處然如書願浪淘沙諸作正可薰沈水香界烏絲欄書簪花格懸之壁間日誦三過

趙秋舲香消酒醒詞空靈剽滑視頻伽彌復不逮浙派至此蓋不得不變矣後來蔣劍人芬陀利室詞亦尚淨華殊少高響而或喜其韶麗或賞其清疏易墮語業學者慎之

蔣鹿潭詞家之老杜也其遇苦其志篤其聲玲瓏而駘蕩南唐之骨北宋之神此才獨擅其微尚所寄謂欲以騷經爲骨類情指事意內言外造詞人之極致鏤情劌恨卒以窮死亦可哀已

周稚圭金梁夢月詞。層臺高步。竟體芳蘭。其陌上花詞題稱與南唐李重光同以七夕生。樂府小令。嘗瓣香李氏。雖天籟人工。未能並駕。要於珠玉六一之後。善自得師。懷夢一卷。尤爲凄鬱。

譚復堂論詞最高。所作亦自名家。略嫌於律少疏。朋輩中如張韻梅漸造北宋之境。莊中白雅奉草窗衣缽。皆作家也。惟劉光珊留雲借月庵詞。猶以少作爲佳。老去頗唐。文心盡矣。

臨桂王鵬運半塘詞。爲近代大家。導源碧山。託興夢窗。問塗稼軒。把臂玉局。而以淸眞之渾化爲歸。故於回腸盪氣中。自有獨往獨來之槪。桂林山水奇麗。唐畫宋詞之境。前有蘇謙一老。後有半塘翁。庶幾不負此靈區矣。

鄭叔問樵風樂府。深美閎約之旨未墜。而佻巧奮末之風盡洗。追撢兩宋。精辨七始。扶微聯興。梳櫛披奏。聽於無聲。眇忽成律。使樂音比響不累於詠歌文士摛華靡淆於弦笛鬱伊善感和平蕩聽竹猶夢窗之學清眞乎上所論列於清代詞家不及十一然詞林鉅子略備於此其餘單師隻騎更僕難終不詳及也

◉作法第六

詞之作較難於詩詩不過四五七言而止詞乃有四聲五音韻拍輕重清濁之別或一字未合一句皆廢一句未安一闋皆不光彩音律欲其協不協則成長短之詩下字欲其雅不雅則近乎纏令之體用字不可太露露則直突而無深長之味發意不可太高高則狂怪而失柔婉之意此中三昧未易縷舉司空表聖云梅止於酸鹽止於鹹而美在酸鹹之外嚴滄浪之妙處透徹玲瓏不可湊泊如水中之月鏡中之象此皆論詩也而詞亦然茲先條舉其可以意會者而設例以明之爲初學者說法非爲倚聲家數家珍也

若夫運用之妙在乎一心直造精微貴自得師非茲編之所及矣

塡詞妙旨意內言外四字盡之意內者周止庵所謂非寄託不入也言外者止庵所謂專寄託不出也董晉卿之以無厚入有間蔣劍人之以有厚入無間亦不脫此意

作詞之法小令宜宗花間長調須宗兩宋質言之卽小令宜節短韻長蓄小令如詩之絕句寥寥數十字中不可雜一閒字尤要有有餘不盡之意長調則須配合停勻忌平板尤忌粗率藹然而來悠然而逝立意貴新設色貴雅構局貴變言情貴含蓄如驕馬弄銜而欲行粲女窺簾而未出則得之矣

凡詞兩結最爲緊要前結如奔馬收繮尚存後面地步有往而不住之勢後結如泉流歸海環流溯源有盡而不盡之意質言之卽書家無垂不縮意也轉換處不欲全脫不欲明黏如畫家開合之

法須一氣而成則神味自足如姜白石齊天樂賦促織詞云
庾郎先自吟愁賦淒淒更聞私語露溼銅鋪苔侵石井都是曾聽伊處哀音似訴正思婦無眠起尋機杼曲曲屏山夜涼獨自甚情緒 西窗又吹暗雨爲誰頻斷續相和砧杵候館吟秋離宮弔月別有傷心無數豳詩漫與笑籬落呼燈世間兒女寫入琴絲一聲聲更苦

此詞前半闋結句預爲換頭處留下地步言夜深人獨已無情緒偏又西窗吹雨淒利蟲聲其淒涼益復可想則上下闋打成一氣矣末云寫入琴絲一聲聲更苦則全闋通體靈活如常山之蛇首尾皆應而語盡意中韻留絃外所以爲佳

此詣周止庵論之最精其言曰吞吐之妙全在換頭煞尾古人名換頭爲過變或藕斷絲連或異軍突起皆須令讀者耳目振動方

成佳製換頭多偸聲須和婉和婉則句長節短可容攢簇煞尾多減字須陗勁陗勁則字過音留可供搖曳

白石詠促織齊天樂詞之換頭是藕斷絲連詠武昌安遠樓翠樓吟詞之換頭是異常特起翠樓吟詞云

月冷龍沙。塵清虎落。今年漢酺初賜。新翻胡部曲。聽氈幕元戎歌吹。層樓高峙。看檻曲縈紅。檐牙飛翠。人姝麗。粉香吹下。夜寒風細。　此地宜有詞仙。擁素雲黃鶴。與君遊戲。玉梯凝望久。歎芳草萋萋千里。天涯情味。仗酒祓清愁。花消英氣。西山外。晚來還卷一簾秋霽。

空中蕩漾是作詞要訣上意本可接入下意卻偏不入而於其間傳神寫照乃愈使下意栩栩欲動如黃雪舟湘春夜月傷春詞云

近清明翠禽枝上消魂可惜一片清歌都付與黃昏欲共柳花

低訴。怕柳花輕薄。不解傷春。念楚鄉旅宿。柔情別緒。誰與溫存。
空樽夜泣。青山不語。殘月當門。翠玉樓前。惟是有一波湘水。
搖蕩湘雲。天長夢短。問甚時重見桃根。這次第。算人間沒箇幷
刀翦斷。心上愁痕。

此詞作意。只甚時重見桃根一句耳。看他前半闋空際盤旋。搖曳出之。將翠禽柳花一齊請作陪客。何等風流旖旎。後半闋亦一波三折。樽前獨酌。樓上無郎。藺似同宮而難分。琴以獨絃而愈苦。惝怳迷離。空靈一片。最是詞家妙境。

詞不同乎詩而後佳。然詞不離乎詩方能雅。

詞以鍊字爲第一步。鍊字之法。可多讀唐人詩。如溫飛卿、李昌谷、李義山諸家。最便翦裁。花間集中小詞。如古蕃錦。亦可仿製。

詠物詞最難。體認稍眞。則拘而不暢。模寫差遠。則晦而不明。要收。

縱聯密用事合題尤不可無謂而作宋人樂府補題皆有寄託如詠白蓮指伯顏也詠蟬思君國也王碧山尤精此體喜君有恢復之志而惜無賢臣以助之則有眉嫵之詠新月傷君臣晏安不思國恥天下之將亡也則有高陽臺之詠梅言亂世尙有人才惜世之不用也則有慶清朝之詠榴花他若姜白石石湖詠梅暗香疏影二闋玉田但賞其隸事之工用杜詩入妙不知胡沙人遠舊恨深宮哀曲玉龍春風難駐皆直指徽欽蒙塵異國而言讀宋人詞於此等處最宜體會入微切莫草草讀過

賦物比興上之可以感傷君國下亦可以自寫身世近人詞如庚子秋詞中之賦紅葉詠珍妃投井事也麟楦詞之賦唐花詠聯軍入都某某向西將乞憐事也借題託諷最得風人之遺他若半塘詞詠馬浣溪紗云

苜蓿闌干滿上林西風殘秣獨沈吟遺臺何處是黃金　空闊已無千里志馳驅枉抱百年心夕陽山影自蕭森

則老驥伏櫪借以自喻一諷詠間宛然如見又集中詠燭鷓鴣天云

百五韶光雨雪頻輕烟惆悵漢宮春祇應憔悴西窗底消受觀書老去身　花影暗淚痕新郢書燕說向誰陳不知餘蠟堆多少孤注曾無一擲人

此詞上半闋自寫感慨下半闋則所感甚大哀時危苦之言隨處流露而與燭字本題仍不脫不黏能入能出自是斲輪老手詞中隸事以前後鉤鎖而又如水中鹽味融合無迹爲上乘蔣鹿潭寄都中友人渡江雲詞云

春風燕市酒旗亭賭醉花壓帽檐香暗塵隨馬去笑擲絲鞭壓

笛傍宮牆。流鶯別後。問可曾添種垂楊。但聽得哀蟬曲破。樹樹總斜陽。　堪傷秋生淮海。霜冷關河。縱青衫無恙。換了二分明月。一角滄桑。雁書夜寄相思淚。莫更談天寶淒涼。殘夢醒。長安落葉。啼蛩。

此詞上半闋使李謩事。後闋以天寶應之。精細無比。而感事傷時。復不爲典故所束縛。味其詞意。殆作於庚申年乎。感懷節序。亦以有所指詠。能備詞史。爲佳。蔣鹿潭癸丑三月賦踏莎行詞云。

疊砌苔深。遮窗松密。無人小院纖塵隔。斜陽雙燕欲歸來。卷簾錯放楊花入。　蝶怨香遲。鶗嫌語澀。老紅吹盡春無力。東風一夜轉平蕪。可憐愁滿江南北。

此詠金陵之淪陷也。鄭叔問庚子閏中秋漢宮春詞云。

明月誰家甚今年今夕多事重圓移盤夜辭漢闕貯淚銅仙珠簾畫棟倒寒波空影如烟魂斷處長門燭暗數聲驚雁蠻弦還見山河殘影恁磨成桂斧補恨無天淒涼鏡塵頓掩雲裏嬋娟東華故事祝團圞歸夢空懸凝望久蓬壺翠水西流好送槎還

則詠兩宮西狩事時翠輿尙未還都故有好送槎還之語

作詞起句亦屬緊要或以駘蕩出之如太原公子裼裘而來或先於題意作進一層說或先籠罩全首大意如夢窗之送人猶未苦苦送春隨人去天涯稼軒之更能消幾番風雨匆匆春又歸去東坡之似花還似非花也無人惜從教墜平齋之詩不云乎葭蒹蒼蒼白露爲霜及歸去來兮杜宇聲聲道不如歸淸人如項蓮生之賦秋聲云西風已是難聽如何又著芭蕉雨聞落葉云西風無著

處如今閒了斜陽高樹及鄭叔問此詞之明月誰家甚今年今夕多事重圓皆工於發端

運用成語須出以自然前人有集歸去來辭者有集杜詩絕代有佳人詩句者總不可露針線之迹若吳彥高青衫溼感舊一詞集唐如天衣無縫可謂絕唱詞云

南朝千古傷心地還唱後庭花舊時王謝堂前燕子飛入人家恍然在遇天姿勝雪宮鬢堆雅江州司馬青衫淚溼同是天涯

雙聲疊韻字要著意布置有宜雙不宜疊宜疊不宜雙處重字則既雙且疊尤宜斟酌如李易安之淒淒慘慘戚戚三疊韻六雙聲是鍛鍊出來非偶然拈得後人無此工力切弗效顰

詞有通首押一韻者謂之獨木橋體如蔣竹山聲聲慢之全用聲

字。水龍吟之純用些字。瑞鶴仙之純用也字。偶一爲之。不妨。究近纖巧。非大雅所宜出。

艷詞不可流於穢褻。賀黃公最賞康與之滿庭芳寒夜一闋。謂眞樂而不淫。且兼詞令議論叙事三者之妙。首云霜幕風簾閒齋小戸素蟾初上雕櫳。寫其節序景物也。繼云玉杯醽醁還與可人同。古鼎沈烟篆細。玉筍破橙。橘香濃。梳妝嬾。脂輕粉薄。約略淡眉峯。則陳設之濟楚。殽核之精良。與夫手爪顏色。一一如見矣。換頭云清新歌幾許。低隨慢唱。語笑相供。道文書鍼線。今夜休攻。莫厭蘭膏更繼。明朝又紛冗匆匆。則不惟以色藝見長。宛然慧心女子。小窗中喁喁口角。末云酩酊也。冠兒未卸。先把被兒烘。一段溫存旖旎之致。咄咄逼人。實則此詞雖未至於穢褻。末句云云。已墮入柳七俳語惡道。且將題意說穿了無餘味。清人彭甘亭有百字令一

首與康詞本事略同而能以感慨出之氣體神味何遽不若漢初學者可於此悟塡詞消息也彭詞云

春蕪一道引鞭絲送到枇杷花底細幔沈沈寒不捲時被悄風吹起碧玉梳奩泥金簫譜卍字沈檀几都梁薰處房櫳淸似秋水　試問小市長陵誰家姊妹擅新聲北里頗解國風哀怨事生愛鳳窠門閉小話蘭因微鬨蕙歎弱絮東風裏夕陽如此傷心杜牧歸矣

塡詞最重詞境命意要高琢句要響眼前好景道不得崔顥題詩在上頭塡詞者卽無此才力要不可不作是想張于湖過洞庭念奴嬌詞氣象闊大最可取法詞云

洞庭靑草近中秋更無一點風色玉界瓊田三萬頃著我扁舟一葉素月分輝明河共影表裏俱澄澈悠然心會妙處難與君

說應念嶺表經年孤光自照肝膽皆冰雪短鬢蕭疏襟袖冷穩泛滄溟空闊盡吸西江細斟北斗萬象爲賓客叩舷獨嘯不知今夕何夕

尋常言語皆可入詞妙在有書卷以襯託之尤須儁雅雋永如四十賢人室中著一個屠沽兒不得顧梁汾有記吳薗次語浣溪紗一詞最佳詞云

琴酒生來澹蕩人自宜消濁更長貧不然孤負遠山春　狗監故能憐犬子武皇應解妒文君任他天壤有王孫

運用前人成句須重加剪裁或引伸其意或重翻新樣總以使人不覺其爲沿襲爲佳晏小山之鷓鴣天詞云今宵剩把銀釭照猶恐相逢是夢中卽用杜陵今宵更秉燭相對如夢寐語陳存熙之相見歡詞詠淚云搵不住收不聚被風吹吹作一天愁雨損花枝

即從李後主翦不斷理還亂是離愁別是一般滋味在心頭脫胎而出詞家可以此爲金鍼之度

詞中要有豔語語不豔則色不鮮又要有雋語語不雋則味不永又要有豪語語不豪則境地不高又要有苦語語不苦則情不摯又要有癡語語不癡則趣不深李重光之小樓吹徹玉笙寒韓蘄閑之試花霏雨溼春晴湯西村之不妨綵筆銀箋翠樽冰醞自管領一庭秋色豔語也毛滂之酒濃春入夢窗破月尋人張玉田之爲不成書只寄得相思一點徐山民之相思無處說相思笑把畫羅小扇覓春詞鍾梅心之花開猶是十年前人不似十年前俊吳夢窗之惆悵雙鴛不到幽階一夜苦生雋語也姜白石之此地疑有詞仙擁素雲黃鶴與君遊戲張奇閒之怎知人一點新愁寸心萬里周美成之黯凝魂但覺龍吟萬壑天籟息盧蒲江之猛拍闌

干呼鷗鷺道他年我亦垂綸手張于湖之盡吸西江細斟北斗萬象爲賓客豪語也張玉田之只有一枝梧葉不知多少秋聲又楊花點點是春心替風前萬花吹淚又恨西風不庇寒蟬便掃盡一林殘葉弁陽翁之一片古今愁但廢綠平烟空遠王可竹之付與春愁小樓今夜雨苦語也周美成之淒風休颭半殘燈擬倩今宵歸夢到雲屏辛稼軒之是他春帶愁來春歸何處却不解帶將愁去王碧山之恰似斷魂江上柳越春深越瘦張玉田之忍不住低低問春牛嶠之須作一生拚盡君今日歡癡語也

先作豔語以文其意繼作雋語以疏其氣再作豪語以取其神則詞之色香味三者備矣

感慨所寄不過盛衰或綢繆未雨或太息厝薪或己溺己飢或獨清獨醒隨其人之性情學問境地莫不有由衷之言見事多識理

透可爲後人論世之資詩有史詞亦有史庶乎自樹一幟

初學詞求空空則靈氣往來既成格調求實實則精力彌滿初學詞求有寄託有寄託則表裏相宜斐然成章即意內之謂也既成格調求無寄託無寄託則指事類情仁者見仁知者見知即言外之謂也以有寄託入則文有遠神以無寄託出則筆不凝滯

一題到手先宜沈思獨往次則講片段次則講離合成片段而無離合一覽索然矣次則講色澤音節

詞中重字能避固佳偶重一二字亦自不妨宋人詞亦多如此惟詞意萬不可重意重則語滯語滯則文拙

詞中多對句及前後工整之調如齊天樂水龍吟等宜故爲鬥亂以取遒峭之致又須以氣運之如風檣帆馬一片神行乃佳項蓮生最工此法如齊天樂過南湖徐氏水樓云

碧雲低蘸紅樓影如今倚樓人遠賣酒鑪空題詩壁壞蘚落粉匳香椀緣深夢淺恨彈指四風候蛩淒斷莫問南湖一袈裟地更誰管　當時何恨俊侶算塡詞李十能翻歡讌巷口斜陽灣頭賸水記與徐孃初見重開畫卷認幾曲疏簾那回曾卷柳亡無多曉雅啼到晚

又水龍吟詠魂云

幾時飛上瑤京月中環珮珊珊靜朦朧似醉悠揚似夢迷離似影眞個曾銷默然欲別淒涼誰省寄相思只在黃泉碧落聽——片啼鵑冷　楚些歌殘漏永翠幃空篆香溫鼎梨雲罩夜絮烟籠曉梧陰弄瞑來不分明去無憑据舊情難證待亭亭倩女前村緩步喚春風醒

前詞自遠韻起至椀韻止。若一氣呵成。後詞影韻三句。瞑韻三句。

故作排調、皆門亂之法。水龍吟之末句。讀法不同。總以十三字混成一句。爲佳。紅友必以五四四分句。如此詞固應如此讀。若東坡之賦楊花。細看來不是。句楊花點點。句是離人淚。句究有些牽強也。并附及之。

小令如浣溪紗等之有對聯者。或竟不對。如顧簡塘題西湖載酒行看子詞。昔日湖山如畫裏。而今眞向畫中看。何年重上四宜船或用元人詩境幽冷之句以寫之。如項蓮生過小山堂云。秋水滿塘隨鷺宿。斜陽一樹待雅歸。再來惟有夢依依。或用古樂府音節以詠之。如桂未谷句云。帷月皎於缸面酒。燈花歧似古釵頭。或寫景入微。如邵亭貞魚吹翠浪柳花行。皆饒逸趣。最忌以字面堆砌毫無遠韻。長調若高陽臺之起句等。亦須注意屬對。草率全首減色。可多讀陸氏詞旨警句及絕妙好詞。舉一反三。他可類推。

初學詞宜多填熟調逐一點勘生硬及平側不順之字以避執拗推敲既熟宜多填生調以造精深之域

初學詞先求平妥一首之中安能句句高妙只求有一二語發揮筆力便是可造之材

詞中虛字單用者如正、但、甚、任、之類兩字同用者如莫是、還有、那堪、之類三字同用者如更能消、最無端、又卻是、之類要用之得當多讀宋詞自能意會

詞不宜強和人韻以束縛太甚也壽詞尤不宜多作以酬應之文絕少性情也

立意不可不新不新則腐鑄詞不可不雅不雅則俗下筆不可不活不活則滯取境不可不高不高則鈍初學悟此思過半矣

詞貴含蓄含蓄非凝滯也詞尚清新清新非纖巧也初學者慎之

葉恭綽《清代詞學之攝影》

葉恭綽(1881–1968),字譽虎,號遐庵,晚年別署矩園,室名宣室,廣東番禺人。葉氏出生於書香門第,祖父葉衍蘭金石書畫均聞名於世,父葉佩瑲詩書文俱佳。葉氏早年畢業於京師大學堂仕學館,歷任湖北農學堂教習、兩湖總師範學堂教習。民國时期曾任交通部路政司司長、交通部次長、總長兼交通銀行經理等。著有《遐庵匯稿》等,編有《全清詞鈔》《廣篋中詞》。

《清代詞學之攝影》為葉恭綽 1930 年 5 月在暨南大學所作之學術講演稿,由中文系學生孟廉泉筆記。全文三千餘言,未註明出版單位。該書是有清一代詞人之簡單統計,一是《清代詞人產地表》,二是《詞人朝代之研究》,由此不完全之考察數字,可見清詞之興旺概況。此書未標明出版處,封面係陳柱題字。本書據葉氏 1930 年 5 月在暨南大學所作之講演、孟廉泉筆記版影印。

國立暨南大學、術講演

葉恭綽先生講

清代詞學之撮景

陳柱題耑

葉恭綽先生講

清代詞學之撮影

國立暨南大學文學院中文系二年級生　孟廉泉筆記

承貫校函約講演，鄙人一時實想不出什麽可以貢獻的東西，昨始想到「清代詞學撮影」這個題目；因爲鄙人近來正在編輯清一代的詞，其間略有所見，特行說明於下。不過許多係一時的感想所及，恐尚不能據爲定論。

民國繼清之後，對於過去的這二百七十餘年事，應有一個淸帳；歷史就是最好的帳簿，不過淸史至今沒有編好，前

二

此清史館出版的清史稿，其中雖有藝文志，但亦不足爲清朝文學的統計表；鄙人因爲好詞之故，所以打算把詞的一部分歸攏起來，做一個清帳，以作文化史和學術史的因一部分；因此搜羅詞家，很是不少；截至現在止，已得四千餘人，除去不明籍貫及年代者外，依照地域分配，作一統計如下：

清代詞人產地表

江蘇	二〇〇九
浙江	一二四八
安徽	二〇〇
廣東	一五九
福建	八七
江西	七一

福建	八七
江西	七一
湖南	六〇
滿州	五八
直隸	五八
山東	五三
四川	三四
河南	三四
貴州	三二
湖北	三二

山西	二六
雲南	一八
廣西	一八
陝西	一三
奉天	一一
順天	一〇
甘肅	三
蒙古	三
綏遠	無
察哈爾	無

吉林	無
黑龍江	無
新疆	無

關於各地詞家的統計，現在尚未成功；現在所查得的人，共計是四千八百五十個；除去不知籍貫的六百多人，已知籍貫的，如上表爲四千二百三十七人；此係很暫時的一種統計，將來攷證明確，當然還要修正的。不過此種統計，到也很有趣味！

詞是文學當中的一種，他的發達，實與其他文化學術有密切的關係；觀於上表所列，可知江浙文化之盛！亦可知揚子江流域文化傳播來得容易。安徽居第三位，亦因近揚子流域溉輸較易之故。廣東是屬珠江流域，江西和四川也是爲着長江的關係；至於滿州一部份，是有特殊情形的，——不是指滿州那地方而言，乃是指散處各地的滿州作家，——這是要附帶聲明的，最少是甘肅蒙古兩地，與江浙相差到數十倍，可知詞之發達與否，與文化學術適成正比例，這是縱的研究。尙有橫的研究：——

朝代的研究

順治 一八八

康熙 一一七

雍正	三六
乾隆	三六二
嘉慶	三二八
道光	四四〇
咸豐	二〇二
同治	一一〇
光緒	一七八
宣統	一三二

此種年代很難分，分起來亦不能準確，所以我把那人死於何代，即作爲何代的人，亦不過是大概罷了。在此表上，

看出道光朝詞人最多，頗足怪異！據我的理想：或者爲承常州詞派盛興之後，風氣大開的緣故，否則，爲何道光朝其他學術均未超過乾嘉兩朝，單獨詞學特異呢？這種理想，我看或可成立吧?！雍正朝極少，尚未攷得他的原因，順治朝人亦不少，不過多是生於明代的人物。

綜合清朝詞人，約有六千，恐怕還不止；來比較元明兩代，固然多的多，卽宋朝爲詞學全盛時期，也不及此數，這或者因爲年代久遠湮沒了，但友人趙叔雍先生搜集明一代的詞，費盡力量，不過二百餘家；可見清代詞學比較是很盛的！以上均是談量的方面，現在要再談質的方面，庶幾可知清詞的價值。

清詞之超越明代而上接宋元，這是可斷言的。詞發源於五代，到兩宋總算登峯造極了！清詞能上接兩宋，實因具有下列兩種優點：

一，託體尊

二，審律嚴

因爲以前的人，往往視詞爲一種遊戲作品，而不認爲高尚的，所以宋人作品雖是很多，但是除了諸大家的詞籙有寄託外，都不過寫些流連光景的話，固然體格不見高尚，而且多傷於率野，無深厚之情緒，及高遠的理致；元人也多是如此，而且多流入纖碎一路；及至明代，連詞的體質多未辨清，他們的詞，往往不是淫麗，纖巧，就是粗獷，叫囂；直到清初，還是染的這種餘習；嗣後浙派首領朱彝尊出，覺得詞學日見頹靡，便想設法挽救，標出宗旨，汰去不少惡習，漸將詞的品格提高，於是詞學漸漸走入正軌，康雍乾幾朝，幾全受這浙派勢力的支配。厲樊榭可以說是裏頭最有心得的。直到嘉慶時代，又有常州派出來，首領是張惠言；周濟，他們以爲浙派專於文字上做工夫，磨礱雕琢，遺神襲貌，弄得外强中乾，流弊不可勝言！因爲這樣，所以張惠言主張以詞上接風騷，其重視之如此，而詞的風氣因爲之一變。光緒間，浙常兩派均出盛而衰了，因而復有桂派的發生，其代表人物，即是王鵬運，況周儀，他們以常派爲根底，而又稍加變化，因之詞風復又一變，清詞共有三變，而其不謀而合的，卻同是提高風格，增進詞的地位。

註：桂派字樣係假定的，且各派人物，不盡是該地之人，如常州派者未必即是常州人；請諸君不要誤會！

詞本合樂；到南宋後歌詞的樂譜即漸漸失傳了，自元迄明，大家都不講究了，在清順治和康熙兩朝的詞，不合律的也很多，直到萬樹戈載編著詞律，詞韻，歸納各大家作品，定出一個標準來，於是塡詞的人始兢兢於守律；所以清詞大家很少不合律的；不但講究平仄，卽四聲陰陽亦不容混，這也是淸詞獨優之點！我看淸代文學多不能超越前代的；如，曲不及明，更不及元；又詩也不及明朝，獨詞較好，可知淸人對於詞的研究深切了。由此看來，淸詞立在重要的地位，定無可疑的。

我們研究以前的文學歷史，覺得一種新興文藝，必定要受前一時代的影響，如淸朝距現在不過十幾年，現時當然要受他直接的影響，但是要問現在這個詞有無進展的可能？我以爲前人講詞注重的兩點：（一）情——屬於內的，（二）景——屬於外的，或使情景融合；但是可否再加以「理」字呢？據我自己理想，應該是可以的！最近王靜安先生標舉出境界二字，此境界可說包括「情」「景」「理」三者。卽如前人所沒有的境界，我們何妨取來入詞，而成新的境界？我想這個是可以的。還有，詞的作法，必定要受他的束縛，要調有定格，字有定數，詞有定聲，感覺非常痛苦！這是塡詞的人個個感到的；且雖如此束縛，究竟不能入樂；若是隨便作自度腔，又患無所依榜，不成爲詞；我們要想救濟這種缺憾，那末應對於音律加以十分的研究，把從前的音調，節拍，聲腔，樂器等等，一概弄得明明白白，隨時可以做出新調新譜，那就可以不拘於舊調舊譜，甚至可在音樂上改造一番詞的境界！我們居清代之後，能如此做再進一步的工夫，或者有超過前清的一日。但這不是平步可以登天的，至少要把詞的性質先弄明白，能夠按譜填詞，一絲不錯，且意境字句，均臻上乘，方可說到自己創作；鄙見如此，還希諸君指教！

——十九年五月十五日——

徐珂《清代詞學概論》

徐珂（1869–1928），原名昌，字仲可，浙江杭縣（今杭州市）人。徐珂是常州派詞學大家譚獻的入門弟子，曾為譚獻輯編《復堂詞話》，有『譚門顏子』之稱。光緒年間（1889年）舉人。後任商務印書館編輯，參加南社，曾任《外交報》《東方雜誌》編輯，1911年接管《東方雜誌》的『雜纂部』。編著有《清稗類鈔》《歷代白話詩選》《清詞選集評》《歷代詞選集評》等，著有《清代詞學概論》《詞講義》等。

《清代詞學概論》分為總論、派別、選本、評語、詞譜、詞韻、詞話七節。此書根於流派論而又能不拘泥於門戶之見，論述清詞的整體發展與主要特色，後对清詞史的書寫與研究產生了深遠影響。《清代詞學概論》於民國十五年（1926）上海大東書局初版。本書據大東書局初版影印。

清代詞學概論

杭州徐珂著

上海大東書局印行

中華民國十五年十月出版
中華民國十五年十月發行

清代詞學概論（全一册）

定價大洋四角
外埠酌加郵費匯費

著作者 杭縣徐珂
校閱者 海寧陳乃乾
發行者 大東書局
印刷所 上海北西藏路南公益里 大東書局
總發行所 上海四馬路中市 大東書局
分發行所 漢口後城馬路 廣州雙門底 北京楊梅竹斜街 奉天鼓樓北 長沙南陽街 梧州塘基街 大東書局

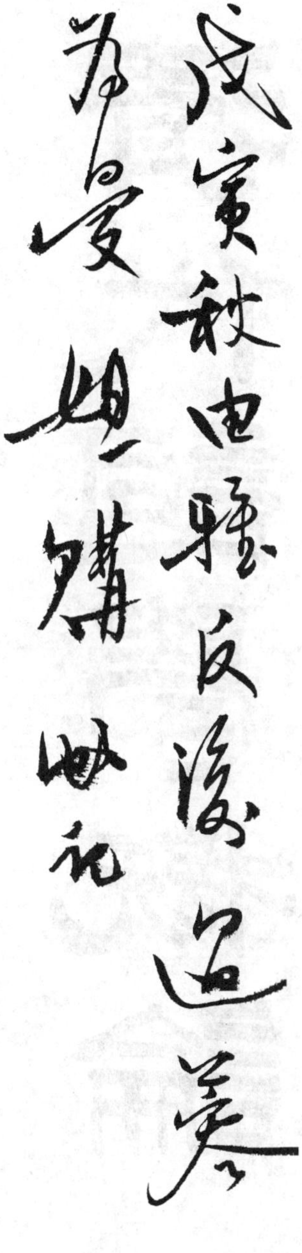

杭州徐珂編著
海甯陳乃乾校閱

清代詞學概論

上海大東書局印行

序

我友徐君仲可。工詩古文辭。著述等身。其心園叢刻叢話諸作。已刊梨棗。沾溉儒林。業有定評。而尤長於倚聲。爲仁和譚復堂先生之入室弟子。探源北宋。力主有厚入無間之說。而得意內言外之旨。同時又與朱歸安況臨桂相切磋。用能進而益上。深美閎約。並譽詞壇。近輯清代概論告成。揭浙派之流弊。嘉常派之革新。於名人詞選、詞韻、詞話等書。判別瑕疵。指示去取。持之有故。言之成理。原原本本。一宗師說。可謂譚門之顏子矣。慨自詞學彫劫。後生小子。卒爾操觚。鄙語支言。搖筆即來。即求三大蔽中所謂怪詞者。且不可得。用是益知清詞之難能可貴。而歎先生此書之有功於詞界也。指迷津而登覺路。其在是乎。不揣檮昧。序以明之。

民國十五年十月吳興蓀光子識

清代詞學概論目錄

清代詞學概論

第一章 總論

詞之學。剝於明。詞學至南宋之季。幾成絕響。知比興者。元之張翥而已。明初作者。猶沾虞集張翥之舊。不乖於風雅。永樂以後。南宋諸名家詞。皆不顯於世。盛行者爲花間集草堂詩餘二選。楊慎王世貞輩之小令中調。猶有可取。長調皆失之俚。惟陳子龍之湘眞閣江離檻詞。直接唐人。則得於天者獨優也。至清而復之。直接南北兩宋。可謂盛矣。然當開國之初。京朝士大夫雖依聲覈。猶慨滄桑。特假長短之句。藉抒抑鬱之氣。始而微有寄託。久則務爲諧暢。而吳越操觚家。聞風興起。作者選者。妍媸雜陳。遂不免有怪詞鄙詞游詞之三大蔽。王漁洋名士禎。字始上。號阮亭。別號漁洋山人。新城人。有衍波詞。之數載廣陵。實爲斯道總持。蓋皆祖述南宋。惟草堂詩餘是規。罕或及於北宋以上。殆若文之禰唐宋八家而祧東西京。詩之學蘇名軾。字子瞻。一字和仲。自號東坡居士。諡文忠。眉山人。有東坡居士詞。黃名庭堅。字魯直。號涪翁。自號山谷道人。諡文節。分寧人。有山谷詞。而不知有蘇名武。字子卿。李名陵。字少卿。成紀人。十九首。未可謂善學也。洎漁洋在朝位高望重。絕口不談倚聲。於是嚮之言詞者。悉去而言詩古文辭。視花間集草堂詩餘。頓若雕蟲小技之見恥於壯夫。蓋習俗移人。涼燠之態。浸淫而入於風雅。可太息也。

清初之詞。最著者爲朱竹垞（名彝尊。字錫鬯。號竹垞。自號小長蘆釣師。秀水人。有江湖載酒集。靜志居琴趣。茶烟閣體物集。蕃錦集。）陳其年。（名維崧。字其年。宜興人。有迦陵詞。）兩人並世齊名。合刻朱陳村詞。流傳天下。竹垞之情深。所作詞高秀超詣。綿密精美。其蔽爲餖飣。其年之筆重。所作詞天才豔發。辭鋒橫溢。其蔽爲粗率。嘉慶以前詞人。爲竹垞其年牢籠者。十之七八。繼之而起。名重一時者。首推納蘭容若。（初名成德。後改性德。字容若。滿洲人。有飲水詞。）門地才華。直越北宋之晏小山（名幾道。字叔原。臨川人。有小山詞。）而上之。其詞纏綿婉約。能極其致。南唐墜緒。絕而復續。所惜享年不永。未竟其學耳。厥後數十年。詞格愈趨愈下。東南諸行省。選聲訂韻者。流未嘗無才儁之士。往往高語清空。而失之薄。力求新豔。而流於尖微。特距兩宋若霄漢。甚且爲元明之罪人。能自拔者殊罕。故論詞者自明之末造。以迄清之中葉。輒推臥子（陳子龍。字人中。更字臥子。號大樽。華亭人。有湘眞閣江離檻詞。）第一。容若次之。竹垞其年樊榭。（厲鶚。字太鴻。錢塘人。有樊榭山房詞及續集・猶不得為上乘也。文字無大小。必有正變。必有家數。蔣鹿潭（名春霖・字鹿潭・江陰人・有水雲樓詞・）詞固清商變徵之聲。而流別甚正。家數頗大。與納蘭容若項蓮生（名鴻祚・原名繼章・字蓮生・錢塘人・有憶雲詞・）二百年中。分鼎三足。咸豐兵事。天挺此才。為倚聲家杜老。而晚唐兩宋一唱三歎之意。則已微矣。或曰。何以與成項並論。應之曰。王漁洋錢葆馚（名芳標・字葆馚・華亭人・有湘瑟詞・）一流。為才人之詞。張皋文（名惠言・字皋文・陽湖人・有茗柯詞・）張翰風（名琦・皋文弟・有立山詞・）周止庵（名濟・字保緒・一字介存・號未齋・晚號止庵・荊溪人・有味雋齋詞・）一派。為學人之詞。惟三家是詞人之詞。與朱竹垞厲樊榭同工異曲。其他則旁流羽翼而已。此吾師譚復堂先生（名獻・原名廷獻・字仲修・一作仲儀・又字滌生・有復堂詞。）之言也。明乎此。而光宣間之詞家。亦可推知矣。

第二章　派別

（一）浙派

有清一代之詞。有二大別。一浙派。一常州派。亦猶散體文之有桐城陽湖二派也。

浙派始於秀水之朱竹垞。蓋承明詞之敝而崇尚淸靈。欲以救嘽緩之病。洗淫曼之陋也。李符曾（名良年·字符曾·秀水人·有秋錦山房詞·）李分虎（名符·字分虎·一字耕客·嘉興人·有耒邊詞·）師之。傳其學。然標格僅在南宋。以姜（名夔，字堯章·鄱陽人·流寓吳興·自號白石道人·有白石詞·）張（名炎·字叔夏·西秦人，僑居臨安·自號樂笑翁·有玉田詞·山中白雲詞·）爲登峯造極之境。厲樊榭繼之。流極所至。爲餖飣爲寒乞。又若樂府補題。遺民酬倡。有騷辨之風。所謂寓意於物也。南宋之末。詞流精粹。與淸空之旨異流同源。蓋比興深遠。辭旨高奇。可以觸類引伸。尤可通知人論世之學。後起作者。巧搆形似之言。漸忘古意。竹垞樊榭。皆不得辭其咎。

竹垞之於曹倦圃。（名溶·字秋嶽·一字潔躬·號倦圃秀水人·有靜惕堂詞·）傾倒備至。嘗云。余壯日從先生南游嶺表。西北至雲中。酒闌燈灺。往往以小令慢詞。更迭唱和。有井水處。輒爲銀箏檀板所歌。念倚聲雖小道。當其爲之。必崇爾雅。斥淫哇。極其能事。則亦足以昭宣六義。鼓吹元音。往者明三百祀。詞學失傳。先生搜輯遺集。余曾表而出之。數十年來。浙西塡詞者。家白石而戶玉田。春容大雅。風氣之變。實由於此。

北宋李蕭遠名邴點絳脣詞。有碧水黃沙夢到尋梅處。花無數。問花無語。明月隨人去。五句。況蕙風名周頤。初名周儀。字夔笙。號蕙風。臨桂人。有蕙風詞。謂其意境不求甚深。讀者悅其輕倩。竹垞錄入詞綜。固浙派之初祖也。蕙風且曰。論詞以兩宋爲集大成。而北宋尤多高手。以凝重寫瑞莊。浙派但事綺藻。韻致已落下乘。論者多謂爲南宋開其源。實則賀方回名鑄。字方回。衛州人。退居吳下。築室於橫塘。自號慶湖遺老。有東山寓聲樂府。東山樂府。鬆秀處固不可及。然已失拙大重之三要。李中有自不可卽歸之南宋。其小重山云。枕上閶門報五更。蠟燈香炧冷恨天明。青蘋風轉移帆旌。橋頭燕。多謝伴人行。臨鏡想傾城。兩尖眉黛淺。淚波橫。豔歌重記遺離聲。纏綿處。翻是斷腸聲。又云。月月相逢祇舊圓。迢迢三十夜。夜如年。傷心不照綺羅筵。孤舟裏。單枕若爲眠。茂苑想依然。花樓連苑起。瀰漪玉人千里。共嬋娟。清琴怨。腸斷亦如絃。此等尤其面目。後來學者以周名邦彥。字美成。錢塘人。有清眞詞。柳名永。字耆卿。初名三變。樂安人。有樂章集。之不可倖至。而取徑於秦名觀。字少游。一字太虛。高郵人。有淮海詞。賀。其至者容似飲水。而凝重之體態。遂不易復得矣。起衰振靡。此中之消息。正不可不知。蕙風於南宋高觀國（字賓王·號竹屋·山陰人·有竹屋癡語·）齊天樂中秋懷梅溪古驛烟寒。幽垣夢冷。應念秦樓十二等句。則謂其開清詞門徑。鉤勒太露。便失之薄。

要之。浙派之詞。竹垞開其端。樊榭振其緒。頻伽（郭麐·字祥伯·號頻伽·吳江人·僑居嘉善·有靈芬館詞）暢其風。皆奉白石玉田爲圭臬。不肯進入北宋人一步。況唐人乎。世之詬病浙派者。謂其以白石玉田爲止境。而又不能如白石之澀。玉田之潤也。

吳枚庵郭頻伽。皆浙派中人。而枚庵高朗。頻伽清疏。浙派爲之一變。疏俊少年。每以頻伽之名雋。篤嗜之。然詞宜深澀。頻伽滑矣。詞宜柔厚。頻伽薄矣。

項蓮生篇旨清峻。託體甚高。一洗浙中嘽腆破碎之習。蓋仰窺北宋。而天賦殊近南唐也。

（二）常州派

浙派至乾嘉間而益敝。張皋文起而改革之。其弟翰風和之。振北宋名家之緒。闡意內言外之旨。而常州派成。別裁僞體。上接風騷。賦手文心。開倚聲家未有之境。襟抱學問。噴薄而出。以沈著醇厚爲宗旨。而斯道始昌。大江以南。承律呂陳風雅者。遂不可勝數。俳諧之病。時已淨盡。卽蔓衍嘽緩。貌似南宋之習。作者亦漸悟其非矣。皋文翰風所輯宛鄰詞選。雖町畦未闢。而奧窔已開。蓋以深美閎約爲旨。而倚聲之學。至是始日趨正鵠。其意在尊淸眞而薄姜張。祝蘇辛（辛棄疾。字幼安。謚忠敏。歷城人。有稼軒長短句。）猶爲小家。貴能以氣承接。通首如歌行然。又須有轉無竭。全用縮筆。包舉時事。嘉慶以來名家。大抵自此而出。其友人惲子居（名敬。字子居。號簡堂。陽湖人。有大雲山房集。）錢季重（名季重。陽湖人。有黃山詞。）丁若士（名履恒。字若士。武進人。有宛芳樓詞。）陸祁生（名繼輅。字祁生。陽湖人。有淸鄰詞。）左仲甫（名輔。字仲甫。陽湖人。有念宛齋詞。）李申耆（名兆洛。字申耆。陽湖人。有蜩翼詞。）黃仲則（名景仁。字仲則。陽湖人。有竹眠詞。）鄭善長（名掄元。字善長。歙縣人。有字橋詞。）弟子金子彥（名應城。字子彥。歙縣人。有蘭簃詞。）金朗甫（名式玉。字朗甫。歙縣人。有竹鄰詞。）亦皆不愧一時作家。

董晉卿（名士錫。字晉卿。一字損甫。武進人。有齊物論齋詞。）皋文翰風之甥也。學於舅氏。造微踵美。爲其後勁。以爲詞者。意內而言外。變風騷人之遺。周止庵爲嘉道間人。納交於晉卿。遂受法焉。已而造詣日以異。論說亦互相短長。晉卿初好玉田。止庵曰。玉田意盡於言不足好。止庵不喜清眞。而晉卿推其沈著拗怒。比之少陵。杜甫·字子美·号杜陵·自稱杜陵布衣·又稱少陵野老·襄陽人·牴牾者一年。晉卿益厭玉田。而止庵遂篤好清眞。止庵又以少游多庸格。爲淺鈍者所易託。白石疏放。醞釀不深。而晉卿深詆竹山。蔣捷·字勝欲·學者稱竹山先生·有竹山詞·麤鄙牴牾者又一年。止庵始薄竹山。然終不好少游也。止庵之於晉卿。切磋既久。於是益窮正變。持論尤精。所謂愼重而後出之。馳騁而變化之。胸襟醞釀。乃有所寄。誠扼要之論。不易之言也。止庵又嘗曰。近人頗知北宋之妙。然終不免有姜張二字橫亙胸中。豈知姜張在南宋亦非巨擘乎。論詞之人。叔夏晚出。既與碧山王沂孫·字聖與·號碧山·又號中仙·會稽人·有碧山樂府·一名花外集同時。又與夢窗吳文英·字君特·號夢窗·四明人·有夢窗甲乙丙丁稿迴別。是以過尊白石。但主清空。後人不能細研詞中曲折深淺之故。羣聚而和之。并爲一談。亦固其所也。其論白石者有七。一曰北宋詞多就景敘情。故珠圓玉潤。四照玲瓏。至稼軒白石。一變而爲即事敘景。使深者反淺。曲者反直。吾十年來服膺白石。而以稼軒爲外道。

由今思之。可謂瞀人捫籥也。稼軒鬱勃。故情深。白石放曠。故情淺。稼軒縱橫。故才大。白石局促，故才小。惟暗香疏影二詞。寄意題外。包蘊無窮，可與稼軒伯仲，餘俱據事直書。不過手意近辣耳。二曰。白石脫胎稼軒。變雄健爲清剛。變馳驟爲疏宕。蓋二公皆極熱中。故氣味吻合。辛寬姜窄。寬故容藏。窄故鬭硬。三曰。白石號爲宗工。然亦有俗濫處。（揚州慢・淮左名都・竹西佳處・）寒酸處。（法曲獻仙音・象筆鸞箋・甚而今不道秀句・）補湊處。（齊天樂・邠詩漫與・笑籬落呼燈・世間兒女・）敷衍處，（淒涼犯・追念西湖上半闋・）支處。（湘月・舊家樂事誰省，）複處。（一萼紅・翠藤共閒穿徑竹・記曾共西樓雅集・）四曰。白石詞如明七子詩。看是高格響調。不耐人細思。五曰。白石以詩法入詞。門徑淺狹。如孫過庭（孫虔禮・字過庭・陳留人・一曰富陽人・工書・自宋以來・皆推能品・嘗著書譜・張懷瓘極推獎之・稱其深得旨趣・操翰者・咸奉爲指南焉・）書。但便後人模仿。六曰。白石好爲小序。序即是詞。詞仍是序。反覆再觀。如同嚼蠟。詞序序作詞緣起。以此意詞中未備也。今人論院本。尚知曲白相生。不許複沓。而津津於白石一序，一何可笑。七曰。白石小序甚可觀。苦與詞複。若序其緣起。不犯詞境。斯爲兩美。其論玉田者有五。一曰，玉田近人所最尊奉。才情詣力。亦不後諸人。終覺積穀作米。把纜放船。無開闊手段。然其清絕處。自不易到。二曰玉田詞佳者匹敵聖與。往往有似是而非者。不可不知。三曰叔夏所以不及前人者。只在字句上著工夫。不肯換意。若其用意佳者。卽字字珠輝玉映。不可指摘。近人喜學玉田。亦爲修飾字句易。換意難。四曰玉田才本不高。專恃磨礱雕琢。裝頭作脚。處處妥當。後人翕然宗之。然如南浦之賦春水。疏影之賦梅影。逐韻湊成。毫無脈絡。而戶誦不已。眞耳食也。五曰。筆以行意也。不行須換筆。換筆不行。便須換意。玉田惟換筆。不換意。

止庵持論之異於臯文者。爲推挹夢窗。謂其立意高。取徑遠。非餘子所及。臯文不取夢窗。則爲碧山所限耳。

止庵見地至高。其論詞。有獨到處。嘗曰。學詞先以用心爲主。遇一事。見一物。卽能沈思獨往。冥然終日。出手自然不平。次則講片段。次則講離合。有片段而無離合。一覽索然矣。次則講色澤音節。又曰。感慨所寄。不過盛衰。或綢繆未雨。或太息厝薪。或已溺已飢。或獨清獨醒。隨其人之性情學問境地。莫不有由衷之言。見事多。識理透。可爲後人論世之資。詩有史。詞亦有史。庶乎自樹一幟矣。若乃離別懷思。感士不遇。陳陳相因。唾瀋互拾。便思高揖溫韋。不亦恥乎。又曰。初學詞求空。空則靈氣往來。既成格調。求實。實則精力彌滿。初學詞求有寄託。有寄託則表裏相宣。斐然成章。既成格調。求無寄託。無寄託則指事類情。仁者見仁。知者見知。北宋詞下者在南宋下。以其不能空。且不知寄託也。高者在南宋上。以其能實。且能無寄託也。南宋則下不犯北宋拙率之病。高不到北宋渾涵之詣。又曰。詞非寄託不入。專寄託不出。一物一事。引而伸之。觸類多通。驅心若游絲之罥飛英。含毫如郢斤之斲蠅翼。以無厚入有間。既習已。意感偶生。假類畢達。閱載千百。謦欬弗違。斯入矣。賦情獨深。逐境必寤。醞釀日久。冥發妄中。雖鋪敘平淡。摹繪淺近。而萬感橫集。五中無主。讀其篇者。臨淵窺魚。意爲魴鯉。中宵驚電。罔識東西。赤子隨母笑啼。鄉人緣劇喜怒。抑可謂能出矣。余所望於世之爲詞人者。蓋如此。

自是以還。詞學大昌。江浙人士以不能塡詞爲恥。名手逸製。時能以隱秀相尚。亦頗徵鏡北宋之妙。然僅取材南宋。止於婉約清超之境者。亦正不乏人耳。且自常州派興。雖比興漸盛。不無皮傅。不善學之則入於平鈍廓落。學者當於其深雋處求之。蔣劍人（名敦復。原名寶銘。字克父。寶山人。有芬陀利室詞。其初爲僧時。名妙塵。字鐵岸。）稍後於止庵。詞宗北宋。亦力主有厚入無間之說。謂有厚入無間者。南宋自稼軒夢窗外。白石間能之。碧山時有此境。其他即無能爲役。此與止庵之持論相近。

譚復堂師所作詞。大雅遒逸。深美閎約。推本止庵之指。發揮而光大之。與莊中白（名棫。丹徒人。有蒿庵詞。）游。一時學者稱譚莊。蓋能以比興柔厚之旨相贈處。而皆持有厚入無間之說也。師嘗取止庵所纂詞辨而評之。自謂心知止庵之意。而持論小異。大抵止庵所謂變。亦師所謂正也。而折衷柔厚則同。王半塘（名鵬運。字佑遐。一作幼霞。自號半塘僧鶩。臨桂人。有半塘定稿。半塘賸稿。）與師同時。其詞幼眇而沈鬱。義隱而指遠。蓋導源碧山。復歷稼軒夢窗。以還清眞之渾化。與止庵之說。契若針芥。其詞派於常州爲近。蓋亦夙尚體格者也。朱彊邨（名祖謀。今復其舊名曰孝臧。字古微。號漚尹。自號上彊邨民。歸安人。有彊邨語業。）學於半塘。先研求源流正變之故從南宋入手。明以後詞絕不寓目。久之。始瀏覽清人詞。是以格調高簡。風骨遒上。能卓然名家。其與半塘校刊宋元人之詞集。亦至精審。況蕙風切磋於半塘彊邨。而崇尚體格。嘗言作詞有三要。宜重宜拙宜大。又言自然宜從追琢中出。故所作頓挫排盪。柔厚沈鬱。千辟萬灌。略無鑪錘之迹。而又嚴於守律。一聲一字。悉無乖舛。與鄭叔問（名文焯。字叔問。號小坡。漢軍人。有樵風樂府。）相近。叔問之詞。感興微言。濟遠沈著。且深明管絃聲數之異同。於白石自度曲所記音拍。能以意通之。尤非近世人所有也。要之。自光以還。有譚王鄭朱況之迭主詞壇。而學者乃知宗尚北宋。以深美閎約為歸。佻巧奮末之風。自此而殺。於是斯道得與於著作之林。與詩文同其正變矣。

第三章　選本

自明季左道言詞。朱竹垞標舉準繩以提倡之。選唐五代宋金元之詞為詞綜三十六卷。所甄錄者。除專集外。為趙崇祚花間集。（詩變為詞。始於中唐。而成於五代。然大抵附見詩集中。其以詞別為一編者。自花間集始。）黃昇花庵絕妙詞。中興以來絕妙詞。陳景沂全芳備祖樂府。元好問中州樂府。彭致中鳴鶴餘音。鳳林書院元詞樂府補題。許有孚圭塘欸乃集。顧梧芳尊前集。（舊有尊前集・無傳本・明顧梧芳采錄名篇・釐爲二卷・而仍其名・）楊慎詞林萬選。陳耀文花草粹編。沈際飛草堂詩餘廣集。茅映詞的。卓人月詞統諸書。採摭繁富。歷八載乃成。雖不及歷代詩餘一百卷（康熙四十六年沈辰垣等奉敕撰・百卷・自唐至明・凡九千餘闋・）之廣。其鑒別精審。辨訂詳核。務去陳言。悉爲雅詞。有足多者。於是王述庵（名昶・字德甫・號述庵・學者稱蘭泉先生・青浦人・有紅葉江村詞・）繼之成詞綜補人二卷。（吳則禮至吳存・二十八人・）又成明詞綜十二卷。（是書爲竹垞未成之選本・述庵搜輯之・）國朝詞綜四十八卷。二集二卷。論者謂其去取之旨。一本之竹垞。蓋皆拾南渡之瀋。以姜張爲極軌。不獨珠玉（晏殊・字同叔・謚元獻・臨川人・有珠玉詞・）六一（歐陽修・字永叔・號醉翁・晚號六一居士・謚文忠・廬陵人・有六一居士詞・）淮海清眞。皆成絕響。卽中仙夢窗。深處亦全未窺見。或且曰竹垞詞綜。意旨枯寂。述庵繼輯。尤爲宂漫。以二窗（草窗夢窗也・○周密・字公謹・濟南人・僑居吳興・自號弁陽嘯翁・又號蕭齋・有竹窗詞・又名蘋洲漁笛譜・）爲祖禰。視辛劉（劉過・字改之・襄陽人・一云太和人・有龍洲詞・）如仇讎。家法若斯。庸非巨謬。二百年來。不爲所籠絆者。蓋亦僅矣。又繼之者。有黃韻珊（名燮清・字韻珊・海鹽人・有倚晴樓詩餘・）之國朝詞綜續編二十四卷。丁杏舲（名紹儀·號杏舲·無錫人·）之國朝詞綜補。有陶凫薌（名梁·字凫薌·長洲人·有紅豆樹館詞·）之詞綜補遺。又文選樓叢書未刻稿本待購書目。有女詞綜二卷。今無傳本。孫月坡（名麟趾·字清瑞·號月坡·長洲人·有零珠詞碎玉詞·）亦嘗輯國朝詞綜以後之作者。爲絕妙近詞。去取矜慎。殆可繼踵草窗所選。皆沖澹幽微。如讀中唐七言詩。又近人梁令嫺（新會人·啓超女·）有藝蘅館詞選。蓋以詞綜續詞綜之撰錄爲過濫。而又病宛鄰詞選宋四家詞選之甄采爲過嚴。乃有是輯也。

自嘉道間張皋文翰風之宛鄰詞選二卷（唐李白等三家·五代南唐中主等八家·宋徽宗皇帝等三十三家·凡四十四家·一百十六闋·）董子遠（名毅·陽湖人·）續詞選（唐李白等四家·五代後唐莊宗等六家·宋晏殊等四十二家·凡五十二家·一百二十二闋·）出而人始知崇尚清眞。繼承北宋矣。周止庵濟推皋文翰風之說而推衍之。光大之。於源流正變之故。尤多深造自得之言。雖所選詞辨二卷（卷一爲正·唐溫庭筠等十七家·五十九闋·卷二爲變·五代李後主等十一家·三十三闋·共九十二闋·○此詞辨·與御選歷代詩餘附刊之歷代詞話所引詞辨異·）與宛鄰詞選微有出入。要其大旨。同深惡夫昌狂雕琢之習而不反。亟思有以釐正之也。復堂師從而評之比而觀之。思過半矣。師且謂周氏以二卷爲變。截斷衆流。解人不易索也。止庵初輯詞辨十卷。一卷起溫庭筠爲正。二卷起五代李後主爲變。名篇之稍有疵纇者。爲三四卷。平妥清通。纔及格調者。爲五六卷。大體紕繆。精彩間出。爲七八卷。本事詞話爲九卷。庸選惡札。迷誤後生。大聲疾呼。以昭炯戒。爲十卷。寫本成。有田生者攜以北。附糧艘行。衣袽不戒。厄於黃流。爾後稍稍追憶。僅存正變二卷。止庵自謂尙有遺落也。

潘四農名德輿。字四農。山陽人。有養一齋詞。於宛陵詞選。頗持異論。欲以北宋之詞當盛唐之詩。不爲無見。而理路言詮。終非直湊單微之手。其與葉生書有曰。張氏詞選抗志希古。標高揭己。宏音雅調。多被排擯。五代北宋有自昔傳誦非徒隻字之警者。亦多黜然置之。竊謂詞濫觴於唐。暢於五代。而意格之閎深曲摯。則莫盛於北宋。至南宋則稍衰矣。張氏之後。首發難端。可謂持之有故。而以迹論則亦何異明中葉詩人之侈口盛唐耶。

清人所選歷代之詞。詞綜等書外。有夏秉衡之歷朝名人詞選。吳灝之歷代名媛詞選。而譚復堂師亦嘗選歷代之詞。爲復堂詞錄十卷。蓋唐五代宋金元明詞也。唐五代爲前集一卷，宋爲正集七卷，金元一卷，明一卷，爲後集。凡三百四十餘人，一千有四十七闋。末附論詞一卷。書成未刊。師歸道山。稿本遂不知所往。師年十二，始習詞，即尋其指於人事，論作者之世，思作者之人。三十而後，審其流別，又得先正緒言以相啓發。年踰四十，益明於古樂之似在樂府之餘在詞。如是者年至五十，所見始定。先寫清人詞五卷，以相證明。復就二十二歲以後，審定由唐至明之詞，始多所棄，中多所取，終則旋取旋棄，乃始寫定。所附論詞之說，則折衷古今名人之論，而自謂非逞一人之私言。

綜數代之詞而選錄者。劉中受名逢祿，字申受，武進人。有詞雅五卷，八十家，三百闋。則皆唐五代宋之詞。其自敍以爲唐五代宋所傳才士名卿，閎意眇旨，正變聲律具矣。成瀫泉名廖，字瀫泉，寶應人。有唐五代詞選三卷。卷上唐昭宗等二十五人，卷中韋莊等十二人，卷下歐陽炯等十三人，凡五十人，三百四十七首。雖皆緣情靡曼之作。感遇怨悱之旨。然至精審。周稚圭名之琦，字稚圭，祥符人，有金梁夢月詞。有心日齋十六家溫庭筠、李後主、韋莊、李洵、孫光憲、晏幾道、秦觀、賀鑄、周邦彥、姜夔、史達祖、吳文英、王沂孫、蔣捷、張炎、張翥。詞選，爲唐宋五代宋元人詞。詞後各係以詩。判別流派。具有見地。雖未及皋文止庵之陳義甚高。要亦倚聲家疏鑿手也。

詞選之斷代取材者，未由盡正變之軌。然周止庵之宋四家詞選。則盡美盡善。爲倚聲選本之正鵠。（四家爲周邦彥·辛棄疾·王沂孫·吳文英·周邦彥下·附晏殊等九人·辛棄疾下。附徐昌圖等十三人·王沂孫下·附林逋等十一人，吳文英下·附張昇等十四人·共五十一人·二百三十九首·）其所望於詞人之讀是選者。問途碧山。歷夢窗稼軒以造乎清眞。譚復堂師謂其陳義甚高。勝於宛陵詞選。卽潘四農亦無可詆諆矣。以有寄託入。以無寄託出。千古文章之能事盡。豈獨塡詞爲然。況蕙風言止庵自序所輯宋四家詞筏。以近世爲詞者。推南宋爲正宗。姜張爲山斗。域於其至近者爲不然。其持論與余（況自謂）介同異之間。姜張誠不足爲山斗。得謂南宋非正宗耶。詞筏未見。疑卽宋四家詞選也。此外之選宋詞者。尚有馮夢華（名煦·字夢華·金壇人·有蒙香室詞·）之宋六十一家詞選十二卷。（六十一家爲晏殊·歐陽修·柳永·蘇軾·黃庭堅·秦觀·晏幾道·毛滂·陸游·辛棄疾·周邦彥·史達祖·姜夔·葉夢得·向子諲·謝逸·毛幵·蔣捷·程垓·趙師使·趙長卿·楊炎正·高觀國·吳文英·周必大·黃機·石孝友·黃昇·方千里·劉克莊·張元幹·張孝祥·程泌·葛立方·劉過·王安中·陳亮·李之儀·蔡仲友·戴復古·曾覿·楊无咎·洪瑹·趙彥端·洪咨夔·李公昂·葛勝仲·侯寘·沈端節·張榘·周紫芝·呂濱老·杜安世·王千秋·韓玉·黃公度·陳與義·陳師道·盧祖皋·晁補之·盧炳·）蓋卽就汲古閣毛氏彙刊之宋六十一家詞而選之也。其短長高下周疏不盡同。而皆嶷然有以自見。宋詞之大且深者。乃往往而在。夢華爲擇其尤。則尤善。又有戈順卿名載·字順卿·吳縣人·有翠薇花館詞·之宋七家詞選七卷。七家爲周邦彥、史達祖、姜夔·吳文英·周密·王沂孫·張炎· 其意欲求正軌以合雅音。自謂所選皆句意全美律韻兼精也。而最便初學者。以朱彊邨署名上彊邨民·之宋詞三百首爲至善。誦習既久。趨向自正。蓋求之體格神致。以渾成爲主旨也。況蕙風曰。第言渾成。未遽造極也。能循途守轍於三百首之中。必能取精用閎於三百首之外。益神明變化於詞外求之。則夫體格神致。間尤有無形之訢合。自然之妙造。卽更進於渾成。要亦未爲止境。無止境之學。必有以端其始基。則宋詞三百首。尚已。是編所錄。爲南北宋八十七人之作。曰三百首。比之於唐詩三百首也。八十七人·人各數首·始宋徽宗皇帝·終李淸照·以周邦彥吳文英爲最多·周二十三首·吳二十四首· 此外爲初學之所宜讀者。有黃蓼園桂林人· 之蓼園詞選。蓋取材於草堂詩餘。譚復堂師嘗擬參仿王漁洋十種唐詩例·取花間集·尊前集草堂詩餘花庵絕妙詞中興以來絕妙詞元·儒草堂詩餘各選删正之·用明人選唐詩例合編·注出某選·而逡巡未果· 所選諸詞。有格調。有氣息。中間十之一二。爲大醇之小疵。如柳耆卿黃山谷胡浩然康伯可僧仲殊諸作· 自餘名章俊語。撰錄精審。清疏朗潤。最便初學。學之雖不能至。卽亦絕無流弊。於性情。於襟抱。不無裨益。不失其爲取法乎上也。林蠡槎名蓉鍾·字毓奇·號蠡槎·吳縣人·有蘭葉詞·嘗選南宋四家詞，則以白石玉田爲宗。而旁及於草窗梅溪。史達祖·字邦卿·汴人有梅溪詞·自皋文有緣情造端，興於微言，以相感動之論。而詞之體乃尊。自止庵有非寄託不入，專寄託不出之論。而詞之學乃大。嘉道間頗有講求南唐北宋者。清眞夢窗之緒既昌。白石玉田漸爲已陳之芻狗。譚復堂師乃衍皋文翰風止庵之學。以篋中詞十卷。正六卷、續四卷·蓋皆清詞也。自順康以迄同光之作者。粗已具備。正集上自納蘭容若下至蔣鹿潭·中間爲陳其年朱竹垞厲樊榭郭頻伽張皋文吳枚庵周稚圭·項蓮生諸家·容若竹垞而後·且數變矣·論具卷中·不覼縷也·千金一冶殊呻共吟。以表塡詞正變。無取刻畫二窗。皮傅姜張也。專選清詞者。以是爲最多。最精。固度越國朝詞綜及續編。又絕妙近詞而上之。此外則有孫默之十六家詞。吳偉業·梁清標、宋琬·曹爾堪·王士祿·尤侗、陳世祥·黃永·陸求可·鄒祗謨·彭孫遹·王士禛·董以寧·陳維崧·董俞。清初詞家略具是矣。又王漁洋有倚聲集。顧梁汾有十名家詞。張硯銘名淵懿·字硯銘·青浦人·有月聽軒詩餘·田髯淵名茂遇·字楫公·號髯淵·有綠水詞·清平詞·有詞壇妙品十卷。皆康熙前人之詞。孫月坡有七家詞選。厲樊榭·林蠡槎·

吳枚庵・吳穀人・郭頻伽・汪小竹・周稚圭・去取頗精審。譚復堂師嘗欲廣之爲前七家。則宋轅文名徵輿・字直方一字轅文・華亭人・有海閭香詞・錢葆馚彭羨門名孫遹・字駿孫・號羨門・海鹽人・有延露詞・沈遹聲名豐垣・字遹聲・錢塘人・有蘭思詞・也。益以李舒章名雯・字舒章・華亭人・有蓼齋詞・沈去矜名謙・字去矜・號東江・仁和人・有東江詞・陳其年爲十家。又廣之爲後七家。則張皋文周止庵項蓮生許海秋名宗衡・字海秋・上元人・有玉井山館詩餘・蔣鹿潭蔣劍人也。益以張翰風姚梅伯名燮・字梅伯・號野橋・鎭海人・有疏影樓詞・王少鶴名拯・初名錫振・字定甫・號少鶴・馬平人・有茂陵秋雨詞・爲十家。其專錄嘉慶朝人之詞者。爲張仲遠名成・皋文子・之同聲集。殆以繼宛陵詞選而爲之。若衆香詞者。則徐樹敏錢岳所選閨秀之作也。

第四章　評語

清代之詞。約計之有初葉中葉末葉之三大別。作者評者皆因之而異。彙錄評語藉以覘初葉中葉末葉之風尚也。

李元鼎字梅公。吉水人。明天啓進士。清兵部侍郎。有文江唱和集二卷。

鄧孝威云。文江詞清貞瀏雅。無富縟之累。又得遠山夫人卽朱中楣・亦吉水人・伉儷倡酬調琴鼓瑟亦詞林佳話也」

吳偉業字駿公號梅村太倉人明崇禎進士清國子監祭酒有梅村詞一卷

四庫全書提要云吳偉業詩餘二卷韻協宮商感均頑豔尤足接跡屯田嗣音淮海王士禛詩稱白髮塡詞吳祭酒亦非虛美　尤展成云先生以詩名海內其所譜通天臺及臨春閣秣陵春諸曲尤膾炙人口詞在季孟之間雖不多作要皆不乖風雅之致　王漁洋云婁東祭酒長短句能驅使南北史爲是體中獨創且流麗穩貼不徒直逼幼安

龔鼎孳字孝昇號芝麓合肥人明崇禎進士清刑部尙書諡端毅有三十二芙蓉詞一卷

尤展成云先生詞如花間美人自覺嫵媚當與宋子京紅杏枝頭晏同叔桃花扇底並豔千古　王漁洋云龔尙書驀山溪詞重來門巷盡日飛紅雨不知其何以佳但覺神馳心醉

曹溶字秋嶽。一字潔躬。號倦圃。嘉興人。明崇禎間進士。清戶部侍郎。有靜惕堂詞一卷。

朱竹垞云。余壯日從先生南游嶺表。西北至雲中。酒闌燈灺。往往以小令慢詞。更迭唱和。有井水處。輒爲銀箏檀板所歌。念倚聲雖小道。當其爲之。必崇爾雅。斥淫哇。極其能事。則亦足以宣昭六義。鼓吹元音。往者明三百禩。詞學失傳。先生搜輯遺集。余曾表而出之。數十年來。浙西塡詞者。家白石而戶玉田。春容大雅。風氣之變。實由於此。

梁清標字玉立。眞定人。明崇禎進士。清保和殿大學士。有棠村詞二卷。

陸藎思云。棠村極穠豔而無綺羅薌澤之態。所謂生香眞色人難學也。

宋琬字玉叔。號荔裳。萊陽人。四川按察使。有二鄉亭詞一卷。

董蒼水云。玉叔慢詞。多商羽之音。如秋颸拂林。哀泉動壑。小令如新箏乍調。雛鶯初囀。尖佻新豔。

何釆。字滌源。上元人。侍讀。有南澗詞一卷。

湯潛庵云。省齋小詞蒼涼高逸。能與稼軒放翁馳騁上下。

王士祿。字子底。號西樵。新城人。吏部考功司員外郎。有炊聞詞二卷。

四庫全書提要云。王士祿炊聞詞一百七十三首。其中如漁歌子之逐鷺徵鳧下遠洲。生查子之階憐好月凝。點絳脣之雨嬲空庭。卜算子之暗燭影疑冰。皆未免失之雕琢。爲過於求奇之病。非詞家本色也。

曹爾堪。字子顧。嘉善人。侍讀學士。有南溪詞一卷。

尤展成云。近日詞家愛寫閨襜。易流狎昵。蹈揚湖海。動涉叫囂。二者交病。顧庵工於寓意。發爲雅音。品格當在周秦姜史之間。

王士禛。字貽上。號阮亭。別號漁洋山人。謚文簡。新城人。刑部尚書。有衍波詞一卷。

彭羨門云。衍波詞體備唐宋。美非一族。江上之風高雁斷。蜀岡之亂柳啼鴉。贈雁之水碧沙明。參橫月落。遠向瀟湘去。直合東坡稼軒白石梅溪爲一手。鄒程村云。衍波詞小令極哀豔之深情。窮倩盼之逸趣。其醉花陰浣溪沙諸闋。不減南唐二主也。

張錫懌。字宏軒。上海人。泰安州知州。有嘯谷餘聲一卷。

孫愷似云。嘯谷詞源出東坡。而溫雅綿麗。含蓄不露。則斟酌於小山淮海之間。

丁澎。字飛濤。仁和人。禮部郎中。有扶荔詞二卷詞變一卷。

宗定九云。扶荔詞如瑣窗寒咏東風入柳。非烟弄花無影。柳初新咏柳及早和他同倚怕消魂夕陽飛絮。淒楚迴環。情味無盡。以視花間草堂諸詞。不啻奴盧橘而婢黃柑。與蒲萄而隸荅遝。

孫暘。字赤霞。號蕉庵。常熟人。順治舉人。有折柳詞一卷。

朱竹垞云。蕉庵詞心情濟雅。寄託遙深。能盡洗草堂陋習。　顧梁汾云。折柳諸作極清婉妍秀之致。較浣紅居詞體格又一變矣。

李天馥。字湘北。謚文定。永城人。武英殿大學士。有容齋詞一卷。

曹秋嶽云。楊用修評陸務觀詞。纖豔如淮海。沈雄似東坡。余謂容齋能兼擅所長。

毛際可。字會侯。遂安人。知縣。有浣雪齋詞一卷。

沈昭子云。會侯博洽研貫。其所爲詞。俱審音協律。不愧大晟樂府之遺。

曹貞吉。字升六。號實庵。安邱人。禮部員外郎。有珂雪詞二卷。

朱竹垞云。詞至南宋始工。斯言出。未有不大怪者。惟實庵舍人意與余合。今就咏物諸詞觀之。心摹手追。乃在中仙叔夏公謹。兼出入天游仁近之間。北宋自方回美成外。慢詞有此幽細綿麗否。　王漁洋云。實庵不爲閨襜靡曼之音。而氣韻自勝。其淡處絕似宋人。

董俞。字蒼水。華亭人。順治舉人。有盟鷗草閣詞三卷。

彭羨門云。蒼水情詞兼勝。小令尤工。

董元愷。字舜民。長洲人。順治舉人。有蒼梧詞一卷。

尤展成云。舜民以名孝廉忽遭詿誤。侘傺不自得。故激昂哀感。悉寓於詞。

余懷。字澹心。一字無懷。號曼翁。又號曼持老人。莆田人。有秋雪詞一卷。

吳梅村云。澹心詞大要本於放翁。而藻豔輕俊。又得之梅溪竹山。

呂師濂。字黍字。山陰人。有守齋詞一卷。

王漁洋云。黍字詞峭雅而旨豔。

陸埜。字我謀。平湖人。有曠菴詞一卷。

彭羨門云。曠庵年來濩落不偶。所作長短調及和漱玉詞。若有所寄託而云然者。其詞妍雅綿麗。頗與北宋名家風格相似。

華袞。字龍眉。江都人。

王漁洋云。龍眉廣陵詩人。其詞清婉。彷彿竹屋蘆川。

王晫。初名棐。字丹麓。仁和人。諸生。有峽流詞一卷。

施愚山云。詞貴清空。不尙質實。丹麓詞在清空質實之間。

吳綺。字薗次。江都人。湖州府知府。有藝香詞一卷。

四庫全書提要云。吳綺詩餘最擅名。有紅豆詞人之號。以所作有把酒祝東風種出雙紅豆句也。跌宕風流。亦可謂一時才士矣。朱竹垞云。薗次之詞選調寓聲。各有旨趣。其和平雅麗處。似陳西麓。

丁煒。字瞻汝。德化人。湖北按察使。有紫雲詞一卷。

朱竹垞云。紫雲詞流播南北。蓋兼宋元人之長。

佟世南。字梅岑。滿洲人。有東白堂詞一卷。

曹秋嶽云。東白詞纏綿婉約。當與柳屯田秦淮海爭長。

顧貞觀。字華峯。號梁汾。無錫人。國史院典籍。有彈指詞三卷。

杜紫綸云。彈指詞極情之至。出入南北兩宋。而奄有衆長。況蕙風云。容若與梁汾交誼甚深。詞亦齊名。而梁汾稍不逮容若。論者曰失之肥。

錢芳標。字葆馚。華亭人。內閣中書。有湘瑟詞四卷。

彭羨門云。葆馚居清切之地。雍容都雅。名滿海內。乃詞名湘瑟。若以仲文自況。夫曲終江上句非不工。然寥寥十韻。何至乞靈神助。以覘是編之驚才絕豔。大歷才人。殆不免有愧色矣。

納蘭性德。納蘭氏。原名成德。字容若。滿洲人。康熙文進士。侍衞。有飲水詞三卷。

顧梁汾云。容若詞一種淒惋處。令人不能卒讀。人言愁。我始欲愁。　陳其年云。飲水詞哀感頑豔。得南唐二主之遺。　周稚圭云。或言納蘭容若南唐李重光後身也。予謂重光天籟也。恐非人力所及。容若長調多不協律。小令則格高韻遠。極纏綿婉約之致。能使殘唐墜緒。絕而復續。第其品格。殆叔原方回之亞乎。況蕙風云。容若爲國初第一詞人。其詞純任性靈。纖塵不染。甘受和。白受采。進於沈著渾至不難矣。

楊大鶴。字九皋。武進人。官諭德。

王漁洋云。九皋年未及終童。而才情綺逸。偶作小詞。亦不減晏小山落花人獨立微雨燕雙飛之句也。

彭孫遹。字駿孫。號羡門。海鹽人。吏部侍郎。有延露詞三卷。

嚴秋水云。羡門驚才絕豔。長調數十闋。固堪獨步江左。至其小詞。啼香怨粉。怯月淒花。不減南唐風格。 吳子律云。彭十於字之多寡平仄。任意出入。沿明人故習。不若朱十之嚴。

王頊齡。字顓士。華亭人。武英殿大學士。諡文恭。有螺舟綺語一卷。

丁藥園云。螺舟詞。能於無景中著景。此意近人所未解。

陸棻。字義山。平湖人。內閣學士。

蔣京少云。義山詞體致修潔。體物諸作。尤極工細。

尤侗。字展成。號西堂。長洲人。翰林院檢討。有百末詞二卷。

曹顧庵云。悔庵詞流麗圓轉。如細管臨風。新鶯啼樹。至其感慨詼諧。流傳酒樓郵壁。又天然工妙。直兼蘇辛秦柳諸長。

毛奇齡。初名甡。字大可。蕭山人。翰林院檢討。有毛翰林集塡詞六卷。

姜汝長云。河右詞其旨精深。其體温麗。戸網黏蟲。枕聲停釧。吹簫苦脣朱之落。夢歡愁臂紅之銷。腰慵結帶。時作縈迴。鏡裹看花。暗相轉折。此眞靡曼之瑋辭。夫豈纖庸之佚調。

徐釚。字電發。吳江人。翰林院檢討。有菊莊詞楓江漁父詞各一卷。

宋牧仲云。菊莊憶秦娥菩薩蠻諸闋。猶有南唐遺韻。　梁雲麓云。菊莊高處。在穠豔中時見本色。

朱彝尊。字錫鬯。號竹垞。自號小長蘆釣師。秀水人。翰林院檢討。有江湖載酒集三卷。靜志居琴趣一卷茶烟閣體物集二卷。蕃錦集一卷。

李分虎云。竹垞詞雖多豔語。然皆一歸雅正。不若屯田樂章。徒以香澤爲工者。詞而豔。能如竹垞。斯可矣。　沈融谷云。竹垞詞句琢字鍊。歸於醇雅。雖起白石梅溪諸家爲之。無以過也。　杜紫綸云。竹垞詞神明乎姜史。刻削雋永。本朝作者雖多。莫有過焉者。 吳子律云。竹垞自云倚新聲玉田差近。其實玉田詞疏。竹垞詞謹嚴。玉田詞淡。竹垞詞精緻。殊不相類。竊謂小長蘆撮有南宋人之勝。而其圓轉瀏亮。應得力於樂笑翁耳。又云。竹垞詞有名士氣。淵雅深穩。字句密緻。

陳維崧。字其年。宜興人。翰林院檢討。有迦陵詞三十卷。

曹秋嶽云。其年與錫鬯並負軼世才。同舉博學鴻詞。其爲詞亦工力悉敵。烏絲載酒。一時未易軒輊也。

嚴繩孫。字蓀友。無錫人。翰林院檢討。有秋水詞一卷。

張漁川云。國初詞家。小長蘆而外。斷推秋水。小詞精妙。一時作者未易幾也。樊榭論詞絕句曰。閒情何礙寫雲藍。淡處翻濃我未諳。獨有藕漁工小令。不教賀老占江南。 況蕙風云。秋水詞風格在梁汾容若之間。

孫枝蔚。字豹人。三原人。康熙十八年舉博學鴻詞。有溉堂詞一卷。

尤展成云。豹人詞以飛揚跋扈之氣。寫嶔崎歷落之思，其品格當在稼軒東坡之間。

李良年字符曾。秀水人。康熙十八年舉博學鴻詞。有秋錦山房詞二卷。

曹升六云。秋錦論詞。必盡埽蹊徑。嘗謂南宋詞人。夢窗之密。玉田之疏。必兼之乃工。今讀是集。洵非虛語。

李符字分虎。一字耕客。嘉興人。有耒邊詞一卷。

朱竹垞云。分虎游屐所向，南朔萬里，詞帙繁富。殆善學北宋者。頃復示余近稿。益精研南宋諸名家詞。乃變而愈上矣。　高二鮑云。耒邊詞能盡埽臼科。獨露本色。在宋人中絕似竹山。

汪森字晉賢。桐鄉人。戶部郎中。有小方壺存稿詞二卷。

朱竹垞云。晉賢居桐鄉。築裘杼樓。積書萬卷。宋元人詞集最多。取而研究之。故其詞能標舉新異。一洗花間草堂陋習。

徐喈鳳。字竹逸。荆溪人。雲南同知。有蔭綠軒詞一卷。續集一卷。

徐野君云。竹逸詩餘、蕭寥工雅。兼備風騷。如聆清琴。不覺意消心遠、

魏允札。字州来。嘉善人。諸生。有東齋詞略四卷。

柯南陔云。東齋始學稼軒。縱橫排奡。不可捉搦。既而焚香靜寄。灑然有得。鏟除豪氣。一歸清雅

孫鋐。字思九。華亭人。諸生。有繪影詞鏤冰詞各一卷。

盧文子云。思九詞其精麗圓妥處。不減梅溪片玉。

趙維烈。字承哉。上海人。有蘭舫詞一卷。

丁藥園云。承齋詞鍊格流露處妙極自然。

沈豐垣。字遹聲。錢塘人。有蘭思詞四卷。

吳吳山云。蘭思詞如獨憐春草不成花。看盡晚雲都做水。怪底窺人鶯不語。綠楊枝上微微雨。妙語天然。直臻神境。 譚復堂師云。沈遹聲倚聲柔麗。探源淮

海方回。所謂層臺緩步。高謝風塵。有竟體芳蘭之妙。

沈皞日字融谷。平湖人。有柘西精舍集一卷。

龔蘅圃云。融谷詞況之古人。殆類王中仙。張叔夏。雖其博綜樂府。兼括衆長。固不盡出於二家。然體各有所近。不位置融谷於二家之間。固不可也。

吳儀一字瑹符。一字舒鳧。錢塘人。監生。有吳山草堂詞十七卷。

厲樊榭云。吳山髫年游太學。名滿都下。尤工於詞。王新城晚年有寄懷西泠三子詩曰。稗村樂府紫山詩。更有吳山絕妙詞。此是西泠三子者。老夫無日不相思。其爲前輩推重如此。

陳謀道字心微。嘉善人。諸生。有百尺樓稿詞附。

嘉善縣志云。心微工小令。得南宋風致。王尚書士禛選入倚聲集。稱其數枝紅杏斜陽句。勝於宋子京。人稱爲紅杏秀才。

沈岸登字覃九。一字南漘。平湖人。有黑蝶齋詞一卷。

朱竹垞云。詞莫善於姜夔。梅溪玉田碧山諸家皆具夔之一體。自後得其門者寡矣。吾友覃九詞可謂學姜氏而得其神明者。

曹亮武字渭公。宜興人。有南畊詞六卷。荆溪歲寒詞一卷。

四庫全書提要云。亮武以倚聲擅名。與陳維崧爲中表兄弟。當時名幾相埒。其纏綿婉約之處。亦不減於維崧。而才氣稍遜。故縱橫跌宕究不能與之匹敵也。

徐允哲字西厓。上海人。有響泉詞一卷。

周鷹垂云。西厓爲春藻赤幟。響泉詞尤極温藻芊綿之致。

蔣景祁字京少。宜興人。同知。有梧月詞二卷。

朱竹垞云。梧月詞穠而不靡。直而不俚。婉曲而不晦。庶幾可嗣古人之遺響。

龔翔麟字天石。號蘅圃。仁和人。御史。有紅藕莊詞三卷。

李分虎云。竹垞客通潞時。蘅圃與共朝夕。故爲倚聲最早。無纖毫俗尚入其筆端。

孫致絢。字愷似。號松坪。嘉定人。侍讀學士。有別花餘事一卷。梅沜詞四卷。衲琴詞一卷。

樓敬思云。松坪先生別花餘事。絕似東山東堂小山淮海。梅沜詞。則旁及於青兕。而變化於樂笑。其清空騷雅。駸駸乎入宋人之室矣。

焦袁熹。字廣期。金山人。康熙舉人。有此木軒直寄詞二卷。

李健林云。直寄詞高麗精巧。音節間超然入勝。昔人稱梅溪融情景於一家。會句意於兩得。作者亦然。

魏坤。字禹平。嘉善人。康熙舉人。有水村琴趣四卷。

朱竹垞云。魏孝廉水村琴趣。力追南渡作者。

徐瑤。字天璧。荊溪人。有離墨詞二卷。

狄立人云。天璧才擅衆長。詞不一格。或瑰瑋如夢窗。或清勁如白石。或綺麗婉約。如美成少游。

許田。字莘野。錢塘人。高縣知縣。有屏山春夢詞二卷。水痕詞一卷。

劉廷璣云。詞家三昧。全以不著迹象爲佳。余最愛莘野解語花結句。漾花梢一朶行雲。化水痕難覓。其妙處在離即之間。

戴錡。字坤斧。嘉興人。監生。有魚計莊詞一卷。

朱竹垞云。坤釜詞務去陳言。謝朝華而啓夕秀。蓋兼南北宋之長者。

杜詔。字紫綸。號雲川。無錫人。翰林院庶吉士。有浣花詞一卷。鳳髓詞三卷。蓉湖漁笛譜一卷。

顧梁汾云。浣花風流蘊藉。詞如其人。麗而則。清而峭。晏周之流亞也。　宋牧仲云。紫綸詞脫去凡豔。品格在草窗玉田之間。

程夢星。字午橋。江都人。翰林院編修。有茗柯詞一卷。

四庫全書提要云。今有堂集詩略近劍南一派。而間出入於玉溪生。詞亦具南宋之體。但其格力差減耳。　江冷紅云。青溪瓣香姜史。故其詞極纏綿婉約之致。

查爲仁。字心穀。號蓮坡。宛平人。康熙舉人。有押簾詞一卷。

吳寶厓云。蓮坡才思超俊。履險能夷。時時招余坐花影庵。風簾雪檻。刻燭賦詩外。尤好倚聲。抽妍騁祕宮協律諧能盡洗草堂花間之餘習而出之以雅正。押簾一卷。尤當把臂玉田。拍肩白石。

徐逢吉字紫山。自號青蓑老漁。錢塘人。諸生。有柳洲清響搖鞭集微笑集各一卷。

厲樊榭云。徐丈紫山黃雪山房。在學士港口。湖山幽勝處也。其詞清微婉妙絕似宋人。

厲鶚。字太鴻。錢塘人。康熙舉人。乾隆元年舉博學鴻詞。有樊榭山房詞二卷。續集一卷。

徐紫珊云。樊榭詞生香異色。無半點烟火氣。如入空山。如聞流泉。眞沐浴於白石梅溪而得之者。　陳玉几云。樊榭詞淸眞雅正。超然神解。如金石之有聲而玉之聲清越。如草木之有花。而蘭之味芬芳。 趙意田云。琴雅一編。節奏精微。輒多絃外之響。是謂以無累之神。合有道之器者。 譚復堂師云。太鴻思力可到清眞。苦爲玉田所累。又云。塡詞至太鴻。眞可分中仙夢窗之席。世人爭賞其餖飣窳弱之作。所謂微之識碔砆也。

柯庭。字南陔。嘉善人。宜都縣知縣。有月中簫譜二卷。

吳日千云。南陔詞有唐人之豔冶。而充拓其門垣。有南宋之縝密。而翦裁其繁賾。

徐漢倬。字鳴皋。無錫人。

杜紫綸曰。鳴皋詞筆秀絕。

吳雯炯。字鏡秋。豐城人。有香草詞一卷。

厲樊榭云。笙山生世寡諧。含情有託。香草詞卷。小令尤工。莫道風敲竹。是儂來。非手提金縷之冶思乎。孤月也應無可遺。各分愁一段。非踏楊花之鬼語乎。南唐北宋。殆兼其勝。　陳玉几云。笙山香草一編。薰心染臆於姜張吳史之間。故穠而不迷。豔而能清。

陸培。字翼風。號南薌。平湖人。東流縣知縣。有白蕉詞四卷。

厲樊榭云。南薌詞清麗閒婉。使人意消。續稿二卷。乃燕山後游及客梁園之作。年長多愁。聲情變而愈上矣。　張今培云。白蕉詞宮鳴徵和。纖妙嬛奇。直兼宋元諸家所長。

張奕樞。字今培。平湖人。諸生。有紅螺詞一卷。

厲樊榭云。檇李爲詞人之藪。自竹垞導其源。而沈李諸家。一時稱盛。二十年來。久無繼聲者。張君今培起而振之。其詞綺麗芊綿。淡沲平遠。端可分鑣秋錦。接武南淳。

查學。字七倫。號硯北。海甯人。監生。有半緣詞一卷。

厲樊榭云。東海查君七倫半緣詞。以澹雅爲宗。可謂善學南渡者。

王時翔。字抱翼。號小山。太倉人。成都府知府。有香濤集紺寒集青綃樂府初禪綺語旗亭夢囈各一卷。

小山自跋云。詞至南宋始稱極盛。誠屬創見。然篤而論之。細麗密切。無如南宋而格高韻遠。以少勝多。北宋諸公往往高拔南宋之上。余年十五。愛歐文忠晏小山秦淮海之作。摹其豔製得二百餘首。年來與里中毛博士鶴汀顧孝廉玉停舉詞社。二君皆仿南宋。余亦强效之。弗能工也。

毛健。字今培。太倉人。貢生。有臥茨樂府一卷。

王小山云。鶴汀杜門家居。購唐宋以來諸名家樂府。徧覽而精收之。薈萃醞釀。久而後發。故所著彌工。挹其神致。大都在蘋洲花外玉田之間。

吳鎮。字信辰。狄道人。沅州府知府。有松崖詩錄附詞一卷。

楊蓉裳云。葉肥而孤花明。雲淨而峭峯出。 況蕙風云。鏗麗沈至。是能融五代入南宋者。

王嵩、字穎山。太倉人。諸生。有別花人語一卷。

王小山云。南宋詞人號極盛。然以夢窗之奇麗而不免於晦。以周草窗之瀏逸而或近於平。穎山詞能兼二窗之美。而無其病。

王策。字漢舒。太倉人。諸生。有香雪詞鈔二卷。

王小山云。香雪詞逸塵而奔。幾欲駕兩宋諸名家而出其上。

徐庾。字冏懷。太倉人。諸生。有曇華詞二卷。

王小山云。冏懷年少俊才。不隨時尚。尤愛塡詞。曇華一集。半皆風情之作。徵詞婉約。託興遙深。

吳焯。字尺鳧。號繡谷。錢塘人。有玲瓏簾詞一卷。

厲樊榭云。繡谷作詞。在中年以後。寓託既深。攬擷亦富。紆徐幽邃。惝怳綿麗。使人有淸眞再生之想。其招譜尋聲。兢兢於去上二字之分。尤不失刌度。

金璧鑾。字羽階。錢塘人。貢生。有存齋遺稿一卷。詞附。

杭董浦云。存齋爲厲樊榭先生高弟。其詞幽秀澹逸。頗似秋林琴雅之遺。

馬曰琯字秋玉。祁門人。乾隆元年舉博學鴻詞。有嶰谷詞一卷。

陳授衣云。嶰谷性好交游。四方名士過邗上者。必造廬相訪。近結邗江吟社。以倚聲與賓朋酬倡。與昔時圭塘玉山相埒。其詞清新刻削。能自成一家。

陳榮杰字無波。一字慕陵。祁陽籍。會稽人。諸生。乾隆元年舉博學鴻詞。有香夢詞二卷。

柯南陔云。無波詞能埽除靡曼之音。特標清新之意。　黃唐堂云。無波詞風流自賞。不輕出以示世。獨以余爲知音。其一種清虛婉約之致。全以情勝。

陸天錫字畏蒼。平湖人。乾隆舉人。有古香閣詩稿二卷。詞附。

張明信云。其詞體具葩騷旨趨。麗則旖旎。豪宕處無不與古作者意旨脗合。

江炳炎字研南。錢塘人。有琢香詞一卷。

陳玉几云。琢香詞豔豔如月。亭亭若雲。蕭然遇之。清風入林。程物賦形而無遺聲焉。至於審音之妙。鑰合尺圍。靡間絲髮。昔人所稱神解者非耶。

江昱。字賓谷。號松泉。儀徵人。諸生。有梅鶴詞四卷。

刁去瑕云。賓谷雅好南宋人詞。尤愛其中一二家最平淡者。平日論詞及所自爲。並能追其所見。　趙飮谷云。賓谷梅邊琴泛一卷。追情石帚。繼響玉田。昔南史稱柳公雙鎖爲琴品第一。若梅邊琴泛者。其亦第一詞品乎。

張四科。字喆士。號漁川。臨潼人。監生。有響山詞四卷。

厲樊榭云。漁川詞刪削靡曼。歸於騷雅。其研詞鍊意。以樂笑翁爲法。讀響山一編。覺白雲未遠也。

江昉。字旭東。號橙里。又號研農。歙縣人。有練溪漁唱三卷。集山中白雲詞一卷。

淮海英靈集云。橙里意境清遠。慕姜白石張叔夏之風。其詞清空蘊藉。無繁麗呢褻之情。除激昂跳號之習。可謂卓然名家。　沈沃田云。橙里少嗜倚聲。饒有清致。劌鉥肝腎。磨濯心志。蓋幾幾乎追南渡之作者而與之並。雖自汰甚嚴。所存不啻半珠一粟。而其苦心孤詣。善學古人。審音者固望而可知也。

朱雲翔。字遂佺。元和人。諸生。有蝶夢詞一卷。

許名崙云。蝶夢詞融情鍊景。刻羽引商。溯權輿於李唐。備體裁於趙宋。擬之竹垞。可與代興。

陸烜。字蝶厂。平湖人。有夢影詞一卷。

陳太暉云。夢影詞以白石之清勁。兼玉田之深婉。生香眞色。在離卽之間。

朱芳靄。字吉人。號春橋。桐鄉人。監生。有小長蘆漁唱四卷。

高樸客云。桐鄉朱子春橋。竹垞太史族孫。碧巢農部之外孫也。其詞句琢字鍊。調合律諧。具有小長蘆家法。

王昶。字德甫。號蘭泉。晚號述庵。青浦人。乾隆進士。刑部侍郎。有紅葉江村詞。

黃韻甫云。先生論詞。深得南宋宗旨。

董潮。字曉滄。號東亭。海鹽人。翰林院庶吉士。有漱花集詩餘一卷。

黃韻甫云。曉滄詞。如冷蝶秋花。自饒淒豔。
吳錫麒。字聖徵。號穀人。錢塘人。國子監祭酒。有有正味齋詞。
譚復堂師云。祭酒名德清才。矜式後起。詩規漁洋。詞學樊榭。可云正宗。而骨脆
才弱。成就甚小。
張誠。字熙河。晚號嬰上散人。平湖人。乾隆舉人。候選知縣。有鶴厂詞一卷。
黃韻甫云。高邁蒼豔。能擷蘇辛之精。
汪棣。字韡懷。號對琴。江都人。貢生。刑部員外郎。有春華閣詞二卷。
黃唐堂云。對琴詞如入武夷啖荔枝。鮮美獨絕。又如饌設江瑤柱。與羣殽錯迴
別。陳玉几云。對琴以餘事為長短句。清音亮節。具體樂笑翁。而生峭之致。與
折之趣。別自煎洗於夢窗白石。
吳泰來。字企晉。號竹嶼。長洲人。內閣中書。有曇香閣琴趣二卷。
蔣西餘云。企晉水月方清。雲嵐比潤。偶作詩餘。亦是蘇門長嘯。

趙文哲。字損之。號璞函。上海人。戶部主事。卹贈光祿寺少卿。有媕雅堂詞四卷。

吳竹嶼云。璞函詞瓣香於碧山蛻巖。故輕圓俊美。調協律諧。以近代詞家論之。

允堪接武竹垞。分鑣樊榭。

朱澤生。字時霖。號芝田。休寧人。有鷗邊漁唱一卷。

吳竹嶼云。芝田天才幽雋。於詞不學而能。其西湖送春感舊及梨花翦秋羅諸

闋。品格在碧山玉田之間。

朱莅恭。字叔曾。號桂泉。休寧人。諸生。

曹來殷云。桂泉詞幽倩。

張熙純。字策時。號少華。上海人。內閣中書。有曇華閣詞一卷。

朱吉人云。少華襟情爽颯。而塡詞又極纏綿。故以韻勝也。

林蕃鍾。字毓奇。號蠡槎。華亭人。敎諭。有蘭葉詞一卷。

沈桐威云。蠡槎有精選南宋四家詞。以石帚玉田爲宗。而旁及於草窗梅溪。故

鍊句研詞。自能超越凡近。

沈起鳳。字桐威。號蕢漁。吳縣人。祁門縣訓導。有吹雪詞一卷。

褚筠心云。桐威以度曲知名吳中。麴部求得新聲。奉爲珙璧。而詞亦清新不墮王實甫關漢卿蹊徑。

魏之琇。字玉橫。錢塘人。有柳州樂府一卷。

江玉屏云。柳州詞筆平正。不失爲雅音。宋人中絕似陳西麓。

過春山。字葆中。吳縣人。諸生。有湘雲遺稿二卷。

吳竹嶼云。湘雲徜徉山水。嘯咏風月。所作詩詞。如雪藕冰桃。沁人醉夢。

沈蓮生。字清燮。號遠亭。平湖人。阜陽縣知縣。有香草溪詞。

屈韜園云。遠亭詞屏絕穠纖。獨抒清雋、　黃韻甫云。遠亭詞旨幽微。宜於秋燈疏雨時誦之。

姜安。字淳甫。號怡亭。錢塘人。訓導。有冬碧樓樂府。

郭頻伽云。淳甫與白樓米樓同以詞名浙中。爲蘭泉先生所賞。淳甫詞委折自道。不作囁嚅耳語。

孫鼎煊。字耀乾。休寧人。有耔香堂詞。

譚復堂師云。耔香堂詞雅健。有夢窗草窗遺意。

江聲。字鯨濤。吳縣人。嘉慶元年舉孝廉方正。有艮庭詞一卷。

惠松崖云。鯨濤少與過葆中吳企晉以詞唱和。逮專心經術。輟不復爲。而所存秀句名篇。並堪諷詠。

曹言純。字絲贊。號種水。嘉興人。貢生。有種水詞四卷。

黃韻甫云。種水詞慢調樸老堅潔。自饒嫵媚。非時下輕攏漫撚者所能學步。小令觸緒生情。瑣瑣如道家常。深得古樂府神理。禾中朱李以來。斷推作手。

袁棠。字甘林。號湘湄。吳江人。嘉慶元年舉孝廉方正。有洮瓊館詞一卷。

譚復堂師云。洮瓊館詞秀潤。如秋露中牽牛花。

錢枚。字枚叔。號謝盦。仁和人。吏部主事。有微波亭詞。

郭頻伽云。微波詞步武南唐。神韻超絕。譚復堂師云。微波亭詞一往情深。似謝朓柳惲詩篇。又云。微波亭詞芳蘭竟體。秀絕人寰。有人爲傷心。纔學佛語。尤警絕。

樂鈞。字元淑。號蓮裳。臨川人。嘉慶舉人。有斷水詞三卷。

黃韻甫云。孝廉喜爲奇麗之文。兼工韻語。詞境朗秀幽峭。別具會心。

李若虛。字實夫。錢塘人。銅仁府正大營巡檢。有海棠巢詞稿。

吳仲雲云。海棠巢詞膩柳豪蘇。兼有其勝。

馬公儀。字仲威。號棣園。上元人。

郭頻伽云。棣園得兩宋風格。清和諧婉。不愧雅詞。

孔昭虔。字元敬。號荃溪。曲阜人。貴州布政使。有綺聲琴雅詞。

黃韻甫云。方伯詞幽秀婉約。塵障一空。每誦一過。如在綠陰芳草間也。

劉嗣綰。字醇甫。號芙初。陽湖人。翰林院編修。有箏船詞。

黃韻甫云。太史以相門子績學能文。詞亦幽雋絕塵。不涉凡豔。

周濟。字保緒。一字介存。號未齋。晚號止庵。荆溪人。淮安府教授。有味雋齋詞。

譚復堂師云。止庵詞精密純正。與茗柯把臂入林。

周青。字木君。荆溪人。有柳下詞。

周止庵云。柳下詞多酸澀之味。思力沈摯。求之古人。往往而合。

孫家穀。字曙舟。一字幼蓮。甯波人。襄陵縣知縣。有種玉詞一卷。

姚野橋云。先生詞情婉意約。的宗秦柳。其穠麗俊雅處。又與夢窗西麓爲近。

周之琦。字稚圭。祥符人。廣西巡撫。有金梁夢月詞。

黃韻甫云。夢月詞渾融深厚。語語藏鋒。北宋瓣香。於斯未墜。

汪潮生。字汝信。號飲泉。江都人。諸生。有冬巢詞。

譚復堂師云。冬巢詞粹美無疵。深入宋賢之室。

孫若霖。字伯雨。江寧人。有雙紅豆閣詞。

黃韻甫云。雙紅豆閣主人喜作南唐小令。疏香細艷。結想綿緲。自是雅音。

張應昌。字仲甫。錢塘人。內閣中書。有烟波漁唱。

黃韻甫云。舍人詞清迥絕塵。使人自遠。

龔自珍。更名鞏祚。尋復名自珍。字璱人。號定盦。學佛名曰鄔波索迦。仁和人。禮部主事。有紅禪詞。無著詞。懷人館詞。影事詞。小奢摩詞。

譚復堂師云。定公能爲飛仙劍客之語。塡詞家長爪梵志也。昔人評山谷詩。如食蝤蛑。恐發風動氣。予於定公詞亦云。又云。綿麗沈揚。意欲合蘇辛而一之。奇作也。

夏寶晉。字玉延。有笛椽詞。

譚復堂師云。玉延爲郭頻伽之甥。所謂山抹微雲女壻也。高秀之致。欲度冰清。

潘德輿。字彥輔。一字四農。山陽人。安徽知縣。有養一齋詞。

譚復堂師云。養一齋詞清疏老成。而少生氣。

改琦。字七薌。華亭人。有玉壺山房詞選二卷。

曹種水云。七薌詞清空處如冰壺映雪。飛動處如野鶴依雲。讀之神爽。

胡金題。字品佳。又字瘦山。平湖人。諸生。有金屑詞酒邊詞各一卷。

徐雪廬云。金屑詞出入唐宋。爲懷寧余伯扶所傾倒。

馬洵。字伯泉。號小欒。海寧人。有五千卷室詩集。附瓶隱詞。

黃韻甫云。伯泉詞清微。有繪影繪聲之妙。

張爾旦。字信甫。常熟人。有種玉堂詞稿。

黃韻甫云。種玉詞纏綿淒遠。言外恨長。弱柳啼烟。疏花顰雨。讀之低徊欲絕。

王嘉福。字穀之。號二波。長洲人。儀徵守備。有二波軒詞選二卷。

黃韻甫云。二波詞如落花戀樹。飛燕依人。語不求深。使閱者自醉。情勝故也。

張石樵云。二波詞哀感頑豔。悅魄盪心。

張維屏。字子樹。號南山。番禺人。同知。有聽松廬詞鈔二卷。

黃韻甫云。先生詞秀雋不凡。

仲湘。字壬甫。號子湘。吳江人。諸生。有宜雅堂詞。

黃韻甫云。子湘詞婉轉幽媚。堂名宜雅。信乎其不愧也。

吳贊。原名廷鈖。字惠欽。一字彥懷。常熟人。刑部員外郎。有塔影樓詞。

張默成云。彥懷詞託興遙深。用筆曲折。選言明淨。得詞家三昧。

朱紫貴。字立齋。長興人。杭州府訓導。有楓江漁唱。

黃韻甫云。廣文詞如秋水春雲。清微淡遠。是學玉田而得其神髓者。近人徒事修潔。無言外意。輒思附庸玉田。去之遠甚。

朱有源。字月槎。海鹽人。道光舉人。

黃韻甫云。月槎詞神韻幽迴。

陳行。字小魯。仁和人。有一窗秋影庵詞。

梁晉竹云。小魯詞出入蘇辛。小令酷肖板橋。

嚴元照字修能。一字九能。號悔庵。又號蕙櫋。歸安人。貢生。有柯家山館詞三卷。

譚復堂師云。婉約可歌。

朱綬字仲環。號酉生。元和人。道光舉人。有知止堂詞錄三卷。

黃韻甫云。酉生詞有白石之蒼。夢窗之麗。氣格清渾。不事字句雕飾。當於全體中求之也。

曹楙堅字樹蕃。號艮甫。吳縣人。湖北按察使。有曇雲閣詞鈔。

陶鳧香云。艮甫詞在草窗竹屋之間。至清虛超雋處。尤與玉田爲近。 黃韻甫云。曇雲閣詞蒼豔處雅近白石。集中諸調。琵琶仙尤擅勝場。當以曹琵琶呼之。

項鴻祚原名繼章。字蓮生。錢塘人。道光舉人。有憶雲詞甲乙丙丁稾。

黃韻甫云。憶雲詞古豔哀怨。如不勝情。猿啼斷腸。鵑淚成血。不知其所以然也。

譚復堂師云。蓮生古之傷心人也。盪氣回腸。一波三折。有白石之幽澀而去其俗。有玉田之秀折而無其率。有夢窗之深細而化其滯。殆欲前無古人。其乙稾自序云。近日江南諸子。競尚塡詞。辨韻辨律。翕然同聲。幾使姜張頫首。及觀其著述。往往不逮。所言云云。婉而可思。又丁稾自序云。不爲無益之事。何以遣有涯之生。亦可以哀其志矣。以成容若之貴。項蓮生之富。而塡詞皆幽豔哀斷。異曲同工。所謂別有懷抱者也。又云。杭州塡詞。爲姜張所縛。百年來屈指。惟蓮生有眞氣耳。

黃曾。字菊人。錢塘人。直隸知縣。有瓶隱山房詞。

黃韻甫云。菊人詞新警詭麗。獨絕一時。其守律之嚴。尤一字不苟。非惟才大。亦復心細。蓋詞中之精品也。　譚復堂師云。大令審律甚嚴。胸襟凡近。詞多死句。

沈傳桂。字隱之。號閏生。長洲人。道光擧人。有鶯天笛夜吟碧瀟蘿月譜絮禪居蘭語

潘功甫云。閏生詞如踏葉孤嶺。落花空潭。口香莓苔。食冷烟火。其張王孫之匹歟。抑白石之亞也。

汪燾字子黃秀水人教諭

黃韻甫云子黃詞筆悽警

諸嘉杲字麟士號子量仁和人江蘇州判有棗花簾詞

黃韻甫云子量向不作詞自與予交始致力焉其一種雋妙之趣迴非塵想此事洵有天授

許謹身字瑞徵號金橋仁和人兵部武選司主事

黃韻甫云金橋詞婉妙聰俊與茶烟閣爲近

陳澧字蘭甫番禺人道光舉人有憶江南館詞

譚復堂師云蘭甫先生孫卿仲舒之流文而且儒粹然大師不廢藻詠塡詞朗詣洋洋乎會於風雅乃使綺靡奮厲兩家廢然知反

費丹旭一名旭字子苕號曉樓烏程人

黃韻甫云曉樓詞清雋不著纖塵

姚燮。字梅伯。號野橋。鎭海人。道光舉人。有疏影樓詞稿。

黃韻甫云。梅伯詞極跌盪新警。如山雞舞鏡。顧影自憐。能獨樹一幟。而不屑屑於模範者。

孫麟趾。字淸瑞。號月坡。長洲人。諸生。有零珠詞碎玉詞。

錢筱南云。月坡詞婉約淸空。纏綿深至。無紛然雜出之語。有往復不已之思。是得力於碧山玉田而不屑刻意求似者。嚴問樵云。月坡詞芬芳悱惻。音豔神淸。

彭崧毓。字于蕃。一字漁叟。江夏人。雲南迤南道。有求是齋詩詞。

張鹿仙云。漁叟詞秀逸奇宕。自成一家。

喬重禧。字鷺洲。上海人。貢生。有宜園詩餘。

黃霽青云。宜園詞才調富有。情致纏綿。

石同福。字叔民。號敦夫。吳縣人。廣西梧州府知府。有瘦竹幽花館詞三卷。

吳枚庵云。大旨瓣香竹垞。而小令婉麗。慢詞蘊籍。兼有南北宋之長。 戈順卿云。運格於高。取味於雋。

楊尙觀。字改之。號譜香。錢塘人。有延秋佇月樓詞。

黃韻甫云。譜香詞哀激凄警。

沈彥曾。字士芙。號蘭如。長洲人。諸生。有蘭素詞。

王井叔云。蘭如少負殊稟。精研四聲二十八調。又性喜游歷。烟晨月夕。輒以宋人樂府傳之。循節揚聲。動諧律呂。 黃韻甫云。蘭素詞神清意遠。字字合律。

吳敬義。字怡庵。號薇客。仁和人。詹事府贊善。

黃韻甫云。宮贊詞豪邁近蘇辛。

潘曾瑩。字星齋。吳縣人。吏部侍郎。有鸚鵡簾櫳詞小鷗波館詞各二卷。

斌笠耕云。星齋詞雅麗婉約。得秦柳之神。有姜張之韻。 黃韻甫云。侍郎詞如曉霞媚樹。春水浮花。極幽豔蕩漾之致。 蔣劍人云。少宰詞清華朗潤。

張金鏞字海門平湖人翰林院編修有綠跗山館詞錄

黃韻甫云海門詞清微窅眇矜鍊之極歸於自然蓋於此事積畢生之力爲之所解悟深也

王嘉祿字綏之號井叔長洲人諸生有桐月修簫譜

朱酉生云井叔四聲嚴密無一不與古人之製調相合　黃韻甫云井叔詞宛轉幽媚情景俱深味之紆迴無極

吳廷燮字彥宣海鹽人諸生有小梅花館詞

黃韻甫云彥宣詞胎息玉田而參以白石之清夢窗之豔靜好娟潔

吳承勳字子述錢塘人諸生有影曇館詞

黃韻甫云影曇館詞幽膩冷豔予嘗比之翡翠凌波珊瑚篆月至其音律綿細毫髮不苟尤爲近人所難

鄧廷楨字嶰筠江寧人兩廣總督有雙研齋詞

譚復堂師云。才氣韻度。與周稚圭伯仲。然而三事大夫。憂生念亂。竟似新亭之淚。可以覘世變也。又云。雙硏齋詞。宋于庭序云。忠誠悱惻。咄嗟乎騷人。徘徊乎變雅。將軍白髮之章。門掩黃昏之句。後有論世知人者。當以爲歐范之亞也。

陳元鼎。字實庵。號芰裳。錢塘人。翰林院編修。有同夢樓詞鴛鴦宜福詞吹月詞。

黃韻甫云。實庵詞膩情月漾。古豔天生。　譚復堂師云。鴛鴦宜福詞。豔冶纏綿。又云。婉約可歌。有竹山碧山風味。實庵雖未名家。要是好手。

張炳堃。字鹿仙。平湖人。翰林院編修。有抱山樓詞。

黃韻甫云。以秦柳之纏綿。寫蘇辛之豪邁。芬芳悱惻。能移我情。鹿仙爲海門太史介弟。與絳跗詞面目各異。宗旨則同。

劉勷。字贊軒。福州人。

譚復堂師云。贊軒詞和婉。

謝章鋌。字枚如。福州人。

譚復堂師云。枚如詞多振奇獨造語。

諸可寶。字璞齋。號遲菊。錢塘人。江蘇知縣。有捶琴詞一卷。

張鹿仙云。捶琴詞作穿雲裂石之聲。小令又極栁嚲鶯嬌之致。其得於天者獨優。

許宗衡。字海秋。上元人。起居注主事。有玉井山房詩餘。

譚復堂師云。海秋先生傷心人別有懷抱。胸襟醞釀。非尋常文士。度越少鶴通政。（卽王拯）爲近詞一大宗。又云。玉井山房詩餘幽窈綺密。名家之詞。

何兆瀛。字青耜。上元人。兩廣鹽運使。有心盦詞存。

譚復堂師云。何先生詞。抗手許海秋。齊名文苑。不虛也。但沈鬱稍不逮。許而無海老枯率之失。又云。駘宕麗逸。如見六朝人物。

姚正鏞。字仲海。有江上維舟詞。

譚復堂師云。仲海爲詞。思力甚刻。至才性均厚。是一作家。

蔣春霖。字鹿潭。江陰人。兩淮鹽大使。有水雲詞。

李冰叔云。君爲詩恢雄骯髒。若東淘襍詩二十首。不減少陵秦州之作。乃易其工力爲長短句。鏤情劌恨。轉豪於銖黍之間。直而緻。沈而姚。曼而不靡。 譚復堂師云。婉約深至。時造虛渾。

丁至和。字保庵。有萍綠詞。

譚復堂師云。萍綠與水雲齊名。胸襟未必盡同。塡詞甚有工力。又云。保庵頗以幽澀學石帚。

趙彥俞。字次梅。有瘦鶴軒詞。

譚復堂師云。次梅六十學詞。成就於鹿潭。殊有俊語。

趙對澂。字野航。有小羅浮仙館詞。

譚復堂師云。野航名雋之才。運思婉密。而激楚亦學蘇辛。倚聲可當名家。惟以闌入散曲。微茫處不免染指。

錢恩棨字芝門。鎭洋人。
　蔣劍人云。芝門詞以白描本色語見長。自然妍雅。

汪承慶字稺泉。鎭洋人。有蘭笑詞。
　蔣劍人云。長調音節瀏亮。頓挫生姿。瓣香納蘭容若。而絕少衰颯氣。小令中腔。芬芳悱惻。不墮南宋人雲霧。加以學力。鄙人當退避三舍矣。

莊棫字中白。丹徒人。主事。有蒿盦詞。
　譚復堂師云。予錄篋中詞。終以中白。非徒齊名之標榜。同聲之喁于。亦以比興柔厚之旨相贈處者二十年。嚮序其詞。有曰。閨中之思。靈均之遺。則動於哀愉而不能已。中白嘗曰。非我佳人。莫之能解也。

葉衍蘭字南雪。番禺人。知府。有秋夢盦詞。
　譚復堂師云。綺密隱秀。南宋正宗。

江順詒字秋珊。旌德人。浙江縣丞。有願爲明鏡室詞。

譚復堂師云。秋珊詞有婉潤之致。不傖劣也。

張鳴珂。字玉珊。嘉興人。江西知縣。有寒松閣詞。

譚復堂師云。玉珊詞婉麗。

汪淵。字時甫。績溪人。有藕絲詞。

譚復堂師云。清脆婉秀。固是當行。

張景祁。字蘩甫。號韻梅。錢塘人。福建知縣。有新蘅詞。

譚復堂師云。韻梅蚤飲香名。塡詞刻意姜張。研聲刌律。吾黨六七人奉爲導師。故山兵劫。同好晨星。亂定重見。君已摧鋒落機。謝去斧藻。中年哀樂。登科已遲。又復屈承明之著作。走海國之鞾板。不無黃鐘瓦缶之傷。倚聲日富。規制益高。騃騃乎北宋之壇宇。江東獨秀。其在斯人乎。

羊復禮。字辛楣。海寧人。

譚復堂師云。辛楣文采。最近齊梁。倚聲寫意高秀。

俞廷瑛。字小甫。吳縣人。浙江通判。有瓊華室詞。

譚復堂師云。瓊華室詞一卷。熨帖頗近陳西麓。又云。雅令夷婉。望而知其深於詩者。無膩碎之習。有繁會之音。

劉炳照。字光珊。號語石。陽湖人。有留雲借月盦詞。

譚復堂師云。集中細意熨帖。情文相生。光珊自道。有軌循姜史。製規秦柳。源溯馮韋語。既攄心得。亦表正宗。庶乎不愧。

王鵬運。字佑遐。一作幼霞。自號半塘僧鶩。臨桂人。給事中。有半塘定稾賸稾。

譚復堂師云。袖墨詞袖墨詞彙刊於半塘定稾中。千辟萬灌。幾無罏錘之迹。一時無兩。

鄭文焯。字叔問。號小坡。漢軍人。內閣中書。有樵風樂府。

兄文焜云。從弟小坡。少工側豔。而不盡協律。南游十年。學琴於江夏李復翁。討論古音。乃大悟四上競气之恉。於樂紀多所發明。故其爲詞。聲出金石。極命風謠。感興微言。深美閎約。如楊守齋所譏轉摺怪異成不祥之音者。庶幾免歟。

易實父云。追摹兩宋。精辨七始。抉微賾奧。梳櫛披奏。聽於無聲。眇忽成律。使樂官比響。不累於詠歌。文士摛華。靡淆於弦笛。故能鬱伊善感。和平蕩聽。譚復堂師云。瘦碧詞（瘦碧詞彙刊於樵風樂府中）研討聲律。辟灌光氣。夢窗善學清眞。又云。瘦碧詞持論甚高。摛藻綺密。近時作手。頗難其匹。

徐燦。字湘蘋。長洲人。大學士海寧陳之遴室。有拙政園詩餘三卷。○以下閨秀

林下詞選云。湘蘋夫人詩餘。得北宋風格。絕去纖佻之習。

賀雙卿。字秋碧。丹陽人。金沙綃山農家周某室。有雪壓軒詩詞。

黃韻甫云。雙卿詞如小兒女。噥噥絮絮。訴說家常。見見聞聞。思思想想。曲曲寫來。頭頭是道。作者不自以爲詞。閱者亦忘其爲詞。而情眞語質。直接三百篇之旨。豈非天籟。豈非奇才。乃其所遇之窮。爲古才媛所未有。每誦一過。不知涕之何從也。

沈榛。字伯虔。一字孟端。嘉善人。明南昌司理德滋女。清進士錢黯室。有松籟閣集。附

詞一卷。

郭頻伽云。夫人詞最清絕。

李璸字玉樹。長山人。趙伯麟室。有海月樓詩餘。

山左詩餘云。玉樹詩餘清麗。

陸姮字鄂華。長洲人。張詡室。

郭頻伽云。鄂華工詞。寄淼卿菩薩蠻詞。含思淒婉。哀感頑豔。眞傷心人語也。

孫雲鳳字碧梧。仁和人。有湘筠館詞二卷。

郭頻伽云。湘筠詞寄意杳微。含情幽渺。置之花間集中。當在飛卿延已之間。

黃韻甫云。湘筠詞婉約淒遠。短調尤韻。愁脂楚楚。如海棠之在秋也。

沈芳字夢緗。長洲人。諸生顧春山繼室。有寂寥詞。

黃韻甫云。夫人好讀書。耽吟詠。兼工繪事。筆墨所入。輒以周貧乏。曰。吾無饑寒憂。留此何用。慷慨豪爽。有俠士風。詞律謹嚴。神韻超妙。足以洗刷浮濫。

莊盤珠。字蓮佩。武進人。吳軾室。有秋水軒詞。

黃韻甫云。秋水軒詞靈心妙舌。動若天籟。深得三百篇古樂府神理。

西林顧春。字子春。號太清。其族望曰西林。自署姓名曰太清西林春。清高宗玄孫奕繪側室。有東海漁歌二卷。

況蕙風云。太清詞得力於周清眞。旁參白石之清雋。深穩沈著。不琢不率。極合倚聲家消息。求其詣此之由。大概明以後詞。未嘗寓目。純乎宋人法乳。故能不煩洗伐。絕無一毫纖豔涉其筆端。曩閱其詞話。謂鐵嶺詞人顧太清與納蘭容若齊名。竊疑稱美之或過。今以兩家詞互校。欲求妍秀韶令。自是容若擅長。若以格調論。似乎容若不逮太清。太清詞佳處。在氣格不在字句。當於全體大段求之。不能以一二闋爲論定。一聲一字爲工拙。此等詞。無人能知。無人能愛也。

吳藻。字蘋香。仁和人。同縣黃某室。有花簾詞香南雪北詞。

黃韻甫云。女士工詩。善琴。嫻音律。尤嗜倚聲。初刻花簾詞。豪俊敏妙。兼而有之。

續刻香南雪北詞。則以清微婉約爲宗。亦久而愈醇也。嘗與研討詞學。輒多慧解。創論時下名流。往往不逮。其名噪大江南北。信不誣也。

錢斐仲。字餐霞。秀水人。山西布政使昌齡女。候選訓導德清戚士元室。有雨花盦詩餘。

張鹿仙云。餐霞夫人爲南樓老人族裔。書畫能世其業。兼善屬文。所爲詞。幽抑怨斷。惻惻動人。正如鸞音鳳吹。縹緲天外。一埽閨襜綺豔之習。譚復堂師云。洗鍊婉約。得宋人流別。

朱彊村有襍題清代諸家詞集後之望江南詞二十四闋。今錄之下方。以資參考。

湘眞老。斷代殿朱明。禁本道援堂晚出。江南哀怨不勝情。愁絕庾蘭成。屈翁山

蒼梧恨。竹淚已平沈。萬古湖南清絕地。雲山韶濩入悽音。字字楚騷心。王船山

爭一字。鵝鴨惱春江。樂府幾篇還跳出。斬新機杼蛻齊梁。餘論惜猖狂。毛大可

雲海約。明鏡已秋霜。但願生還吳季子。何曾形穢漢田郎。原注田紫綸詞序有自慚形穢語梁汾詞休歎

看殺風流京兆漢田郎歸我有纑塘。顧梁汾

迦陵語。哀樂過人多。跋扈頗參青兕意。清揚恰稱紫雲歌。不管秀師訶。陳其年

江湖夢。載酒一年年。靜志微嫌耽綺語。貪多寧獨是詩篇。宗派浙河先。朱竹垞

蘭錡閥。肯作稱家兒。解道紅羅亭上語。人間當止小山詞。冷煖自家知。納蘭容若

銷魂極。絕代阮亭詩。見說綠楊城郭畔。游人齊唱冶春詞。把筆儘凄迷。王貽上

研韻律。紅友翠薇俱。翻譜竹枝歸刋度。重雕菉斐賴爬梳。驂靳足相於。萬紅友　戈寶士

留客住。絕調鷓鴣篇。脫盡綺羅薌澤習。相高秋氣對南山。寖度衍波前。曹升六

長水畔。二隱比甌溪。不分詩名叨一飯。武曾斷句兒童莫笑詩名賤已博君王一飯來居然詞派有連枝。人道好塤篪。李武曾　李分虎

南湖隱。心折小長蘆。拈出空中傳恨語。不知探得頷珠無。神悟亦區區。厲太鴻

回瀾力。標舉選家能。自是詞中疏鑿手。橫流一別見淄澠。異議四農生。張皋文

金針度。詞辨止庵精。截斷衆流窮正變。一鐙樂苑此長明。推演四家評。周保緒

舟一葉。著岸是君恩。一夢金粱餘舊月。千年玉笥有歸雲。片席蛻巖分。周稚圭

無益事。能遣有涯生。自是傷心成結習。不辭累德爲閑情。茲意託平生。項蓮生

娛親暇。九能著娛親雅言餘事作詞人。廿載柯家山下路。空齋畫扇亦前因。成就苦吟身。嚴九能

甄詩格。淩沈幾家參。若舉經儒長短句。李蓴客論經儒四家詩謂淩次仲沈沃田王述庵洪稚存歸然高館憶江南。綽有雅音涵。陳蘭甫

人天夢。秋醒發遐心。壬秋有秋醒詞序生長茝蘭工雜佩。較量台鼎讓清吟。抱碧契靈襟。王壬秋陳伯韜

皋文後。私淑有莊譚。感遇霜飛憐鏡子。會心衣潤費鑪煙。妙不著言詮。莊中白譚復堂

窮途恨。斫地放歌哀。幾許傷春家國淚。聲家天挺杜陵才。辛苦賊中來。蔣鹿潭

香一瓣。長爲半塘翁。抗志直希天水志。起孱差較茗柯雄。嶺表此宗風。王半塘

招隱處。大鶴洞天開。避客過江成旅逸。哀時無地費仙才。天放一閒來。鄭叔問

閒金粉。曹鄶不成邦。拔戟異軍能特起。非關詞派有西江。傲兀故難雙。文道希

第五章　詞譜

詞之譜夥矣。清人所撰。較勝於明。雅坪詞譜、陸義山名棻·字義山·平湖人·撰白香詞譜。舒白香名夢蘭·字白香·靖安人·有天香戲稿·撰謝韋庵名朝徵·南海人·箋之自怡軒詞譜。許穆堂名寶善·字斅愚·號穆堂·青浦人·有自怡軒詞·撰碎金詞譜。謝默卿名元淮·號默卿·松滋人·有海天秋角詞·撰。皆較清聖祖之欽定詞譜康熙五十四年·奕清奉敕撰·凡八百二十餘調·二千三百餘體·於諸調得名之源流·倚聲之平仄·句法之異同·均具有考證·爲少。近人所據者爲萬紅友名樹·字紅友·宜興人·有香膽詞·之詞律。康熙二十六年·書成·凡六百六十調·一千一百八十餘體·以字數之多寡爲先後·有類列者·則不拘字數·類列者·如塞姑爲二十四字·而九十五字之塞孤·即次於下·擣練子爲二十七字·而四十八字之胡擣練·即次於下·康熙五十四年·敕修詞譜·樓儼與焉·駁正詞律百餘條·又以詩餘圖譜嘯餘譜謬妄·以四聲二十八調爲經·詞之有宮調者爲緯·此即江秋珊師所謂以古代七音十二律之宮調爲經·以今之四七工尺爲緯也·樓又以詞之無宮調者·依時代爲先後·附於其下·詞律之又一體·實爲無理·取鬧雨中花一調·共列十八首·令慢不辨·皆謂之又一體·誤甚焉·戈載與王敬之擬增訂詞律·作詞律訂·詞律補·皆未成·杜文瀾乃本之作詞律校勘記二卷·凡校正者·三百八十五調·徐誠庵名本立·字子堅·號誠庵·德清人·之詞律拾遺。書成於道咸間·凡二百餘調·四百九

十五體，共八卷，前六卷，補詞律之未備，以未收之詞，爲補調，已收而未盡厥體者，爲補體，後二卷，則訂正原書，爲補註，誠庵拾紅友之遺，網羅散失，誠有功詞苑，然亦不無襲謬因譌之處，且多生澀俗陋之調，殆亦以求備爲宗旨歟，

戈順卿恪守紅友之說。謹於持律。剖及豪芒。道光間從其說者。或不免晦澀疏離。情文不副。然實爲聲律諍臣。不可就便安而至偭越也。

凡不依舊調之聲律字句而自創一調者。可先率意爲長短句。然後協之以律。曰自度曲。亦曰自度腔。萬氏詞律於明人之自度曲。概置弗錄。而別有輯清人之自度曲者。則咸同間之朱紫鶴也（名和羲，字紫鶴，吳縣人，）其書曰新聲譜。凡四十七調　起毛稚黃（名先舒，字稚黃，錢塘人，有鸞情詞，）之二十字令。訖顧梁汾二百八十三字之梅影。納蘭容若頗有自度曲。而譜中僅錄其青衫溼徧一闋。則亦不免尚有脫漏也。紫鶴之自度曲有三。曰返魂香。曰采茶春賽碧。曰落梅聲。亦附列焉。惟元明以來宮調久亡。自度曲之有聲律者。恐僅戈順卿之一枝秋。犯卽元明人之自度曲亦多率意爲長短句而已。毛大可謂近人不解音律。動造新曲。曰自度曲云云。則清初已然。後可知矣。

詞之宮調既已久亡。遂無一可歌之詞。清之通解聲律者。殆惟沈蘭如（名彥曾·字士芙·號蘭如·長洲人·有蘭素詞·）鄭叔問二人而已。蘭如爲道咸間人。少負奇稟。精研四聲二十八調。煙晨月夕。輒以宋人樂府傳之。循節揚聲。動諧律呂。叔問深明管絃聲數之異同。而上攷古燕樂之舊譜。於白石自製曲字旁所記音拍。悉能以意通之。其他作者。僅依前人之調。按其平仄。塡入字句。（或且有平仄謬誤者）斤斤於上去兩聲之辨。遵紅友詞律而已。（不講求上去兩聲者甚多·）求其四聲悉合者。已不多得。能知陰平之爲清聲。陽平之爲濁聲者。則百無一二。聚今之詞人而語以音呂。示以樂色。其有不狂愕姍笑。目爲神經怪牒者幾希。

宮調之墜。不可復續。學者今日亦惟致力於四聲。以爲慰情勝無。稍盡塡詞之能事而已。淩次仲（名廷堪·字次仲·歙縣人·有梅邊吹笛譜·）嘗曰。宜興萬氏專以四聲論詞。畏其嚴者多詆之。瀘州先著尤甚。以爲宋詞宮調別有祕傳。不在四聲。按白石集滿江紅云。末句無心撲。歌者將心字融入去聲。方諧。徵招云。正宮齊天樂慢前兩拍是徵調。故足成之及考徵招起二句平仄。與齊天樂吻合。則宋人未嘗不以四聲定宮調。萬氏之說。初不與古戾也。

清人之恪守詞律。能一聲一字。剖析無遺。如方千里三衢人·有和清眞詞·之和清眞者。道咸間。有王井叔名嘉祿·字綏之·號井叔·長洲人·有桐月修簫譜·爲朱西生名綬·字仲環·號西生·元和人·有知止堂詞錄·所賞。謂其四聲嚴密。無一不與古人相合。其後惟朱彊邨況蕙風二人之詞。根據宋元舊譜。四聲相依。一字不易也。

第六章　詞韻

清人所輯之詞韻夥矣。最初爲沈去矜之沈氏詞韻略。毛稚黃名先舒·字稚黃·後更名騤·字馳黃·錢塘人·有平遠樓外集·鸞情詞·爲之括略。並注以東董江講支紙等標目。平領上去。而止列平上。似未賅括。其於入聲。則兩字相連。曰屋沃。曰覺藥。又似紛雜。且用陰氏韻目。删併既失其當。則分合之界模糊不清。字復亂次以濟。不歸一類。其音更不明晰。舛錯之譏。實所難免。仲道久名恆·字道久·仁和人·趙南金名綸·字千門·號南金·萊陽人·曹南畊名亮武·字渭公·號南畊·宜興人·

有南畊詞·荆溪歲寒詞·各有詞韻。與沈去矜本大同小異。胡德甫名文煥·字德甫·號金庵·一號抱琴居士·錢塘人·之文會堂詞韻。平上去三聲用曲韻。入聲用詩韻。騎牆之見。亦無根據。李笠翁名漁·字笠翁·蘭谿人·所輯詞韻。以鄉音妄分二十七部。尤爲不經。許頌蔚名昂霄·字頌蔚·海寧人·有陽坡山人詞·詞韻考略。根據今韻。平上去分十七部。入分九部。曰古通古轉。曰今通今轉。曰借叶。大旨以平聲貴嚴。宜從古。上去較寬。可參用古今。入聲更寬。不妨從今。此如癡人說夢。更不足道。所幸諸書皆未風行。猶不至謬以傳謬耳。嘉慶朝詞人所深信不疑者。爲吳荀叔名烺·字荀叔·全椒人·有杉亭詞·江橙里名昉·字旭東·號橙里·又號硯農·歙縣人·寓居揚州·有集山中白雲詞·程鈎榭名名世·字鈎榭·江都人·之學宋齋詞韻。以學宋爲名。而所學皆宋人誤處。眞諄臻文欣魂痕庚耕清青蒸登侵。皆同用。元寒刪山先仙覃談鹽沾嚴咸銜凡。皆併部。入聲則物迄入質陌韻。合盍業洽狎乏入月屑韻。濫通取便。駁雜不堪。且字數太略。又無音切分合半通之韻。則臆斷之。去上兩見之字。則偏收之。種種疎謬。其病百出。鄭春波乃繼作綠漪亭詞韻。以附會之。羽翼之。而詞韻遂因之大紊矣。此外尙有吳寧之榕園詞韻。遵廣韻部目斟酌分并。平聲從沈去矜。上去以平爲準。入以平上去爲準。則較確。又有日碎金詞韻者。固不足觀。而行世至久之晚翠軒詞韻。亦陋。孫月坡有詞韻指南。迄未梓。自戈順卿詞林正韻（書成於道光元年。共十九部。以平領上去者十四部。因詞有平仄互叶之體也。第一部平聲一東二冬三鍾。上聲一董二腫。去聲一送二宋三用。餘類推。入聲五部。第十五部一屋二沃三燭。餘類推。）出而倚聲家奉爲正鵠。以迄於今。始無落韻之失。蓋皆取兩宋之名詞。參酌而審定之。盡去諸弊。且以宋子京（名祁。字子京。諡景文。安陸人。徙居雍丘。）鄭天休（名戩。字天休。諡文肅。吳縣人。）賈子明（名昌朝。字子明。諡文元。獲鹿人。）所修之集韻爲本而從之。更復廣稽韻書。旁引曲證。而成韻書之善。誠莫逾於此矣。

第七章　詞話

清人之詞話。多於昔。彭羨門有金粟詞話。毛大可（名奇齡。初名甡。字大可。蕭山人。有毛翰林集塡詞六卷。）有西河詞話。徐電發（名釚。字電發。吳江人。有菊莊詞楓江漁父詞。）沈偶僧（名雄。字偶僧。吳江人。有柳塘詞。）有柳塘詞話。董文友（名以寧。字文友。武進人。有蓉湖詞。）有蓉湖詞話。李雨村（名調元。字雨村。號墨莊。綿州人。）有雨村詞話。陸鎣有問花樓詞話。趙秋舲（名慶熺。字秋舲。仁和人。有香消酒醒詞。）有聽秋聲館詞話。吳子律（名衡照。字子律·仁和籍·海寧人·有辛卯生詩餘·有蓮子居詞話。蔣劍人有芬陀利室詞話。況蕙風有蕙風詞話。所惜者。周止庵所著詞話。原爲詞辨卷九。未梓行而稿厄於水。不得嘉惠學子。譚復堂師復堂詞錄之末。原附論詞一卷。詞錄未刊而稿失。珂雖於復堂文集復堂日記詞辨篋中詞四書中。輯其論詞之言爲復堂詞話。實未盡萬一。耳至若閨秀所作之詞話。則沈湘佩名善寶·錢塘人·武淩雲室·及王蕙雲二女士。皆有閨秀詩話。而錢餐霞女士名綮霞·秀水人·德清戚士元室·之雨花盦詩餘後。亦附詞話。不以詞話名其書。而實即詞話者。則賀黃公名裳·字黃公·丹陽人·有紅牙詞·有皺水軒詞筌。王漁洋有花草蒙拾。彭羨門有詞藻。王靜齋名又華·字靜齋·錢塘人·有詞論。徐電發有詞苑叢談。劉公勇名體仁·字公勇·潁州人·有七頌堂集·詞附·有七頌堂詞繹。鄒程郙名祇謨·字程郙·一字訏士·有麗農詞·有遠志齋詞衷。方成培有香研居詞麈。宋于庭名翔鳳·字于庭·長洲人·有香草詞·有樂府餘論。張永川名宗櫆·字永川·海鹽人·有藕村詞·有詞林紀事。馮墨香名金伯·字墨香·南匯人·有南村詞略·有詞苑萃編。周止庵有介存齋論詞雜著。孫月坡有詞逕至若江秋珊師名順詒·號秋珊·旌德人·有願爲明鏡室詞·之詞學集成。則取昔人論說之異同得失。旁通曲證。折衷一是而爲之條分縷析。撮其綱。曰源。曰體。曰音。曰韻。衍其流。曰派。曰法。曰境。師又有補詞品二十則。一則佚 曰崇意。曰用筆。曰布局。曰斂氣。曰考譜。曰尙識。曰押韻。曰言情。曰戒褻。曰辨微。曰取徑。曰振采。曰結響。曰善改。曰者我。曰聚材。曰去瑕。曰行空。曰妙悟。詞品之所以云補者。蓋以郭頻伽有詞品十二則。楊伯夔 名夔生・字伯夔・金匱人・有過雲精舍詞・眞松閣詞・ 有續詞品十二則也。

徐珂《詞講義》

徐珂（1869-1928），原名昌，字仲可，浙江杭縣（今杭州市）人。徐珂是常州派詞學大家譚獻的入門弟子，曾為譚獻輯編《復堂詞話》，有『譚門顔子』之稱。光緒年間（1889年）舉人。後任商務印書館編輯，參加南社，曾任《外交報》《東方雜誌》編輯，1911年接管《東方雜誌》的『雜纂部』。編著有《清稗類鈔》《歷代白話詩選》《清詞選集評》《歷代詞選集評》等，著有《清代詞學概論》《詞講義》等。

《詞講義》為徐珂未刊稿本，原本不全，僅存第86頁至237頁，存目錄於後。《詞講義》為未完成稿且殘，僅存第一章之十二節，分别論述：詞曲之同源、調、意、筆、章法、句法、字面、氣格、意境、情景、運用、作法，對理解晚清詞學範疇概念頗有助益。《詞講義》現藏上海圖書館。另有陳誼整理本，見《歷史文獻》第13輯，上海古籍出版社2009年版。本書據稿本影印。

詞講義

美術品
書畫家
目

意

第一章　總作法詞之

第一節　總作法

一　填詞宜先擇調次命意次遣辭遣辭有三要一章法一句法一字法既定意思次講片段次講離合次講色澤音節（分節奏）與辭意俱佳是為上品之詞不同乎詩而始佳否則成長短之詩詞不離乎詩而始雅否則近纏令之體

逞才作詞亦不佳須斂才鍊意而以句調運之其起結

總作法

八十六

意

須先有成局方（意既定）可下筆換頭處收之意以結上起下為妙

意能深入不能顯出則晦能流利不能蘊藉則滑能求新

不能渾成則纖能刻畫不能超脫（含蓄）則滯

立意不可不新不新則腐造辭不可不雅不雅則俗下筆

不可不活不活則滯取境不可不高不高則鈍矣

字

詞中轉折宜圓筆圓

筆不能轉則意淺淺則薄筆不能鍊則意卑卑則靡收（戈）此

可為專學玉田者針砭語

附

陽春白雪　八卷　南宋[illegible]趙聞禮編[illegible]

宋　清真集　[illegible]　白石道人歌曲　梅溪[illegible]山中白雲[illegible]

東坡樂府[illegible]　稼軒詞[illegible]　東山詞　樵歌[illegible]

納蘭[illegible]　竹屋詞[illegible]

渭南詞[illegible]　小山詞　憶雲詞甲乙丙丁稾

若以近今之作者言則若王鵬運氏之半塘定稾鄭文焯氏
之樵風樂府況周頤氏之第一生脩梅花館詞分新鶯詞
錢詞蕙風詞菱景詞存梅詞玉梅詞錦
二雲詞餐櫻詞蘅夢詞九集　朱祖謀氏之彊村詞皆不可
不讀者也　至其詞品則王詞堅蒼鄭詞工雋況詞沈鬱朱
詞和雅

總作法三　八十八

研究門

初學塡成詞一闋，錄出謄寫別紙，即自讀之，韻及平仄誤否，章法如何安否，意之前後相應否，重複否，語句軟弱否，字面庸俗否，即竭力改之。改成再以別紙錄之，粘於壁，隔數日讀之，思之，必見有不安處，改之。仍再以別紙錄之，粘於壁，隔數日再讀之。淺若使之深，直若使之曲，鬆若使之緊，空若使之實，呆若使之活，然後錄呈倚聲大家，乞爲評定，審其棄取之所由，則自易有進步。參詞逕

研究門

佳詞作成，便不易改，但可改便是未佳。改詞之法，如一句

乏

之中有兩字未協試改兩字仍不愜意便須換意通改全句牽連上下常有改至四五句者不可守住元來句意愈改愈滯也 秀

改詞須知挪移法常有一兩句語意未協或嫌淺率試將上下互易便有韻致或兩意縮成一意再添一意更顯其厚此為倚聲淺訣若名手意筆兼到愈平易愈渾成無庸臨時掉弄也 香

凡學詞功候有淺深即淺亦不足為疵病功候未到而不

總作作四八十九

自安於淺竭力以致飾焉不恤顰眉齲齒楚楚作態乃是大病最宜切忌者

第章 總作法

第二節 調

所謂填之調若係有數體者宜注明從某某體或依某某體某某即創是體之人名也

一 調宜選擇

調有婉澀高平四品周濟嘗論之其書未見 況夔櫻然亦不難循聲研求而得之所易知者帝臺西江月一翦梅滿江紅隔浦蓮沁園春塞翁吟皆為不易著筆之調

二 僻生調作者少宜渾脫乃近自然常熟調作者多宜生新斯能振動 謙沈 初學研究宜多填熟調逐一點勘生硬及平側不順之

研

總作法 五九十 詞

詞若就調之平正通達者填之必填至數十次俟熟再易他調久之則熟能生巧拗調尤須多填

別行

字以期諧暢推敲既久宜多填生調以造精深序為初學

凡前後闋工整之調宜句法故為鬭亂以取連峭之致而更宜

一氣呵成以氣運之若天馬之行空舉例如下故為鬭亂之

清項鴻祚水龍吟詠魂前半闋云朦朧似醉悠揚似夢迷離

似影後半闋云梨雲罩夜絮烟籠晚梧陰弄暝

前人齊天樂過南湖徐氏水樓起云碧雲低蘸紅樓影

如今倚樓人遠賣酒鑪空題詩壁壞零落粉匳香椀

徐珂

詞有上法与大章法大句法上字法 [illegible]

大詞之料可以斂為小詞小詞之料不可展為大詞（詞源）

小詞之妙如漢魏五言詩其風骨意味與氣象迥乎不同苟徒求之色澤字句間斯末矣（宋 顧梅）

甲　第一節　小令

小令　詞之難於小令如詩之難于絕句不過十數句一句一字閒不得末最當留意有有餘不盡之意乃佳（小令之難難於中調長調 蓮子居 今以詩喻之）當以花間集中韋莊溫飛卿（庭筠）為則 [illegible] 小令須敘事簡淨再著一

總作法　九十一

小中調

二景物語便覺筆有餘閒詞緯李東淇單調小令宜上不侵曲詩

下不墮曲有高情有遠韻能以少許勝人多許為貴篋

乙　中調

中調　中調須骨肉停勻語有盡而意無窮詞緯李東淇

丙　長調

長調　長調之難難於語氣貫串不冗不複裹回宛轉自

然成文詞彭遹　先須立間架將事與意分定第一要起得好

過處要清新最緊在末句樂府指迷　蓋須首尾銜結一氣卷舒

[illegible]

沈謙然不可過於使氣長調雖如詩之歌行歌行猶可使氣詞則使氣便非本色宜以情致見長歌行如駿馬驀坡可以一往稱快詞如嬌女步春旁去扶持獨行芳徑徙倚而言一步一態一態一變雖有强力健足無所用之要之謀篇布局章法須渾成中間奇偶相生跡密相間之處須精心結撰能於豪爽中著一二精緻語綿婉中著一二激勵語尤見錯綜沈謙萬不可以一句之意引而為兩三句或引他意入來捏合成章詞源又切忌過於鋪敘對仗處須

九十二　總作法格

上冊

十分警策設想既窮忽轉出別境方不窘於篇幅

長調忌蕪累忌癡重忌淺熟　詞繹

丁　起

起處不宜泛寫景宜實不宜虛但當籠罩全闋他題（宜以題意進一層說或先使）

使挪移不得（況）若用景語虛引至第二韻方約略到題則

懸擲矣舉例如下

宋吳文英憶舊游別黃澹翁云送人猶未苦苦送春隨

人去天涯

宋辛棄疾淳熙己亥自湖北漕移湖南同官王正之置

酒小山亭賦云更能消幾番風雨匆匆春又歸去

九十三

宋蘇軾水龍吟楊花云似花還似非花也無人惜從教

墜

88戊下　結

結起結最難而結尤難於起蓋不欲轉入別調也且又

須結得有不盡明月盡自有夜珠來之妙乃得詞繹舉例如

下

~~呼翠袖為君舞~~

宋辛棄疾水龍吟旅行登樓云倩何人喚取紅巾翠袖

搵英雄淚

結句或以迷離稱勝或以動蕩見奇著一實語敗矣舉例　同澤沈瑾

如下

宋晏幾道玉樓春云紫騮認得舊游蹤嘶過畫橋東畔

路

宋秦觀畫堂春云放花無語對斜暉此恨誰知

宋康與之浪淘沙云正是銷魂時候也撩亂花飛

九十四

總作法語

結處宜以景結情方妙

宋周邦彥瑞龍吟云斷腸院落一簾風絮　埽、花游云掩重門徧城鐘鼓

結處若以情結景則輕露

宋周邦彥風流子云……天使教人霎時廝見何妨

尉遲杯云夢魂凝想鴛侶有何人念我無聊

過拍歇拍

過拍結束上段宜沈著歇拍含蓄餘意宜隋勁

無際、香雲隨步起、漫記漢宮仙掌、亭亭明月底、冰姿寫照更多情、騷人恨、枉賦芳蘭幽芷、春思遠、誰賞國香風味、相將共歲寒伴侶、小窗靜、沈烟熏被、幽夢覺、涓涓清露、一枝燈影裏、 綠華瓊花全闕云朱鈿寶玦天工、飛瓊比人間春別、江南江北曾未見、漫擬梨雲梅雪、淮山春晚、問誰識芳心高潔、消幾番花落花開、老了玉關豪傑、金壺翦送瓊枝、看一騎紅塵香度、綵闌韶華正好、應自喜初識長安、蜂蝶、杜郎老矣、

詩思

九十七

想舊事花須能說記少年一夢揚州、二十四橋明月、

周濟止庵先生云此與水仙花
二闋皆一意盤旋毫無渣滓

清吳廷英解連環全闋云峭寒輕閣、正歸來月下、玉銖
衣薄、鎖黛痕依約、凌波認蹤佩綺環、是君還、錯一片
秋聲、問何處江蘺搖落、料盈盈待語、碧海青天總怨
離索、相思錦箋誤託、聽啼鵑萬里、還更棲泊、縱伴我
翠羽明璫、早簾杳香沈、鬢影非昨、夢雨難招、被萬疊
湘雲迷暮、又誰知素紈剩、寫舊時瘦削、譚復堂師云
語語有意善

學清真

甲　轉

轉　路已盡而復開出之謂之轉換筆之後繼以換意即
所謂轉也舉例如下

宋姜夔長亭怨慢云閱人多矣誰得似長亭樹樹若有
情時不會得青青如此

宋張炎渡江雲久客山陰王菊存問予近作書以寄之
云當時送行共約雁歸時人賦歸與長疑即見桃花

憩二　九十八　頁

面甚近來翻致無書書縱遠如何夢也都無此與姜白一詞均一轉忽開忽合

宋史達祖雙雙燕春燕云芳徑芹泥雨潤愛貼地爭飛競誇輕俊紅樓歸晚看足柳昏花暝譚復堂師云紅樓二句換筆下做此

應自棲香正穩便忘了天涯芳信換意

若專在字句上著力不肯換意存今則乍見可喜深味索然

の宋且字面忌堆積堆積近縟縟則傷意蓮子

乙鉤　鉤勒

鉤勒 欲人知吾詞中之意有法以顯之鉤勒是也鉤勒爲畫家之雙鉤法詞之鉤勒亦猶是耳然稍涉矯揉[illegible]則圭角過於分明反復讀之有水清無魚之恨の宋周邦彥詞以渾厚稱然正於鉤勒處見之他人一鉤勒便刻削周則愈鉤勒愈渾厚舉例如下

宋周邦彥浪淘沙云似春去不與人期弄夜色空餘滿地梨花雪周濟止庵先生云鉤勒勁健峭舉

宋王沂孫高陽臺云江南自是離愁地況游驄古道歸

九十九 [illegible]

句勒

雁平沙一譚復堂師云層鉤勒

鉤勒太著露便失之薄舉例如下

宋高觀國齊天樂中秋夜懷梅溪云古驛烟寒幽垣夢

冷應念秦樓十二

三昧雜而寓言

寓言、寓言有所寄託之言、不明言己意、其用緣情造端、興于微言以相感動、極命風謠里巷男女哀樂以道賢人君子幽約怨悱不能自已之情、蓋詞非有寄託不能入、然專寄託則不能出、一物一事引而伸之、觸類多通、以無厚入有間、既習已、意感偶生、假類畢達、斯入矣、賦情獨深、逐境必寤、醞釀日久、冥發妄中、雖鋪敘平淡摹繢淺近、而萬感橫集、五中無主、讀其篇者、臨淵窺魚意為魴鯉、

一百意五學詞寓言寓千

中宵驚電、罔識東西、赤子隨母笑啼、鄉人緣劇喜怨、可謂能出矣。

蓋學者初患不能入、既入矣、患不能出、不入不深切、不出不著明、一出一入、規矩也、而神明矣。

四、舉例如下

宋歐陽脩（一作延巳詞）蝶戀花全闋云、庭院深深深幾許、楊柳堆烟、簾幕無重數、玉勒雕鞍遊冶處、樓高不見章臺路、雨橫風狂三月暮、門掩黃昏、無計留春住、淚眼問花花不語、亂紅飛過鞦千去、

張惠言序文先生云、庭院深深閨中既以邃遠也、樓高不見哲王不寤也、章臺遊冶小人之徑、雨橫風狂政令暴急也、亂紅飛去斥逐者非一人、殆為韓范作乎

宋秦觀滿庭芳全闋云、山抹微雲、天粘衰草、畫角聲斷

~~紅糟田[illegible]~~

~~紅糟田雞即切塊之田雞以紅糟油炒之~~

譙門暫停征棹聊共引離尊多少蓬萊舊事空回首烟靄紛紛斜陽外寒鴉數點流水繞孤村消魂當此際香囊暗解羅帶輕分漫贏得青樓薄倖名存此去何時見也襟袖上空染啼痕傷情處高城望斷燈火已黃昏周濟止庵先生云將身世之感打併入艷情又是一法結二句謂君子困小人而作

宋辛棄疾漢宮春立春全闋云春已歸來看美人頭上

一百〇一 [illegible]

裊裊春幡無端風雨未肯收盡餘寒年時燕子料今
宵夢到西園渾未辨黃柑薦酒更傳青韭堆盤卻
笑東風從此便熏梅染柳更沒些閒閒時又來鏡裏
轉變朱顏清愁不斷更何人會解連環生怕見花開
花落朝來塞雁先還周濟止庵先生云春幡二字情景已極不堪燕子猶記年時好
夢黃柑青韭極寫晏安酖毒換頭又提動黨禍結用雁與燕激射卻捎帶五國城舊恨　賀新
郎賦琵琶全闋云鳳尾龍香撥自開元霓裳曲罷幾
番風月最苦潯陽江頭客畫舸亭亭待發記出塞黃

妙於片雲堆雪馬上離愁三萬里望昭陽宮殿孤鴻
妙於即切片妙之所於沒絃解語恨難說遼陽驛使音
塵絕瑣窗寒輕攏慢撚淚珠盈睫推手含情還卻手
一抹涼州哀徹千古事雲飛烟滅賀老定場無消息
想沈香亭北繁華歇彈到此為嗚咽　周濟止庵先生云上半闋謫逐
正人以致離亂下半闋
晏安江沱不復北望　祝英臺近有云斷腸點點飛
紅都無人管更誰勸流鶯聲住又云又是春帶愁來
春歸何處卻不解帶將愁去　張惠言皋文先生云點
點飛紅傷君子見棄流

一百〇二　[illegible]

鶯惡小人得志也春帶愁來其刺趙張乎　太常引建康中秋夜為呂潛叔賦云斫去桂婆娑人道是清光更多周濟止庵先生云所指甚多不止秦檜一人

宋姜夔暗香石湖詠梅云舊時月色算幾番照我梅邊吹笛喚起玉人不管清寒與攀摘何遜而今漸老都忘卻春風詞筆又云長記曾攜手處千樹壓西湖寒碧又片片吹盡也幾時見得周濟止庵先生云想其盛時感其衰時

疏影前題云昭君不慣胡沙遠但暗憶江南江北又

炒明先云莫是春風不管盈盈早與安排金屋還教
炒明又卧切作炒先明更一作隨波去又卻怨玉龍哀曲
等恁時重覓幽香已入小窗橫幅　張惠言皋文先生云以二帝之憤發
之故有昭君句　周濟止庵先生
云不能挽留聽其自為盛衰　翠樓吟武昌安
遠樓成云此地宜有神仙擁素雲黃鶴與君遊戲玉
梯凝望久歎芳草萋萋千里天涯情味仗酒祓清愁
花消英氣西山外晚來還卷一簾秋霽　周濟止庵先生云此地宜
得人才而人
才不可得

一百〇三　寓言曲意

宋妙友成周密大聖樂東園餞春云留春問春最苦問奈花自無言鶯自語對畫樓殘照東風吹遠天涯何許怕折露條愁輕別更烟暝長亭啼杜宇麥孺博云刺羣小競進慨天下將亡

宋王沂孫掃花游云舊盟誤了又新枝嫩子總隨春老周濟止庵先生云感時易去前調云捲簾翠溼過幾陣殘寒幾番風雨問春住否但匆匆暗裏換將花去亂碧迷人總是江南舊樹又云芳徑攜酒處又蔭得青青嫩苔

紅稀鴉嫩苔無數故林晚步想參差漸滿野塘山路

紅糟雞即切碎之雞以紅糟煮之周濟止庵先生云刺朋黨目擊

眉嫵新月云便有團圓意深深拜相逢誰在香徑又云

故山夜永試待他窺戶端正看雲外山河還老桂花

舊影張惠言皋文先生云喜君有恢復之志而惜無賢臣

慶清朝榴花云

顛倒絳英滿徑想無車馬到山中西風後尚餘數點

還勝春紅張惠言皋文先生云亂世尚有人才惜世不用也

高陽臺云怎

得銀箋殷勤與說年華如今處處生芳草縱憑高不

一百〇四寫完畢頁

收撥惱見天涯更消他幾度東風幾度飛花張惠言皋文先生云傷君臣晏安不思國恥天下將亡也

宋張炎綺羅香紅葉云漫倚新妝不入洛陽花譜為回風起舞尊前盡化作斷霞千縷勸小人勿驕告以易敗

宋黃孝邁湘春夜月云可惜一片清歌都付與黃昏欲共柳花低訴怕柳花輕薄不解傷春麥孟華孺博云時事日非無可與語

宋德祐太學生百字令德祐乙亥全闋云半堤花雨

小糟雞丁對芳辰消遣無奈情緒春色尚堪描畫在

小糟雞丁即切碎之雞用紅糟麪粉和勻上方許七七

萬紫千紅塵土鶗鴂促歸期鶯收佞舌燕作留人語遶

闌紅藥韶華留此孤主真個恨殺東風幾番過了不

似今番苦樂事賞心磨滅盡忽見飛書傳羽湖水湖

烟峰南峰北總是堪傷處新塘楊柳小橋猶自歌舞

春色（色二句）謂衆宮女　去（鶗促句）謂朝士去　收（鶯收句）謂臺官默　語（燕句）指太學

上書（遶闌二句）以下謂只陳宜中在東風謂賈似道飛書傳羽謂

北軍至也　新塘

楊柳謂賈妾

祝英臺近　前題又全闋云倚危闌

二月五日 [illegible]

~~抽蝦腰了出在~~斜日暮暮鶯鶯甚情緒稗柳驕黃全未

~~米鹽今以麵粉及備沙糖面肉糖代麵~~禁風雨春江

萬里雲濤扁舟飛渡那更聽塞鴻無數歎離阻有恨

流落天涯誰念泣孤旅滿目風塵冉冉如飛霧是何

人惹愁來那人何處怎知道愁來不去　稗柳謂幼君　嬌黃謂太后

扁舟〔?〕飛渡謂北軍至塞鴻指流民也　人惹愁來謂賈出那人何處謂賈去

初學詞求有寄託有寄託則表裏相宣斐然成章既成格

調求無寄託無寄託則指事類情仁者見仁知者見知　句

申言之凡作一詞題中應有之義不妨三數語說盡自餘悉以發抒襟抱所寄託往往委曲而難明長言之不足至乃零亂拉雜若不可究詰者胡天胡帝其言中之意讀者或不能知作者亦往往不求人知恐

北宋詞下者在南宋下以其不能空且不知寄託也高者在南宋上以其能實且能無寄託也今

一百〇六 [illegible]

第四節 筆

筆 詞筆不外順逆反正尤妙在複複處無垂不縮故脫處如海上三山妙發

筆有逆入平出者又有平入逆出者

筆以行意也不行須換筆換筆不行便須換意。宋

宋王安國清平樂云滿地殘紅宮錦污昨夜南園風雨

譚復堂師云倒裝二句以見筆力

筆

一百〇九

筆

此條向右寫

宋劉褒水調歌頭中秋云碎隂菱花飛動跨海清光無際草露滴明璣況蕙笙先生云跨海云云是何意境下乃忽作小言子雲所謂所云大者含元氣細者入無間晤可喻詞筆之變化

宋周邦彥六醜薔薇謝後作云願春暫留春歸如過翼

譚復堂師云逆入平出下筆此

花犯梅花云粉牆低梅花照眼依然舊風味譚復堂師云逆入露痕輕綴疑淨洗鉛華無限清麗

去年勝賞曾孤倚譚平出

宋翁孟寅摸魚兒鄧拍云沙津少駐舉目送歸鴻幅中老子

樓上正凝竚況蕙笙先生云行人望見送者答子銷魂故人惜別用筆兩面俱到

金趙元行香子云綠陰何處旋旋移牀況蕙笙先生云昔人詩句月移花影上闌干此言移牀就綠陰意趣尤生動可喜即此是詞與詩不同處可悟用筆之法

清吳翌鳳桂枝香壬寅秋棠泉有湘中之游綠槎歌此
調送之邀予同作全闋云蘋風~~送~~吹晚送兩槳寒潮去
程同遠多少江南舊恨客懷~~同~~難遣楚天歸夢沈沈濶
瑣窗寒靜隨宵掩微霜影裏香銷燭燼乍聞新雁念
自昔紅亭翠館悵十載盟鷗便教飛散數編亂山荒
驛甚時重見鄉關此後多風雪怕黃昏畫角吹愁相
思空記寒梅一樹和香同剪 譚復堂師云善用逆筆
清王曦水龍吟鵲華橋踏月全闋云迢迢萬里長空碧

箋七　一百〇八

天如水洗秋光淨藕花十丈思量舊日半湖烟艇一霎西風年華暗換着香淒景只多情夜月黄昏照處窩蘆荻娟娟影萬户擣衣聲裏悵無家闌干獨凭歸期未卜姮娥知否客愁孤泛萍梗飄摇分明似我游蹤不定約來朝早起開奩卻對着團圞鏡譚復堂師云逆入平出

清周僖淒涼犯德州道中遇雪寄京華故人全闋云垂楊縱解~~逢~~迴青眼枯條難綰離别亂山自住行人自

去暮笳寒咽征衣暗裂又一片西風弄雲路蒼茫心
隨倦馬林杪望孤驛回首旗亭路粉壁題詩畢尊傾
碧故人念否雁雙飛旋分南北細數歸期料一樹梅
花正發把相思和夢寄與寄未得譚復堂師云換筆換意

一百〇九筆十三

甲　留

詞筆有宜留住者

留蓄書家有無垂不縮之法詞亦然貴能句句縮意欲暢達而語不能住即有一瀉無餘之病宜有以留之如策騎者之懸崖勒馬也舉例如下

唐溫庭筠更漏子云梧桐樹三更雨不道離愁正苦一葉葉一聲聲空階滴到明譚復堂師云似直下語正從前半闋夜長衾枕寒句逗出亦書家無垂不縮之法

一百十　留筆四

後蜀歐陽炯南鄉子云岸遠沙平日斜歸路晚霞明孔雀自憐金翠尾臨水認得行人驚不起譚復堂師云起意直下語似頓挫末句頓挫語似直下驚字倒裝

宋周邦彥蘭陵王柳云柳陰直煙裏絲絲弄碧隋隄上曾見幾番拂水飄緜送行色登臨望故國誰識京華倦客長亭路年去歲來空折柔條過千尺譚復堂師云此是磨杵成鐵手段用筆欲落不落

乙　托

詞筆有宜托開者

蓋泥煞本題為最忌之事托開說去便不窘迫題既須放得開最忌步步相連然又須收得回最忌行行愈遠必如天上人間去來無迹方妙茲舉例如下

宋王沂孫齊天樂云樓陰時過數點倚闌人未睡曾賦幽恨　譚復堂師云　托成遠勢

托筆五

章法　文字皆有章法詞亦文字之一也故須講片段講離合有片段而無離合一覽索然矣　以片段言積字成句積句成段最是見筋節處如金縷曲之第四韻慾上則妙領下則減色　以離合言蓋不外相摩相盪如奇正實空抑揚開闔工易寬隱之類是也有片段而無離合一覽索然矣　蓋詞以鍊章法為隱鍊字句為秀秀而不隱猶百

一百十二

琲明珠而無一綫穿也毖詞

作詞須知暗字訣凡暗轉暗接暗提暗頓必須有大氣真

力斡運其間毖

承接轉換大抵不外紆徐斗健交相爲用所貴融會章法

按脉理節拍而出之微詞至呑吐之妙全在換頭煞尾出の

章法之舉例如下

唐溫庭筠菩薩蠻五闋（第一闋）嬾起畫蛾眉句起（譚復堂師曰起步下倣此云）第二闋江上

柳如烟觸起第三闋玉樓明月長相憶提花落子規啼

小歌第四闋云　寶匜鈿雀金鸂鶒　追叙畫樓音信斷　今情指點鸞

鏡與花枝　頻　第五闋云　雨後卻斜陽　餘韻無憀獨倚門　收東

宋歐陽修一作延巳馮　蝶戀花四闋第一闋云　滿眼游絲兼落

絮　譚復堂師云　師感下倣此　一霎清明雨　境　濃睡覺來鶯亂語　人

驚殘好夢無尋處　情　第三闋　依依夢裏無尋處　呼應

宋晏殊踏莎行前半闋　高臺樹色陰陰見　與後半闋斜

陽卻照深深院　相映

宋周邦彥齊天樂云　綠蕪凋盡臺城路　殊鄉又逢秋晚　譚復

一百十二

堂師云亦是以歸為生法下做此　荆江留滯最久應殊鄉句渭水西風長
安亂葉點化成句後來多少章法又閒醉倒山翁但愁斜照斂結束出奇
正是哀樂無端　六醜　薔薇謝後作云前半闋願春暫留春歸
如過翼一去無跡譚復堂師云逆入平出亦平入逆出下做此　靜遶珍叢
底成太息長條故惹行客似牽衣待話別情無極處處
斷仍處處連殘英小強簪巾幘應願春暫留句飄流處莫趁潮汐
應春歸如過翼句恐斷紅尚有相思字何由見得仍用逆挽　花
犯梅花云依然舊風味譚復堂師云逆入下做此去年勝賞仍孤倚

平出今年對花太匆匆　放筆為直餘
氐州第一云波落寒（前半闋）
汀村渡向晚遙看數點帆小亂葉翻鴉驚風破雁天
角孤雲縹緲官柳蕭疏甚尚挂微微殘照景物關情
川途換目頓來催老換頭云漸解狂朋歡意少奈猶被
思牽情繞周濟止庵先生云竭力追逼得換一
頭一句出鉤轉思牽情繞力挽六鈞　瑞
鶴仙云（全闋）悄郊原帶郭行路永客去車塵漠漠斜陽映
山落斂餘紅猶戀孤城闌角淩波步弱過短亭何用
素約有流鶯勸我重解繡鞍緩引春酌不記歸時早

一百十四

暮上馬誰扶醒眠高閣驚飈動幕扶殘醉繞紅藥歎西園已是花深無地東風何事又惡任流光過卻猶喜洞天自樂

周濟止庵先生云只閒閒說起不扶殘醉不見紅藥之繫情東風之作惡因而追溯昨日送客後薄暮入城因所攜之妓倦遊訪伴小憩復成酣飲換頭三句反透出一醒字驚飈句倒插東風然後以扶殘醉三字點睛結構精奇金針度盡

宋辛棄疾摸魚兒 淳熙己亥自湖北漕移湖南同官王正之置酒小山亭賦

全闋云 更能消幾番風雨匆匆春又歸去惜春長怕花開早何況落紅無數春且

住見說道天涯芳草無歸路怨春不語算只有殷勤畫檐蛛網盡日惹飛絮長門事準擬佳期又誤蛾眉曾有人妒千金縱買相如賦脈脈此情誰訴君莫舞君不見玉環飛燕皆塵土閒愁最苦休去倚危闌斜陽正在烟柳斷腸處譚復堂師云權奇倜儻純用太白樂府詩法

宋范成大眼兒媚萍鄉道中乍晴云酣酣日腳紫烟浮妍暖試輕裘困人天氣醉人花底午夢扶頭春慵恰似春塘水一片縠紋愁溶溶泄泄東風無力欲皺還休

[illegible]一百十五

況夔笙先生云春慵緊接困字醉字細極蓋亦
有理脈可尋所謂蛇灰蚓綫之妙者是
宋史達祖雙雙燕春燕云過春社了度簾幙中間去年
塵冷譚復堂師云藏過一番感歎為還字又字張本又云差池欲住試入舊
巢相並還相雕梁藻井又軟語商量不定譚復堂師云挑按見
指法再搏又云飄然快拂花梢翠尾分開紅影芳徑
芹泥雨潤愛貼地爭飛競誇輕俊紅樓歸晚譚復堂師云換
筆看足柳昏花暝應自棲香正穩譚復堂師云換意便忘了
天涯芳信愁損翠黛雙蛾日日畫闌獨凭譚復堂師云收足然

無餘味

宋王沂孫高陽臺云相思一夜窗前夢（譚復堂師云點逗清醒）江南自是離愁苦況遊驄古道歸雁平沙（譚復堂師云又是一層句勒）

一百十六 [illegible]

第六節　句法

句法　造句須自然又須未經前人道及自唐五代以還名作如林安得有天然好語留待我輩非有性靈之流露書卷之醞釀不能得也性靈關天分書卷關學力學力果充雖天分稍遜必有資深逢源之日中年以後天分便不可恃苟無學力日見其衰退矣

初習填詞先求平妥一關之中安能語語高妙但求有一

一百十七

二語發揮筆力久之自能有所成就
平易之中亦有句法舉例如下詞例
宋周邦彥風流子——云鳳閣繡幃深幾許聽得
理絲簧
宋蘇軾水龍吟楊花云似花還似非花也無人惜從教
墜又云春色三分二分塵土一分流水
宋史達祖綺羅香詠春雨云臨斷岸新綠生時是落紅
帶愁流處

宋吳文英八聲甘州登靈巖敘云連呼酒上琴臺去秋與雲平　聲聲慢閏重九飲郭園云簾半卷戴黃花人在小樓　宋姜夔揚州慢淳熙丙申至日過揚州云二十四橋何在波心蕩冷月無聲

詞中句貴有豔語不豔則色不鮮宜先作豔語以文其意又貴有雋語不雋則味不永宜繼作雋語以疏其氣又貴有豪語不豪則境不高此外則貴有苦語不苦則情不摯又貴有癡語不癡則趣不深

淺語要有味壯語要有韻秀語要有骨此詞

句宜於鍊又宜疏密相間舉例如下

宋馮去非喜遷鶯（全闋）
涼生遙渚、正綠芰擎霜黃花招雨、雁外漁燈蛩邊蟹舍、絳葉表秋來路、世事不離雙鬢、遠夢偏欺孤旅、送望眼、但憑舷微笑、書空無語、慵看清鏡裏、十載征塵、長把朱顏污、借箸青油、揮毫紫塞、舊事不堪重舉、閒闊故山猿鶴、冷落同盟鷗鷺、倦游也、便檣雲柂月、浩歌歸去、

況夔笙先生云此詞多精鍊之句尤合疏密相間之

法可為初學楷模

没要緊語正是極要緊語亂道語正是極不亂道語最俚俗語不可有宋人偶有之當時以付歌耳寒酸語亦不可有即愁苦之音亦當以華貴出之又如道學語怪誕語亦皆宜避戒之

短句須翦截齊整長句須婉曲不可生硬指迷

一領四五六字句上二下三上三下二句上三下四上四下三句四字平句五七字渾成句要合調無痕重頭疊腳

一百九　句法二

蜂腰鶴膝大小韻詩中所忌皆宜忌之宋り

一調中通首皆拗者遇順句必須精警通首皆順者遇拗句必須純熟拗調拗句須渾然脫口一若不得不用此平仄聲者方為作手如未能極工則取成語以實之物例蓮子引

句中之對（四字者不可似賦）字少之對句宜凝鍊字多之對句宜流利詞匯

總之（七字者不可似詩）深淺濃淡大小輕重之間務須精整平舉字勿對仄串字實字勿對虛字惟實字不求甚工草木可對禽獸服

叠韻法

用可對飲食忌

兩句之可作對者便對小令如浣溪紗後半闋之上二句

雖可不對總以能對為妙

兩句一式皆四疊句一促拍一曼聲瀟湘神法駕導引一氣流注者促拍也東坡引雄心消一半雄心消一半不為

申明上意而兩意全該者曼聲也

一調用某韻則句中勿多雜入本韻字而每句首一字

尤宜慎之如押魚虞韻兩句中多用語麌字無吾字則五

二百廿

晋斋词麈

附

第七節　字面

字面　句法中有字面字面為亦詞中之起眼處必須深加鍛鍊不可若隨意出之便率宜熟讀文選各詩及溫庭筠李賀李商隱韓偓並花間集中之詞擇而用之舉例如下

用古人之事宜取其新穎去其陳腐

宋周邦彥浪淘沙慢云翠尊未竭憑斷雲留取西樓殘月

譚復堂師云所謂以無厚入有間斷字殘字皆不輕下

宋洪瑹菩薩蠻云繫馬短亭西丹楓明酒旗　南柯子

字面　一百廿一

云碧天如水印新蟾　阮郎歸云綠情紅意兩逢迎扶春來遠林又云羅衣金縷明　浪淘沙別意云花霧漲冥冥況夔笙先生云兩明字印字扶字並從追琢中出漲字亦鍊

宋韓𤤻浪淘沙云試花霏雨溼春晴三十六梯人未到獨喚瑤箏況夔笙先生云妙在深字喚字

宋黃蘭柳梢青云花驚寒食柳認清明驚字認字屬對絕工昔人用字不苟如是所謂詞眼也

宋李萊老小重山云畫檐簪柳碧如城一簾風雨裏過

清明又云紅塵沒馬翠軿輪西泠曲歡夢縈飄零 況蘷笙先生云簪字沒字軿字並力求警鍊造語亦佳

宋王千秋好事近和李清宇云歸晚楚天不夜抹牆腰橫月 況蘷笙先生云只一抹字便得泠靜幽瑟之趣

上图删

金劉仲尹琴調相思引柔桑葉大綠團雲 清如女士云大字方志桑之精神無字可易

元蕭漢傑浪淘沙中秋雨云貪得今年無月看留滯江城 況蘷笙先生云無月非貪者所獨即亦何加於貪所謂愈無理愈佳詞中固有此一境惟此等句以肆口而成為佳

金元劉迎錦堂春西湖云牆角含霜樹靜樓頭作雪雲垂

況蕙笙先生云静字垂字得含霜作雪之神此實字呼應法初學最宜留意

軟字硬字宜相間用之如水龍吟中之排句尤須宜審慎

句中有宜用虛字若然不可多虛字有單字雙字三字之别

一二

姑舉單字之用法且況又縱（言之）於換意之發端處用之漫漸正但（續辭之轉）於嚮處用之（張祥齡瘦碧詞叙）

餘類推

單字　且　況　又　縱（宜）更　但（作）便　正　但（作）漫　漸

（作方將未已）

怎　佳　這　早　儘　應　似（伊便）甚（若）看　問

算　料　念　想　任　怕（待憑）嗟　奈（莫）恨　快　快

雙字　卻是　好是　可是　莫是　何況　還又

那更　怎禁　無端　聞道　見說　試問　記曾
卻憶　回念　還念　遙想　漫道（遮莫　儘教）　漫說　誰
知道、誰知　堪羨　卻喜　何堪　那堪　底事
三字　君知否　君莫問　君不見　誰知道　倩何
人　問何事　且消受　都付與　還付與　怎禁
得　最難禁　又匆匆　又還是　又況是　又早
是　更能消（都應是）、　更那堪　那更知　當此際　到而
今

一百廿三　字面三

領句單字一調數用宜變化渾成勿相犯の宋

一調之中字勿複同一字而意義不同可偶一用之能避尤妙

一字而疊用之曰疊字宜善用之舉例如下

宋李昂英摸魚兒云愁絕處怎忍聽聲聲杜宇深深樹

宋　李清照聲聲慢云尋尋覓覓冷冷清清悽悽慘慘戚戚又云梧桐更兼細雨到黃昏點點滴滴

三句連用十四箇疊字又繼以四個疊字無斧鑿痕

第八節　氣格

氣格　詞之佳者在氣格當於全體大段求之（東河序）字句之工猶其次也忌雕琢須高渾雕琢太甚則傷氣格蓋氣格以高渾為尚然欲求格高當先求襟抱之高否則雖才情詣力色色絕人終不能超然遐舉今舉例如下

宋向子諲虞美人云人憐貧病不堪憂誰識此心如月正涵秋（況夔笙先生云襟抱之高可見）

氣格　一百二十

宋高觀國金人捧露盤金闕云楚宮開、金成屋、玉為欄、斷雲夢容易驚殘、驪歌幾疊、至今愁思怯陽關清音、恨阻抱哀箏知為誰彈、年華晚、月華冷、霜華重、鬢華斑、也須念閒損雕鞍、斜織小字、錦江三十六鱗寒、此情天闊、正梅信笛裏關山、況蕙笙先生云風格遒上

清董士錫江城子丙寅里中作金闕云寒風相送出層城曉霜凝畫輪輕牆內鳥啼牆外少人行折盡垂楊千萬縷留不住此時情紅橋獨上數春星月華生水

天平鏡裹芙蓉應向臉邊明金雁一雙飛過也空目
斷遠山青譚復堂師云格高

清丁簾恆滿庭芳北樓曉望金閶云冥露沈山澹烟籠
渚畫出一片秋空遠林霜葉絢染十分紅夢想來時
陌上相將見應誤春工知何處水村山郭渡漾酒旗
風匆匆又負了黃花香晚綠醑杯濃算難將心事訴
與歸鴻更向危闌閒倚蒼波渺目斷孤篷遠高城外宛
向雙水流向夕陽東譚復堂師云氣體高妙

一百廿五

清金泰鷓鴣天全闋云勝葉坊前見淨持治妝猶畫入時眉含情强倚東風笑壓當年舊舞衣金縷管玉交危詞人爭賦小楊枝除他一片秋江月曾照芙蓉泣露時譚復堂師云以氣體勝

清蔣春霖鷓鴣天全闋云楊柳東塘細水流紅窗睡起喚晴鳩屏間山壓眉心翠鏡裏波生鬢角秋臨玉管試瓊鉤醒時題恨醉時休明朝花落歸鴻盡細雨春寒閉小樓譚復堂師云字字用意氣體甚高

清何兆瀛南鄉子全闋云春事了殘紅開落闌干畫閣東幾日杜鵑聲不斷匆匆一笛吹春唱懊儂無語下簾櫳苦把春痕憶夢中雨又不來雲又散濛濛滿院楊花滿院風譚復堂師云高格

清許宗衡中興樂初秋同人登龍樹寺凌虛閣全闋云繞樓一帶薜蘿牆西風瑟瑟橫塘眼前春色垂柳垂楊蘆花容易如霜雁聲長幾時飛到高城遠樹亂堞斜陽十年冠劍獨昂藏古來事事堪傷狐狸誰問何

一百廿六　氣格二

詞

况豺狼薊門山影茫茫好秋光無端孤負闌干倚徧風物蒼涼（譚復堂師云止庵詞辨所謂既成格調求實實則精力彌滿者也）

晚近以來格日超而日下往往高語清空而所得甚薄力求新豔而其病也纖微特距兩宋若霄漢甚且為元明之罪人矣

初學詞求空空則靈氣往來既成格調求實則精力彌滿

初欲成格調先求妥帖停勻再求和雅深（深者只是不淺之謂）秀乃至精穩沈著則格調成矣精穩與妥帖異沈著則更進一層矣

氣　文字以氣為主氣不足雖有辭藻非佳作也詞亦然

舉例如下

宋周邦彥卜算子慢云脈脈人千里念兩處風情萬重烟水雨歇天高望斷翠峯十二儘無言誰會憑高意縱寫得離腸萬種奈歸鴻誰寄　周濟止庵先生云一氣轉注聯綿而下清真最得此訣

浪淘沙慢云翠尊未竭憑斷雲留取西

有艾氣　柳

樓殘月周濟止庵先生云三句一氣趕下是清真長技

清朱彝尊百字令偶憶全閩云横街南下記鈿車小小翠簾齊揭綠酒分曹人散後心事低回潛説蓮子湖頭枇杷花下綰就同心髻明珠未斛朔風千里催别同是淪落天涯青青柳色爭恐先攀折紅浪香溫圍夜玉隨我懷中明月暮雨空歸秋河不動斷箭丁丁咽十年一夢鬢絲今已如雪譚復堂師云有潛氣内轉之妙

清郭夔綠意乙卯上巳云曲池漾碧更雨絲縷縷隨波

攙入如此園林不管良辰花草滿庭狼籍鶯歌燕（蝶）舞
堂前去有燕子似曾相識想右軍一敘當年會得萬
千今昔休慨蘭亭已矣看人事代謝都成陳迹是處
園天涯猶有山陰偏少謝公雙屐多情常是清游阻
怕一誤終成追憶儘暫看萬地新晴還認舊時風日

譚復堂師云曲折處
有潛氣內轉之妙

一百廿八　[illegible]

意境

第十九節 意境

填詞須求意境舉例如下

唐無名氏魚游春水詞有云秦樓東風裏燕子歸來尋舊壘餘寒猶峭紅日薄侵羅綺嫩草方抽碧玉茵媚柳輕柳黄金縷鶯囀上林魚游春水詞

宋李元膺洞仙歌有云雪雲散盡放曉晴庭院楊柳於人便青眼更風流多處一點梅心相映遠約略顰輕笑淺

意境 一百廿九

宋曾同季醉江月有云一年好處是霜輕塵斂山川如洗

宋黃機〻竹齋詞的桂樹深深村狹花通　能寫村居幽寂寥之趣若換用他樹則意境便遜

金趙秉文生查子擬東坡有云珠貝橫空冷不收半溼秋河影　參沉瓊笙先生云珠貝字奇麗而意境益清絕

第十節　情景

情景　北宋人詞但（惟）取當前情景無窮高極深之致南宋不然善言情者但但寫景而情在其中此等境界北宋人往往有之蓋北宋詞多就景敘情故珠圓玉潤四發玲瓏至南宋一變而為即事敘景則深者反淺曲者反直矣南宋詞情語不及（如）景語而融法使才高者亦有合於柔厚之旨

復曰　旭

情景　一百卅

近人能作景語不能作情語然情語多景語少兩（亦）是一病

但言情至色飛魂動時乃能於無景中著景 董以寧英 湖釣訢

[illegible]日記[illegible] 一百卅一

言情之作宜屏浮豔藉景以映託之迺具深婉流美之致融景入情即情中有景也融情入景即景中有情也舉例如下

宋柳永雨淋鈴云念去去千里烟波、暮靄沈沈楚天闊、多情自古傷離別更那堪冷落清秋、節今宵酒醒何處、楊柳岸曉風殘月、情景相融劉熙載云詞有點染上二句點出離別冷落今宵二句乃就上二句染之點染之間不得有他語相隔否則警句亦成死灰矣

宋賀鑄薄倖云、自過了燒燈後、都不是踏青挑菜幾回

憑雙燕、丁寧深意、往來卻恨重簾礙、約何時再、正春濃酒困人、閒晝永無聊賴、厭厭睡起、猶有花梢日在、

周濟止庵先生云

情中布景故穠至

宋晁端禮水龍吟桃花全闋云、嶺梅香雪飄零盡、紅杏枝頭猶未、小桃一種夭饒、偏占春風、工用意微噴丹砂、半含朝霧、粉牆低倚、正春寒露井、高樓簾外、爭凝睇、東風裏、好是佳人半醉、近橫波一枝嬌媚、玄都觀裏、武陵溪上、空隨流水、惆悵妖紅、雨風不定、五更天

一百卅二

氣、念當年門裏、如今陌上、灑離人淚、況夔笙先生云自微噴句已下婉麗清空不黏不脫尤能熨帖入微妙移詠他花不得嘗謂北宋詞不易學此等詞卻與人以可學處其寫情景有合篇及其用事靈活處具有消息可參

宋辛棄疾祝英臺近全闋云、寶釵分、桃葉渡、煙柳暗南浦、怕上層樓、十日九風雨、斷腸點點飛紅、都無人管、更誰勸、流鶯聲住、鬢邊覷、試把花卜歸期、纔簪又重數、羅帳燈昏、哽咽夢中語、是他春帶愁來、春歸何處、卻不解帶將愁去、景中有情

第十一節、運用

甲 用古事

用事宜體認著題不為事所使必如水中之鹽融化無迹且須前後鉤鎖又以無事障為貴晦也膚也多也板也皆障也僻事實用熟事虛用學有餘而約以用之善用事者也作敘事而間以理言得活法者也最舉例如下

用事之法銀鉤空滿便是書不必明用書字如玉筯雙垂便是淚不必明用淚字綠雲繚繞便是髻不必明用髻字

用事結

一百卅三

困便湘竹便是簟不必明用簟字又如說桃不必直說桃可用紅雨劉郎等字如說柳不必直說柳可用章臺灞岸等字

用事而以古人姓名相對舉作對便直白無味如周邦彥宴清都之庾信愁多江淹恨極西平樂之東陵晦迹彭澤歸來大酺之蘭成憔悴衛玠清羸過秦樓之才掩江淹情傷荀倩皆不可學用事之舉例如下

宋蘇軾點絳唇庚午重九云尚想橫汾蘭菊紛相半樓

一百卅四用事等与

舡遠白雲飛亂空有年年雁用漢武橫汾事吳衡照云妙在數虛字運掉便化實為虛最得用古訣之善

永遇樂彭城夜宿燕子樓夢盼盼云燕子樓一空佳人何在、空鎖樓中燕、用唐張建封事切脈

宋周邦彥瑞龍吟金闕云、章臺路、還見褪粉梅梢、試花桃樹、愔愔坊陌人家、定巢燕子、歸來舊處、暗凝竚因記箇人癡小、作窺門戶、侵晨淺約宮黃、障風映袖、盈盈笑語、前度劉郎重到、訪鄰尋里、同時歌舞、惟有舊來秋娘、聲價如故、吟箋賦筆、猶記燕臺句、知誰伴名園露飲、東

城閒步、事與孤鴻去、採春盡是傷離情緒、官柳低金縷、歸騎晚、纖纖池塘飛雨、斷腸院落、一簾風絮、用崔護桃花人面事　周濟止庵先生云、由無情入、結歸無情、層層脫換、筆筆往復

宋辛棄疾霜天曉角旅興云　明月落花寒食、得且住為佳耳　用晉無名氏帖寒食近且住為佳耳句

宋姜夔疏影云、猶記深宮舊事、那人正睡裏、飛近蛾綠　用劉宋壽陽公主梅花點額事

宋李清照壺中天慢云、清露晨流、新桐初引　用世說語　陸志希詞表

一百卅五　用事等

8○乙　用古人詩句

用古人詩句者舉例如下

五代南唐李後主虞美人云問君能有幾多愁恰似一江春水向東流用劉禹錫蜀江春水拍天流水流無限似儂愁白居易欲識愁多少高於灩堆句意

淮泗

宋晏幾道鷓鴣天云今宵賸把銀釭照猶恐相逢似夢中用杜甫夜闌更秉燭相對如夢寐句意

宋蘇軾蝶戀花云春事闌珊芳草歇用謝靈運芳草亦未歇句意

宋秦觀水龍吟云天應知道和天也瘦用李賀天若有情天亦老句意

宋章楶水龍吟柳花云時見蜂兒仰黏輕粉魚吞池水
用杜甫蜂黏(仰)落絮
粉意用纖

宋史達祖喜遷鶯云自憐詩酒瘦難應接許多春色 反用
杜甫詩酒尚堪驅使在未
須料理白頭人句意

宋高觀國少年游詠草云萋萋多少江南恨翻憶翠羅裙
用杜甫蔓草見
羅裙句意　纖

宋周密少年游宮詞云一樣春風燕簾(梁)鶯戶那處得春多
用李商隱鶯啼花又笑
畢竟是誰春意 翻

二百卅六

用事學

劉巨濟清平樂云莫把珠簾垂下妨他雙燕歸來用陸游待燕歸來始下簾句意

纖

宋李清照云幾日不來樓上望粉紅香白已爭妍用梅堯臣幾日不來今幾日滿城多少柳絲黃意然卻是詞筆翻

而用古人詞句

用古人詞句者舉例如下

宋秦觀千秋歲云春去也飛紅萬點愁如海用南唐李後主問君能有幾多愁恰似一江春水向東流意

宋葉夢得定風波與幹譽才卿步西園始見青梅云待

卜清如女士云

得微黄春亦暮烟雨半和飛絮作濛濛用賀鑄一川烟草半城風絮梅子黄時雨意所謂善能轉換亦復景中有情特高渾不及賀耳

宋馬莊父海棠春云護取一庭春莫攪花間鵲反用徐乾悶求彈鵲又攪碎一簾花影意怨

宋趙待制蝶戀花云別久啼多音信少應是嬌波不是當年好　人月圓云別時猶記眸盈秋水淚溼春羅　的用秦觀也應似舊盈盈秋水淚溼春山意怨

一百卅七　用事等盡

第十二節　作法

填詞之作法有三要曰重曰拙曰大況周頤氏之言也意謂必臻此境而詞始益尊雖非初學所能猝至而不可不知默識胸中有此重拙大三字心嚮往之功力既深自不難上追北宋矣（此宋人不可及處）此外有當知之作法者曰厚曰穆曰靜曰自然曰吞吐離即曰真率曰樸質曰本色曰高曰深曰雋曰奇曰幽曰澀曰穠麗曰峭曰曲曰清空曰淡曰疎曰密曰雅曰婉曰神來曰神韻

作法　一百三十八

一 第四節 重

重若不輕儇也不輕儇即沈著沈著在氣格不在字句雖作豔詞亦必須有深至之思灝瀚之氣挾之以流轉令人翫索之而不能盡則其中之所存者厚沈著者在氣格不在字句厚之發見乎外者也然沈著至極仍須含蓄欲求沈著當於詞外求之於性情得所養於性情書卷觀其通饜而飫之積而流焉所謂滿心而發肆口而成擲地作金石聲者也情真理足筆力能包舉之純任自然不假鍛鍊則

一百廿九

存[illegible]之 重

沈着二字之詮釋也唐宋舉例如下

唐溫庭筠南歌子有云偷眼暗形相不如從嫁與作鴛鴦又云為君憔悴盡百花時 譚復堂師云盡頭語單調中重筆

宋晏幾道阮郎歸全闋 天邊金掌露成霜雲隨雁字長綠杯紅袖趁重陽人情似故鄉蘭佩紫菊簪黃殷勤理舊狂欲將沈醉換悲涼清歌莫斷腸 況夔笙先生云綠杯二句意已厚矣殷勤理舊狂五字三層意狂者一肚皮不合時宜發見於外者也狂已舊矣而理之其狂若有甚不得已者欲將沈醉換悲涼是上句註腳清歌莫斷腸仍含不盡之意此詞沈着厚重得此結句便覺竟體

空霽

宋周邦彥尉遲杯云無情畫舸都不管烟波隔前浦

花犯梅花云相將見脆圓薦酒人正在空江烟雨裏

六醜薔薇謝後作云為問家何在夜來風雨葬楚

宮傾國

宋吳文英齊天樂云但有江花共臨秋鏡照憔悴 憶

舊游別黃澹翁云蓀麥迷烟處問離巢孤燕飛過誰

家

一百四十畫

宋王沂孫解連環孤雁云寫不成書只寄得相思一點

宋王易簡慶春宮詠謝周草窗惠詞卷云用君凝佇依約

吳山半痕蛾綠況夔笙先生云融景入情秀極成韻凝而不佻

清嚴繩孫南歌子云斷腸天氣舊池亭夢裏紅香清露

泣三更

清范鍇點絳唇云春來事滿林紅翠只是人憔悴譚復堂師云憔悴沈痛

清王詒壽解語花忘林旅況有贈云算人生有幾江樓

此夕花深香輭

譚復堂師云沈
痛得美成之髓

葦三

一百四十一

五　大

大之舉例如下

南唐李後主相見歡云林花謝了春紅太匆匆無奈朝來寒雨晚來風　浪淘沙云獨自莫憑闌無限江山別時容易見時難流水落花春去也天上人間

宋范仲淹蘇幕遮云　山映斜陽天接水芳草無情更在斜陽外　漁家傲云四面邊聲連角起千嶂裏長烟落日孤城閉

宋辛棄疾念奴嬌書東流村壁云野棠花落又匆匆過

稀法三　一百四十五

了清明寒食時節 譚復堂師云大踏步出來 鷓鴣天鴛湖歸病
起作云不知筋力衰多少但覺新來懶上樓 詞中有此大筆

宋張孝祥念奴嬌過洞庭云玉界瓊田三萬頃著我
扁舟一葉又盡吸西江細斟北斗萬象為賓客

金李治摸魚兒和遺山雁丘云詩翁感遇把江北江
南風嗥月唳并付一丘土 況夔笙先生云託旨甚大

清林蕃鍾南浦題范青照蒼茫獨立圖云有幾古今愁

[illegible]

凝淚眼彈與露花霜草 譚復堂師云大筆壓摧士衡所謂警策

清楊夔生一萼紅秋霖作歇同人泛舟環溪云看暮色蒼然林表好湖山彈指入斜暉 譚復堂師云胸襟甚大

附

大之對曰小小而不纖前佳舉例如下

南宋易祓喜遷鶯云記得年時膽瓶花畔曾把牡丹同嗅 況蕙風先生云小而不纖極不經意之事信手拈來便覺旖旎纏綿令人低回不盡

元邵亨貞[illegible]云魚吹翠浪柳花行 況蕙風先生云小而不纖

廿二

一百四十二

最有
生氣

己　言拙

拙，質也。詞忌做，尤忌做得太過。巧不如拙，亦即美不如老。

且有愈拙而愈見其厚者，愈見其秀者，舉例如下：

宋周邦彥大酺云：行人歸意速，最先念流潦妨車轂。

尉遲杯云：有何人念我無聊，夢魂凝想鴛侶。風流

子云：多少暗愁密意，惟有天知。——最苦夢

魂今宵不到伊行

解連環云：拚今生對花對酒，為

最苦夢魂今宵不到伊行。又

伊淚落。　風流子云：天便教人霎時相見何妨。

作拙

一百四十四

宋陸辛棄疾念奴嬌書東流村壁云也應驚問近來多少華髮

宋陸游朝中措云總是向人深處當時枉道無情 譚復堂師

穠秀

明陸鈺虞美人云可憐舊事莫輕忘且今三年無夢到高唐 況夔笙先生云質拙

清陳維崧慶春澤春影全開云已近花朝未過春社小
樓盡日沈沈暝色連朝江南從客難禁門前綠水渾
如夢粉雲遮失卻遙岑悠漸裙不到溪邊佳約空尋
年時卻是舊花候正黃歸柳靨紅入桃心舞扇歌衫

（掛三）　一百四十五

參差十里園林東風吹織絲絲滿做半寒半煖光陰問何時廿四日上花梢細弄鳴禽譚復堂師云尚有拙致頻伽不能為

清閨秀韻春冉冉雲病中張坤鶴過訪全閑云秋雨瀟瀟意難暢忽敲門道人來訪元都客談論海天方丈全不管世間得喪惟有真知最高尚一任他你爭我讓把身心且自忘憂頤養閱盡古今花樣生況蕙笙先生云質而拙都近宋人正復不俗

厚　四　厚

厚

唐溫庭筠南歌子云為君憔悴盡百花時譚復堂師云百花字時三字是加倍法

宋歐陽修蝶戀花云淚眼問花花不語亂紅飛過鞦韆去毛奇齡云因花而有淚是第一層意因淚而問花是第二層意花竟不

宋晏幾道臨江仙云琵琶絃上說相思當時明月上曾照綵雲歸

旌[illegible]五　厚　一百四十六

宋陳克謁金門云紅雨入簾寒不捲小屏山六扇譚復堂師云簾既不捲屏又掩之是加倍寫法

宋周邦彥夜遊宮全闋葉下斜陽照水卷輕浪沈沈千里橋上酸風射眸子立多時看黃昏燈火市古屋寒窗底聽幾片井桐飛墜不戀單衾再三起有誰知為蕭娘書一紙周止庵先生云此是層疊加倍寫法本只不戀單衾一句耳加上前半闋方覺精力彌滿

宋吳文英解語花云淺薄東風莫因循輕把杏鈿狼籍

譚復堂師云柔厚至此豈非風人之遺

宋蘆祖皋清平樂云何處一春游蕩夢中猶恨楊花況夔笙先生云是加倍寫法

金景覃天香云閒階土花碧潤緩芒鞵恐傷蝸蚓況夔笙先生云小中見厚

清顧翰清平樂云芙蓉影瘦瓦渠鏡中憔悴如余空自朱樓臨水頻年不見雙魚譚復堂師云得加一倍法

卷二　一百四十七

五　穆

穆　詞有穆之一境靜而兼厚重大之謂也淡而穆已不易濃而穆則更難

有詩文

穆　一百四十八　稿本

六五　靜

靜

宋韓維胡擣練令云燕子漸歸春悄簾幙垂清曉況蕙笙先生云詞境以深靜為主境至靜矣而此中有人如隔蓬山思之思之遂由靜而見深此二句尤妙在一漸字

金元好問木蘭花慢云黃星幾年飛去澹春陰平野草青青況蕙笙先生云幽邃靜芳情卻有難狀之情令人低徊欲絕

作法七　靜　講　一百四十九

8 七 夜　自然

自然 自然不假人力以雕琢為尚 韵詞以句有長短放（況蕙風先生謂）

尤以自然為宗 但自然非從追琢而來便率易無味 又須

知太做嫌琢 太不做嫌率（必須）恰到好處 恰够消息 毋不及 毋

太過 總以用意能出人意外 出句如在人口頭為妙 如是

則渾成即自然也 舉例如下

宋陳與義臨江仙云 杏花疏影裏 吹笛到天明

宋謝懋杏花天云 雙雙燕子歸來晚 零落紅香過半 清卜

以女士云 此二語不 曾作態 恰妙造自然

作法人

自然 一百五十

宋史達祖臨江仙云幾曾湖上不經過看花南陌醉駐馬翠樓歌流變笙先生云下二語人人能道上句妙絕似不經人道甚經意所謂得來容易卻辛也

宋王沂孫高陽臺云如今處處生芳草縱憑高不見天涯譚復堂師云返虛入渾

宋韓疁高陽臺除夕今闋云頻聽銀籤重燃絳蠟年華袞袞驚心餞舊迎新能消幾刻光陰老來可慣通宵飲待不眠還怕寒侵掩青尊多謝梅花伴我微吟鄰娃

已試春妝了更蜂枝簇翠燕股橫金勾引春風也知芳意難禁朱顏那有年年好逞豔游贏取如今恣登臨殘雪樓臺遲日園林況蕙風先生云語淺情深妙在字句之表便覺刻意求工是無端多費氣力

宋閨秀聶勝瓊李之問室初為妓後適李之問鷓鴣天寄李之問云全 全闋

玉慘花愁出鳳城蓮花樓下柳青青尊前一唱陽關曲別箇人人第幾程尋好夢夢難成有誰知我此

稿紙 一

時情枕前淚共階前雨隔箇窗兒滴到明況蕙笙先生云

自然妙造不假追琢愈渾成愈穠粹於

北宋名家中頗近六一東山

清朱彝尊搗練子云全闋思往事渡江干青蛾低映越山看

共眠一舸聽秋雨小簟輕衾各自寒

清張惠言相見歡云年年負卻花期過春時只合安排

愁緒送春歸梅花雪梨花月總相思自是春來不

覺去偏知

清閨秀顧春貝勒奕繪側室改滿洲姓回西林號太清自署太清西林春壽樓

春送春金闕云鵑聲中春歸、奈匆匆不住、輕送芳菲、幾處園林池館、落紅霏霏、無意緒、裁春衣、想去年百花開時、記剪燭山樓、看花古寺、回首夢依稀、誰能禁東風吹、倚闌干幾曲、時與心違、又是楊花繚徑、海棠垂絲、春已去、人如斯、更那堪幽思空悲、對芳草深庭、簾櫳未垂、雙燕飛、況夔笙先生云肆口而成豪不喫力似此功候碻從宋詞中得來

若於語意深遠者稍加刻畫則鏤金錯繡漸近天然斯可矣

八、吞吐離即

吞吐離即　吞吐離即者若可解若不可解所謂烟水迷離之致者也斯為詞之上乘蓋名手作詞題中應有之義不妨三數句說盡自餘悉以襟抱（發抒）所寄託往往委曲而難明長言之不足至乃零亂拉雜胡天胡帝其言中之意讀者不能知作者亦不斷其知以謂流於跌宕怪神怨懟激發而不可以為訓則亦左徒之騷些云爾說申言之吞吐離即者亦即空中蕩漾也上句本可接入下意卻偏不入

作法九

吞吐離即　一百五十二

「而於其間傳神寫照乃愈使下意栩栩欲動又凡寫迷離之況若但須大寫景即可見之如古人兩句小窗斜日到芭蕉半牀斜月疎鐘後（兩句）是也舉例如下

宋歐陽修（馮延巳）蝶戀花六曲闌干偎碧樹誰道閒情拋棄久幾日行雲何處去庭院深深幾許四闋一作歐陽修作四闋一云歐陽修作譚復堂師云金碧山水一片空濛亦正所謂有寄託入無寄託出也

宋周邦彥蘭陵王柳云閒尋舊蹤跡又酒趁哀絃燈照離（隹）席梨花榆火催寒食愁一箭風快半篙波暖回頭

迢遞便數驛望人在天北　又云　悽惻恨堆積漸別浦縈迴津堠岑寂斜陽冉冉春無極念月榭攜手露橋聞笛沈思前事似夢裏淚暗滴　周濟止庵先生云客中送客一愁著字代行者設想以下不辨是情是景但覺烟靄蒼茫望字念字尤幻

蘇幕遮云葉上初陽乾宿雨水面清圓一一風荷舉　周濟止庵先生云若有意若無意使人神眩

宋洪瑹浪淘沙別意云花霧漲冥冥欲雨還晴　況夔笙先生云能融景入情得情怳迷離之妙

一百五十四　眉吐離即

宋黄孝邁湘春夜月傷春全闋云近清明翠禽枝上消魂可惜一片清歌都付與黄昏欲共柳花低訴怕柳花輕薄不解傷春念楚鄉旅宿柔情別緒誰與溫存空樽夜泣青山不語殘月當門翠玉樓前惟是有一波湘水搖蕩湘雲天長夢短問甚時重見桃根這次第算人間沒箇并刀翦斷心上愁痕~~譚復堂所云~~前半空際盤旋搖曳出之將翠禽柳花一齊請出作陪何等旖旎後半一波三折惝怳迷離

清朱彝尊蝶戀花揚州早春同沈覃九賦云十里雷塘
歌吹遠柳巷人家雛小鴉黃淺帷子春衣都未換鈿
車早已東城遍妝罷更遮雀扇最恨微風不放珠
簾卷斜露翠蛾剛半面心飛玉燕釵頭顫譚復堂師云吞吐斷弗
清李符踈影帆影云雙槳且任趁風旋五兩挂席吹去
側浸紋波一片橫斜不礙招來鷗鷺忽遮紅日江樓
暗只認是涼雲飛度待卷幔簾底憑看已過數重烟
一百五十五香[illegible]

浦槎漾東西不定作眠碧草上旋入高樹荻渚楓灣宛轉隨人消盡斜陽今古有時殘月依稀見總添得客懷接楚夢醒來雨急潮渾傍榜又無尋處譚復堂師云、惝恍迷離意有所指絕似六朝賦手

清徐瑤惜紅衣擬夢窗之雲母屏前湘妃簾後晚寒情緒驀地傷心修蛾一痕皺闇階散步曾作遇倩攜纖

手波留無語暗憐為新來消瘦香雲散久玉碎花萎春情已非舊惟教驗取羅袖畫淚透待寫別來愁思寄與斷魂知否問甚時還許玉樓重叩譯

惝恍迷離極神得見離合之妙

清厲鶚曲游春郊外採春作云一水心源曲被柳條遮斷千縷婀娜有約湔裙怪逢伊還向重簾單舸出意新梳裹看鬅鬆蕊黄微淀縱近來遠似天涯誰倩玉顏初破禁大心情偏要伴錢鵝偷分鈿荇輕墮容易

一百五十六　此離即目

斜陽忍穿簾鳳子尚尋珠唾波面虹橋卧怎怨咽玉
簫吹過無奈淡月籠鐙翠扉根鎖 評 至竟迷離
晴濤德輿蝶戀花春暮寫景遒云一百尺高樓春色暮不
卷珠簾怕惹黏窗絮只有惜春黃鳥解語隨風又入烟
中樹陌上尋芳羞獨去碧水紅橋盡是相思處吹畫
殘花須閉戶黃昏漸有蕭蕭雨 評 騷蘊最纏綿

清吳錫麒望湘人春陰云慣留寒弄暝非雨非晴誤拋多少春色半帶閒愁半迷歸夢黯黯蘼蕪空碧闌處雲濃禁餘烟重欲移無力最晚來如雪東欄一樹梨花明正孤負餳簫巷陌已清明時過懶攜遊屐只潤過熏爐約略故香留得聽傍人半晌呢喃似怨還寄雲箋隔譚復堂師云迷離惝怳若近若遠

清閨秀顧春定風波擬古金閨云花裏樓臺看不真綠楊隔斷倚樓人誰謂合歡獨不見一片桃花人面可

一百四十又　各此迷離佳仙

憐春芳草萋萋天遠近難問馬蹄到處總消魂數盡歸鴉三兩陣偏襯瀟瀟暮雨又黃昏

卜清姒女士云饒有烟水迷離之致

九　真

真　真是詞骨情真語真所作必佳舉例如下

宋劉克莊風入松福清道中云多情惟是燈前影伴此翁同去同來逆旅主人相問今回老似前回　況夔笙先生云語真質可喜

宋洪适漁家傲引金闕子月水寒風又烈巨魚漏網成虛設圍圍縱他歸丙穴謀自拙空歸不管旁人說昨夜醉眠西浦月今宵獨酌南溪雪妻子一船衣百結

梓洋廿　真　一百五十八

長歡悅不知人世多離別

宋呂勝己醉桃源、金闕去年手種十枝梅、而今猶未開、山翁一日走千迴、今朝蝶也來、高樹杪、暗香微、慳香越惱懷、更饒銀燭引春回、英英露粉顋、卜清姒女士云、來顋二韻意趣絕佳、來韻更勝

宋姜特立菩薩蠻云、苗葉萬珠明、露華圓更清、卜清姒女士云、清圓更清三字之所以然未易說出、卻有無限真趣深致

第二十頁

吴越之區域近人心目中輒以蘇州紹當之狭義也且於吴恒藐之謂吴人毗於柔而不自振也於越恒鄙之謂越人習於獷而復多嗇也吾所見之蘇人亦多矣絶未見有若是者　江南之人以文弱稱言較諸西然禮教之邦也

而外人或有加以貶辭者，於江寧、上元曰南京拐子，於蘇州之長洲、元和、吳縣曰蘇空頭，於無錫、常州曰無常，到性命都難保，於揚州之江東都、甘泉曰揚虛兒，予與彼都人士習，乃知其實不然。又外人於吾浙杭州之仁和、錢塘曰杭鐵頭，湖州之烏程、歸安曰湖州菩慳子，紹興之山陰、會稽曰紹興壽頭，亦殊非是。又於湖北人曰天上九頭鳥，地下湖北老，於四川人曰川蓿鼠，皆誣蜀也。

第二十四頁

6

滬之曹家渡原野曠迥林木蓊薈、夏之夕、逭暑之人夥、西賈遂設肆於是、以沽酒或開跳舞會、娛遊客、癸亥七月十五夕、有友往觀焉、歸而語予曰、男女連臂而舞、西人之跳舞恒若是、

第十五

（注內）世界宗教大同會中華民國十三年九月十日申報所載川沙縣教育會請解散大同會致江蘇省長電有云某某名人之姓名僅有姓而名則曰某某

考御選歷代詩餘

金章宗蝶戀花詠聚頭扇云忽聽傳宣須急奏輕輕褪
入香羅袖　況夔笙先生云此詠物兼詠事寫出廷臣
入對時情景確是詠聚頭扇確是章宗詠
聚頭扇他題他人挪移
不得所以為佳

元張翥摸魚兒王季境湖亭蓮花中雙頭一枝邀予同
賞而為人折去季境悵然請賦云吳娃小艇應偷賞
一道綠萍猶碎　埽花游落紅云一簾晝永綠陰陰

一百五十九

尚有絳蚨痕凝況夔笙先生云並是真實情景寓於忘言之頃至靜之中非胸中無一點塵未易領會得到蛻俗筆能達出新而不纖雖淺語卻有深致倚聲家於小處規摹古人此等句即金鍼之度矣

質 8 十四 質

宋榮諲南鄉子詠梅云江上野梅芳粉色盈盈照路旁

折得一枝和雪嗅思量似箇人人玉體香 況夔笙先生云似箇

向豔而質猶是宋初風格花間之遺

宋陳克鷓鴣天云薄情夫婿花相似一片西飛一片東

作法十一 [illegible] 四

二百

卜清似女士云，語豔而質。嘗記國初人句云：「儂似飛花郎似絮，東風捲起卻成團。」古今人不相及處消息參可

劉潛夫風入松福清道中作云：「多情唯（礁）是燈前影，伴此翁同去同來。逆旅主人相問，今回老似前回。」況夔笙以為真實可喜。

清沉閨秀顧春浪淘沙慢久不接雲姜信用柳耆卿任
閒又盼到冬深不見故人消息、況當雪後、幾枝寒梅、
夢縈如滴、對疏香瘦影、如思佳客、細思量兩地相思、
怕夢裏行蹤無準、各自都成悲戚、無極、九迴柔腸十
分幽怨、幾度寫付宮闋、鴻雁空凝佇、雖暫成小別、也

碩 二百〇一

勞心力、回首當初、在衆香國裏花同惜、恁無端雪來、柳往天天使人疏隔、知何時共翦西窗燭、萬千言與、語叨叨向説、卻還愁説不盡、從前相憶、

況夔笙先生云樸實言情宋人法乳非纖豔之筆藻繢之工所能夢見

8十五一　本色

本色　本色如畫之白描不假顏色舉例如下

唐孫光憲謁金門云留不得留得也應無益

宋周邦彥法曲獻仙音云待花前月下見了不教歸去

周濟云本色俊語

少年游云低聲問向誰行宿城上已三更馬滑霜濃不如休去直是少人行

周濟云本色至此便足再過一分便入山谷惡道

感皇恩云往事舊歡不堪重省自歎多愁更多病綺窗依舊敲遍闌干誰應斷腸明月下梅搖影

周濟云白描高手

宋女閨秀李清照　云眼波纔動被人猜
清郭麐疏影悟泉浮香樓圖全闋云生香活色認舊曾
相約短櫂游歷認是西溪千樹梅花無人管領烟月
故家臺榭知何處有野鶴暫歸能說見當時二老風
流閒倚畫闌清絕同向江湖流浪欲歸那便肯如此
蹤跡江北江南銅井銅坑過了試花時節人生但有
三間屋便無地種梅也得問何時深閉柴門穩卧故
山風雪譚復堂師云亦本色語運
思窈曲便不覺其易盡

清宗山紅葉一等紅金閣云映斜陽、認疏林幾簇、一色好秋光、轉綠回黃、織酣薄醉、臨風頓換新妝、尚約略重來門巷、似桃花前度引劉郎、不是春深、是秋漸老、莫漫尋芳、此際停車卻好、正鐘聲送晚、漁火微茫、輕拂生綃、濃皴畫稿、燕支多買何妨、卻笑我青衫依舊、聽琵琶淪落、感秋娘、不信良媒難託、猶傍宮牆、譚復堂師云一味本色語為有寄託為無寄託

本色　二百〇三

8十五　高

高

宋蘇軾卜算子雁全闋云缺月挂疏（踈）桐漏斷人初定時見幽人獨往來縹緲孤鴻影驚起卻回頭有恨無人省揀盡寒枝不肯棲寂寞沙洲冷黃庭堅云語意高妙似非喫火食人語

金景覃鳳棲梧云別有溪山容杖屨等閒不許人知處

況夔笙先生云意境清絕高絕

元倪元瓚太常引壽彝齋云柳陰濯足水侵磯香度野

旅滬十三　二百〇四

薔薇芳草綠萋萋問何事王孫未歸一壺濁酒一聲
清唱簾幙燕雙飛風暖試輕衣介眉壽遥瞻舉歛況夔
笙先生云壽詞如此落筆脫然畦封方雅起
逆壽字只於結處一點可以為法
清夏寶晉踏莎行寶晉祠小閣金闕云宛轉藤蘿蕭疏荷
芰亭臺金碧斜陽裏并州何處不風塵林泉何去不
信能如此舊夢遲眠新愁雁起望中大有滄洲意我
來不見誦仙人更無眉黛臨秋水譚復堂師云高秀
清閨秀吳藻風流子金閨云闌干十二曲重回首爭忍

酌金卮悵昨夜雨疏今朝風驟落花小徑飛蝶平池
餞春會離歌三兩闋添譜惻儂詞芳草有情縈惹如
此夕陽無主紅不多時韶華歸何處垂楊繫不定處
悃縈一霎人間天上香光雲凝近黃昏半院落湘簾半
卷玉階小立數偏憐肢腸斷數聲啼鳥都作空枝譚復
堂師云
高華

詞　二百〇五

十三　深

深

宋歐陽修蝶戀花云淚眼問花花不語亂紅飛過鞦韆去　此所謂意欲層深也　毛奇齡云因花而有淚是第一層意因淚而問花是第二層意花竟不語是第三層意不但不語且又亂落飛過鞦韆是四層意語愈淺而意愈入又絕無刻畫費力之迹

宋周邦彥六醜薔薇謝後作云東園岑寂漸蒙籠暗碧靜繞珍叢底成歎息長條故惹行客似牽衣待話別情無極殘英小強簪巾幘終不似一朵釵頭顫裊向

作法十四　深　二百〇六

人欹側漂流處莫趁潮汐恐斷紅尚有相思字何由見得周止庵先生云不說人惜花卻說花戀人不從無花惜春卻從有花惜春不惜已簪之殘英偏惜欲去之斷紅

宋無名氏醉公子岸闊云門外猧兒吠知是蕭郎至剗襪下香階冤家今夕醉扶得入羅幃不肯脫羅衣醉則從他醉還勝獨睡時此亦所謂闊語語轉意欲層深也聞其至而喜是一層見其醉而怒是一層扶之入幃轉怒為憐是一層不肯脫衣轉憐為恨是一層勝於獨睡轉恨為怒是一層

延安夫人臨江仙立春寄季順妹云憑誰說與到家期

金許古眼兒媚末持杯笑道鵝兒似酒酒似鵝黃兒

期玉釵頭上勝留待遠人歸卜清姒女士云雖小言卻有深致

附

淺者深之對掉弄虛機即失之淺看似有風趣而實似

甚空淺者諺所謂打油腔者是也亦舉例如下

金許古眼兒媚云持杯笑道鵝兒似酒酒似鵝兒

初學詞只能道第一義後漸深入意不晦語不琢始稱合

作至不求深而自深信手拈來令人神味俱厚槼模兩宋

梁　二百〇七

庶乎近焉

香

神味（雋）　十四　雋

有神（雋）味者耐咀嚼也　舉例如下

宋秦觀金明池云瓊苑金池青門紫陌似雪楊花滿路雲日淡天低晝永過三點兩點細雨好花枝半出牆頭似悵望芳草王孫何處更水繞人家橋當門巷燕燕鶯鶯飛舞怎得東君長為主把綠鬢朱顏一時留住佳人唱金衣莫惜才子倒玉山休訴況春來倍覺傷心念故國情多新年愁苦縱有寶馬嘶風紅塵拂面也只尋常歸去　周濟止庵先生云　明快得結語神味便遠

作法十五　神[illegible]味雋　二百〇八

清金泰石州慢初寒云鴛瓦新霜寒到客邊驛蕭然催冬
無邊木葉砧聲添助半空風力高樓漫倚過盡幾陣
歸鴉塵沙吹暗斜陽色燈影上重簾儘消魂今夕回
憶年時妝閣簾局香濕鏡臺花密千里關山雲樹一
重重隔征衣未寄只怕倚竹單羅唯絨窗下閒刀尺
待問訊平安付南飛鴻翼

奇

十五 句奇

奇出人意外之語也舉例如下

宋秦觀好事近夢中作云飛雲當面化龍蛇夭矯轉空碧醉臥古藤陰下了不知南北 周濟止庵先生云奇警

清趙澂醉江月秋夜憶許知白楊楚驪云盤空野鶴人間可許怪依傍

清李恩綬水龍吟牽牛花云且聲聲扣角攀條摘葉濺英雄淚

作法廿四 奇 二百〇九

幽　十六　幽

幽　幽深遠也舉例如下

清李良年暗香綠萼梅云春纔幾日早數枝開遍笑他紅白心經曾逢綠萼綠華來記相識修竹天寒翠倚翻認了暗侵苔色縱一片月底難尋微暈怎消得脈脈清露溼便靜掩簾衣夜香難隔吳根舊宅竹籬角無言

倩諸女

幽二百十

聊相憶照溪側只有樓邊易墮又何處短亭風笛歸
路杳但夢繞銅坑斷碧
清沈崑鎖窗寒僧廬夜雨云雨細吹絲風輕響葉花寒
如此園香小閣消受鳳衾鴛被但而今禪榻夢回鬢
絲微颺茶烟裏奈一繩雁影斜飛點點又成心字
彈指殘秋意算瘦柳藏鴉也都飄空翠多情老去況
客緊華勝地問五湖但日移家水雲挂席應早計待
歸來底事歸遲酒醒重門閑譚復堂師云觸緒幽咽

十七　澀

澀　不滑曰澀如水之咽而後流也非若唐徐彥伯之爲澀體專在字面也（則成浙派之餖飣矣）注一舉例如下

清濡導璈曲游春春暮寄游彪邨云薄雨後塵從又畫船簫鼓催破芳寂彼侶看春黯消魂不在眼前裙屐嬾盡東風力斜陽外柳絲垂碧莫幾番鬭草籌花忘卻燕鶯消息小立樓陰數尺便挽住鄰箏愁緒如織迆邐探幽歎真娘墓古那招香魄寫恨蟬箋擘算惟

自法切

澀四下

二百十一

有青山能識更晚來醉倒情癡倚窗弄笛

注一　唐徐彥伯為文多變易新體以鳳閣為鵷閣龍門為虬戶金谷為銑谿玉山為瓊嶽竹馬為筱驂月兔為魄兔後進效之謂之徐澀體見唐詩紀事

十八　穠

穠　穠與艷不同　海棠文杏之映燭窺簾穠也　牡丹芍藥之慵春媚景艷也　舉例如下

宋張孝祥菩薩蠻云（全闋）東風約略吹羅幕　一簷細雨春陰薄　試把杏花看　濕紅嬌暮寒　佳人雙玉枕　烘醉鴛鴦錦　折得最繁枝　暖香生翠幃　況蕙風先生云　穠麗蓄艷　直逼花間　求之北宋人集中　未易多覯

宋戴復古滿江紅（詞）赤壁懷古云　問道旁楊柳為誰春搖

穠麗　二百十二

金縷

金趙秉文生查子擬東坡作云珠貝橫空浴不收半溼

秋河影況蕙笙先生云珠貝二字奇麗而意境益清絕

清鄭燮望湘人用穀人先生韻金闕云漸蕭瑟於

冷清清客懷如許淒戀長柳翻鴉枯荷鬧雨子夜怨

歌先變鏡裏霜寒燈前人瘦眉邊山遠儘哀絃一曲

思歸飛起十三箏雁數盡更更點點把孤衾斷夢一

宵尋徧只文鴛繡枕記得舊時曾蘸酒痕濃淡淚痕

重疊溼了小蠻針綫問何日纖手親攜笑勸芳尊須滿譚復堂先生云清深婉麗

麗辰

二百十三

十九　峭

峭　峭峭拔遒勁絕俗也亦即森竦竦與聳同有蹙肅之意舉例如下

宋王沂孫無悶雪意全闋云陰積龍荒寒度雁門西北高樓獨倚悵短景無多亂山如此欲喚飛瓊起舞怕攪碎紛紛銀河水凍雲一片藏花護玉未教輕墜清致悄無似有照水南枝已攙春意誤幾度憑闌莫愁凝睇應是梨花夢好未肯放東風來人世待翠管吹

二百十の

破蒼茫看取玉壺天地周濟止庵先生云峭拔然略粗此其所以為碧山之清剛也白石好處無半點粗氣矣

金劉迎烏夜啼云宿醒人困屏山夢烟樹小江村况夔笙先生云運實入虛巧不傷格而清勁

金党懷英青玉案云痛飲休辭今夕永與君洗盡滿襟煩暑別作高寒境况夔笙先生云以鬆秀之筆達清勁之氣

金張中孚驀山溪　金闕云山河百二自古關山好壯歲喜功名擁征鞍貂裘繡帽時移事改萍梗落江湖

聽楚歌語厭蠻歌往事知多少蒼顏白髮故里欲重
到老馬省曾行也頻嘶冷烟殘照終南山色不改舊
時青長安道一回來須信一回老況蘷笙先生云以清遒之筆寫慨慷
之懷昔人評詩有云剛健含
婀娜余於此詞亦云

清王懷清平樂全闋云海棠鋪徑人面雕梁待映月酒客
紅潤笑看春風鬢影更深琦石籠燭暗畫簾花影移
癡含把玉琴頻理繡衾香冷重溫簾調金閣春雨
雨
濛烟暝又是清明近零落杏花渾欲盡時節綠窗人

頁二百十五

靜含情獨上西樓珠簾半捲銀鉤縱有千絲楊柳能繫幾許春愁譚復堂師云森竦

清沈起鳳玉胡蝶攬秀亭錄別全闋云涼意作歸庭樹西風葉底說與寒蟬野色閑門斜陽卻照離筵楚天送亂雲如夢謝池曉秋柳如烟想依然酒邊風月笛裏山川堪憐幽花謝也又看黃葉起舞尊前江冷丹楓勸君且駐木蘭船青衫雨今朝別淚紅橋月後夜閑眠怕無端愁縈錦瑟損盡華年譚復堂師云古服勁裝

清鄭澐齋天樂歲晚寄懷全闋云雁風吹送燕南雪天
涯坐驚孫拖瘦沉腰輕愁潘鬢減月斷青山斜照殘
年遠道記亂葉隨鞭軟塵吹帽田賦罷銷魂別腸如
繭萬絲繞妝樓幾回夢好寶釵頻卜夜應念歸早酒
市清笳江城暮笛一種人間悽調鄉書細草問開到
梅花月明多少有約看春翠烟宮樹繞譚復堂師云森幽峻威夷
清曾行淦瑣窗寒云全闋疏柳搖寒黃昏人靜畫簾慵卷空
階小立閒愁紵衣綃扇轉明河更闌未沈離愁不似

曲三百十六

新涼淺怪亂苔四壁殘蛩低絮作驚秋換腸斷芳游懶記門掩梨花翠尊同卸銀牋欲寄爭奈吳山籠晚料西窗聽雨自眠夢迴水驛天樣遠待歸時檢與從衫淚點和塵浣譚復堂師云庸峭之致南宋高手

清端木埰齊天樂秋晝苦雨全闋云泠雲低[illegible]冪簾櫳影秋陰釀來何驟細不成絲輕如散麴作弄霜威僝僽霏霏住否正落葉聲中暗蛩吟後夢醒空齋峭寒清倡瑣窗透侵尋時序逝水記良宵送客剛翦春韭

漸減宮槐花開野菊又是授衣時候相如病久對枯樹黄陳夜燈青瘦蓑到棲鴉卜居渾未有譚復堂師云道峻

二百十七

二十　曲

曲　曲屈曲迴折也詞筆貴直能直固大佳然亦至不易若刻意為曲自謂可去直率之病已落下乘且當於無字處為曲折切忌於有字處為曲折意之曲折由字裏生出不得矯揉鉤勒致失之尖纖若性情厚學養深自能樸厚醇至不蹈直率之病而尤不可錯認真率為直率也

宋周邦彥大酺云洗蕭索青蕪國紅糝鋪地門外荊桃如菽夜遊共誰秉燭

譚復堂師云一句一折一步一態非時世妝也　六

旅注廿一曲

二百十八

醜薔薇謝後作云願春暫留春歸如過翼一去無迹譚復堂師云十三字千迴百折千錘百鍊以下如鵬羽自逝

宋辛棄疾祝英臺近云斷腸點點飛紅都無人管更誰勸流鶯聲住譚復堂師云一波三過折又云是他春帶愁來春歸何處卻不解帶將愁去譚復堂師云託興深切亦非全用直筆

宋張潘牥南鄉子後邨詩話題云鐔津懷舊花庵云絕詞選題云題南劍州妓館生怕倚闌干閣下溪聲閣外山空有舊時山共水依然暮雨朝雲去不還相見躡飛鸞月下時時認佩環月

又漸低又霜又下更闌折得梅花獨自看 沈變笙先生云小令中能轉折便有尺幅千里之妙歌拍中尤意境幽瑟

宋張炎甘州餞沈秋江全闋云記玉關踏雪事清遊寒氣敝貂裘傍枯林古道長河飲馬此意悠悠短夢依然江表老淚灑西州載取白雲歸去問誰留楚佩弄影中洲折蘆花贈遠零落一身秋向尋常野橋流水待招來不是舊沙鷗空懷感有斜陽處最怕登樓 譚復堂師云一氣旋折作壯詞須識此法

金党懷英鷓鴣天云開簾放入窺窗月且盡新涼睡美

曲二百十九

休　洗蘧筌先生云瀟灑疏俊極矣尤妙在上句窺窗二字窺窗之月先已有情用此二字便曲折而意多

清莊棫壺中天慢全闋云行雲何處卻分明依舊昨宵華月城上烏啼啼未曉正好三更時節巷口烟深窗閒燭暗作見心先怯那能再與殷勤深訴離別回憶往日來時手中團扇竟難教拋撇幾曲銀屏天樣遠尚有輕紗隔絕欲往無言為態含笑待與何人說遙知去後比前更覺淒切　譚復堂師云屈曲洞達一轉一深

附

直白即率不當學舉例如下

宋吳文英玉漏遲中秋云無圓處即良宵

曲

二百廿

查德詞話選

二十一　清空

清空不質實也舉例如下

宋洪适生查子云春色似行人無意花間住　漁家傲云半夜繫船橋北岸三杯睡著無人喚睡覺只疑橋不見風已變纜繩吹斷船頭轉　卜清如女士云均空靈可喜

宋姜夔一萼紅人日登長沙定王臺會闗云古城陰有官梅幾許紅萼未宜簪池面冰膠牆腰雪老雲意還又沈沈翠藤共閒穿徑竹漸笑語驚起卧沙禽野

紙左廿七

清空　二百廿一

芳林泉故王臺榭呼喚登臨南去北來何事蕩湘雲
楚水目極傷心朱戶黏雞金盤簇燕空歎時序侵尋
記曾共西樓雅集想垂柳還裊萬絲金待得歸鞍到
時只怕春深

琵琶仙　吳興云（全闕）雙槳來時有人似舊
曲桃根桃葉歌扇輕約飛花蛾眉正奇絕春漸遠汀
洲自綠更添了幾聲啼鴂十里揚州三生杜牧前
事休說又還是宮燭分煙奈愁裏匆匆換時節都把
一襟芳思與空階榆莢千萬縷藏鴉細柳為玉尊起

舞迴雪想見西出陽關故人初別 五 淡黃柳合肥
云（全闕）空城曉角吹入垂楊陌馬上單衣寒惻惻看盡鵝
黃嫩綠都是江南舊相識正岑寂明朝又寒食強攜
酒小橋宅怕梨花落盡成秋色燕燕飛來問春何在
惟有池塘自碧
金荒懷英青玉案云痛飲休辭今夕永
清顧貞觀南柯子擣衣云嘹唳夜鴻鳴葉滿階除欲二
更一派西風吹不斷秋聲中有深閨萬里情廊上月

清空

二百廿二

華明廊上霜華結漸成今夜戍樓歸夢裏分明人在

回廊曲處迎

清厲鴞聲聲慢停琴仕女圖云簾垂有影院靜無聲誰

家待月闌干雨點深顰分付次第眉山嬋娟薄妝作

態便低鬟要自幽妍心事遠看轉將瑤軫尚怯春寒

只有梅花知得愛香生絃外韻在絲前小立徘徊肯

教流響空煙人間尚流粉本不愁他輕誤華年凝望

處想參橫依約未眠

清清莊棫鳳凰臺上憶吹簫全闋云瓜渚烟消蕪城月冷何年重與清游對妝臺明鏡欲說還遲不羞多少東風過了雲縹緲何處勾留鄴非舊君還記否吹夢西洲悠悠芳辰轉眼誰料到而今盡日樓頭念渡江人遠儂更添憂天際音書久斷還望斷天際歸舟春回也怎能教人忘了閒愁　譚復堂師云清空如話不至輕儇消息甚微

清閨秀賀雙卿嫁綃山農家子　黃花慢孤雁　全闋云碧盡遙天但暮霞散綺碎翦紅鮮聽時愁近望時怕遠孤

二百廿三

清空二三

鴻一箇去向誰邊素霜已冷蘆花渚更休猜鷗鷺相憐暗自眠鳳皇縱好寧是姻緣淒涼勸你無言趁一沙半水且度流年稻粱初盡網羅正苦夢魂易驚幾處寒煙斷腸可是嬋娟意寸心裏多少纏綿夜未閒便倦宿平田

譚復堂師云清空一氣如拭忠厚之旨出於風雅

二十二 淡

淡 有淡遠取神只描取景物而神致自在言外若為高手然不善學之最易落套亦如詩中之假王孟也大抵欲造平淡當自絢爛中來落其華芬然後可造平淡之境淡之舉例如下

宋李膺虞美人云碧蕪千里思悠悠惟有霎時涼夢到南州 況蕙風先生云淡遠

宋周邦彥夜飛鵲云兔葵燕麥向斜陽影與人齊 闌

河令云酒已都醒如何消夜永周濟止庵先生有云淡永

宋廖世美燭影搖紅云催促年光舊來流水知何處斷腸何必更殘陽極目傷平楚晚霽波聲帶雨悄無人舟橫古渡

宋仲并浪淘沙云看盡風光花不語卻是多情

宋趙仲茳漢宮春云故人老大好襟懷消減全無漫贏得秋聲雨耳冷泉亭下騎驢況夔笙先生云此以清麗之筆作淡語

宋劉辰翁促拍醜奴兒云百年已是中年後西州垂淚

東山攜手幾箇斜暉（況蕙笙先生云極平淡令人黯然）

金完顏璹臨江仙云薰風樓閣夕陽多倚闌凝思去久漁笛起烟波（況蕙笙先生云淡淡著筆言外卻有無限感愴）

金党懷英月上海棠云斷霞魚尾明秋水帶三兩飛鴻點烟際疏林颯秋聲似知人倦遊無味家何處落日西山紫翠（況蕙笙先生云融情入景中旨淡而遠）

金元好問江城子太原寄劉濟川云斷嶺不隨南望眼時為我一憑闌（前調）旅中觀別云萬古垂楊都是折殘

二百廿五

枝又云為問世間離別淚何日是滴休時　感皇恩
秋蓮曲云微雨岸花斜陽汀樹自惜風流怨遲暮
定風波楊叔能贈詞留別因用其意答之云至竟交
情何處好向道不如行路本無情　臨江仙西山同
飲叔送辛敬之歸女几云回首對牀燈火處萬山深
裏孤村　前調內鄉北山云三年閑為一官忙簿書
愁裏過筍蕨夢中香　南鄉子云為向河陽桃李道
休休青鬢能堪幾度愁　鷓鴣天云醉來知被旁人

笑無奈風情未減何　前調云殷勤昨夜三更雨賸醉東城一日春　前調云長安西望腸堪斷霧閣雲窗又幾重　南柯子云畫簾雙燕舊家春曾是玉簫聲裏斷腸人　況夔生先生云沖淡而又渾成

清吳綺浣溪沙全闋云吳苑青苔鎖畫廊漢宮垂柳映紅牆教人愁煞是斜陽天上無端催曉暮人間何事有興亡可憐燕子只尋常　譚復堂師云含懷古淡

清汪令德綠意春草和玉田全闋云春愁如綺訴漸行

二百廿六　淡三

漸遠零亂天際惻惻東風剗盡還生無端又引離思薇蕪舊夢新來少見說道春歸容易任滿城墜粉飄風香不到斷橋山寺休唱江淹秀句憶少年彩筆應更憔悴黯澹宮袍倦倚危闌怕看傷心烟翠鈿車冷落西泠別換幾度燕泥芳砌膩樂游花外斜陽照一帶無人地譚復堂師云北宋名篇柔澹秀折

清張熙玉漏遲己酉十二月望雨全闋云寂寥聽亂雨敲愁做冷撩人心緒殘響瀟瀟卷起溼烟如霧聽說

梅花瘦了歎林下無人來去誰共證燈昏小閣夢流何處倚徧十二闌干悵有約樓頭歡游多阻月正團圓偏被白雲遮住情數一年幾見只賸有今宵三五天欲曙停琴幾回延佇

譚復堂師云淡語彌深旨

二百廿七

二十三　疎

疎　疎稀也詞之語句太寬亦句太緊有淺處乃見深處之妙當如畫之有密必有疎也舉例如下

宋吳文英唐多令云全闋何處合成愁離人心上秋縱芭蕉不語也颼颼都道晚涼天氣好有明月怕登樓前事夢中休花空烟水流燕辭歸客尚淹留垂柳不縈裙帶住謾長是繫行舟　疎快

金段成己月上海棠云喚醒夢中身鷓鴣數聲清曉

徐法廿四　疎　二百廿八

前調又云頹然醉臥印蒼苔半袖情中入深靜於疏況夔笙先生云於
處運追琢尤
得詞家三昧

清
丁巳和瑣窗寒金閣已未十月寓碧藤華廊云碧瓦
霜鋪銀穚霧隱亂鴉庭樹琴書料理靜掩藤蘿雙戶
盼涼風雁音未來五湖舊約成間阻嘆廢箋書蠹管年
時猶賦故人羈旅秋暮歸期誤怕長鋏重彈翦燈孤
語丹房夜永祇有白雲千古打疏櫺黃葉半階蕭蕭
認是江南雨又怎知香破梅夢醒啼翠羽

清諸可寶浣溪沙全闋云舊恨新愁兩不饒人間何事
最魂銷寸箋難寫畫難描酸入天心梅子雨信回江
口雪花潮小樓排日盼歸潮
清邊葆樞浪淘沙夜雨書懷全闋云涼雨怨蕭蕭霜葉
微凋便非愁病也無聊悔殺錢塘江上住鄉思如潮
客路尚飄搖禁得魂銷斷腸人在可憐宵祇有秋聲
聽不慣窗外芭蕉云譚復堂師云疏俊

陳二百廿九

二十四 密

密：文理細密也。舉例如下：

清汪潮生大酺〔寒夜〕云：正漏將殘，燈初炧，蕭瑟寒生孤館。幽懷何處託？倚參差闌檻，月高天遠，秦鏡光寒，吳鉤佩冷，都是曾經幽怨。來朝有良約，便遙遙聽到曉鐘敲斷。怕啼鴂聲多，亂雅飛去，曙光猶淺。伊家清夢轉，望雲外，薄霧吹成片。且細把心香爇了，一縷如絲。更誰來變紅添滿，獨自思量久哉。一片素練題編，況零落霜華晚。今夕何夕，都負年時，萬燕畫簾幾重

倚花華室

二百卅

不老　譚復堂師云　穠密悲斷

清朱綬瑞鶴仙順卿調齊天樂見寄拈此奉答云笑笑凋淚影早柳外人家盧樓秋淨妝眉妬明鏡記蘼蕪采罷隨雲難整啼螢訴病倚寒幬淒涼自首舊題紈碎雲零烟萬点怨紅新凝芳腰明珠璫絨字換到壚熏斷銷香餅重簾匿暝斜照外雨絲次歎悲黃書蝕看朱歌斷幾處銀瓶恨井最堪憐嬌解鄰娃步穩未醒　譚復堂師云綺密

欲求緻密先求沈著即緻密即沈著非出乎緻密之外超乎緻密之上別有沈著之一境也　況

二十五 雅

雅 詞欲雅而正志之所之一爲所役則失其雅正之音

闕 蓋吾人感物而動一時託興未必咸本非雅要在諷誦

紬繹歸諸中正欲求其雅以不纖爲第一義舉例如下

金段誠之成己江城子云月邊漁水邊鉏花底風來吹

亂讀殘書 前調東園牡丹花下酒酣即席賦之云

歸去不妨簪一朵人也道看花來 況蕙風先生云騷雅俊逸

元張埜太常引壽高丞相自上都分省回云報國與憂

作法廿六 雅 二百廿一

時怎瞞得星星鬢絲　水龍吟為何相壽云安年年

霖雨變為醇酎共蒼生醉　況夔生先生云渾雅而近樸厚

婉

8 二十六 婉

婉恐其平直以曲折出之也然不可無健舉之筆沉摯之思舉例如下

宋晁補之臨江仙信州作云　一箇幽禽緣底事苦來醉耳邊啼月斜西院愈聲悲青山無限好猶道不如歸

周濟止庵先生云婉篤

宋周邦彥少年游云　低聲問向誰行宿城上已三更馬滑霜濃不如休去直是少人行

譚復堂師云麗極而清清極而婉然不可忽過馬滑霜濃四字

花犯梅花全闋云粉牆低梅花照眼依

作法 艾 婉 二百卅二

然舊風味露痕輕綴疑淨洗鉛華無限清麗去年勝賞曾孤倚冰盤共椅燕喜更可惜雪中高士香篝熏素被今年對花太匆匆相逢似有恨依依憔悴凝望久青苔上旋看飛墜相將見脆圓薦酒人正在空江烟浪裏但夢想一枝瀟灑黃昏斜照水　周濟止庵先生云清婉

宋辛棄疾青玉案元夕云衆裏尋他千百度驀然回首
那人恰在燈火闌珊處譚復堂師四云和婉
宋楊纘蝶戀花云離恨做成春夜雨添得春江剗地東
流去弱柳繫船都不住為君愁絕聽鳴艣況蕙笙先生云婉曲
而近沈著新穎而不穿鑿
於詞為正宗之上乘

神來

神來之作若不可以迹象求之茲舉例如下

宋秦觀八六子云倚危亭恨如芳草萋萋剗盡還生念柳外青驄別後水邊紅袂分時愴然暗驚無端天與娉婷夜月一簾幽夢春風十里柔情怎奈向歡娛漸隨流水素絃聲斷翠綃香減那堪片片弄晚濛濛殘雨籠晴正消凝黃鸝又啼數聲

清周作鎔鷓鴣天云池柳初栽細葉新夕陽紅浸畫闌春日長人困慵梳洗一鏡笑容認未真珠箔捲寶爐

二百卅五

溼濃薊斗帳怕輕分彩蝶心事無人識西北高樓拚

暮雲

清閨秀沈芳一枝春春雨去作弄輕寒又廉纖醞釀出離
愁多少香車待覓小徑烟難歸蕭條院宇漸綠長
滿階芳草空自望千里行雲雁足不傳書到黃昏最
憐人悄正疏簾半捲一燈相照十年舊事頓使暗縈
懷抱寒衾倦聽和鶯語隔窗催曉腸斷是零落梨花
好春易老

神韻　神韻事外遠致也從輕倩入手者固有之特降於出自凝重者一等蓋氣格稍遜也凝重中有神韻去成就不遠矣且學力既深所作漸近凝重猶不免時露輕倩本色講求神韻者宜審之舉例如下

宋賀鑄浣溪沙云歸卧文園猶帶酒柳花飛絮畫堂陰只憑雙燕話春心　況蕙風先生云融景入情本神獨絕近來纖佻一派誤認輕靈此等處何曾夢見

作法廿九　神韻　一百卅六

宋張榘應天長蘇隄春曉云鞦千架閒繞索正露洗繡

鴛痕窄窄不嫌纖豔以神韻勝清以女士云卻

明淩彥翀蝶戀花詠杏花云醉眼看花花亦舞況夔笙先生云

韻甚

清朱彝尊一萼紅湖上春游全闋云燒痕平惜東風一

夜吹綠上南屏天半箏絃湖邊簫鼓并作一片春聲

淡黃柳纔抱金縷看幾時飛絮幾時萍一樣韶華問

渠攀折何似飄零落日又催寒信樑裝懸半闋便覺

多情羃樹烟濃迴船浪氣天氣難定陰晴黯回首踏歌聲斷莫忘卻前度白鷗盟腸斷年年芳草只（祇）近離亭

清王鵬運南鄉子云畫裏屏山多少路青青一片烟蕪是去程況蘷笙先生云緜邈

神韻

二百卅七上

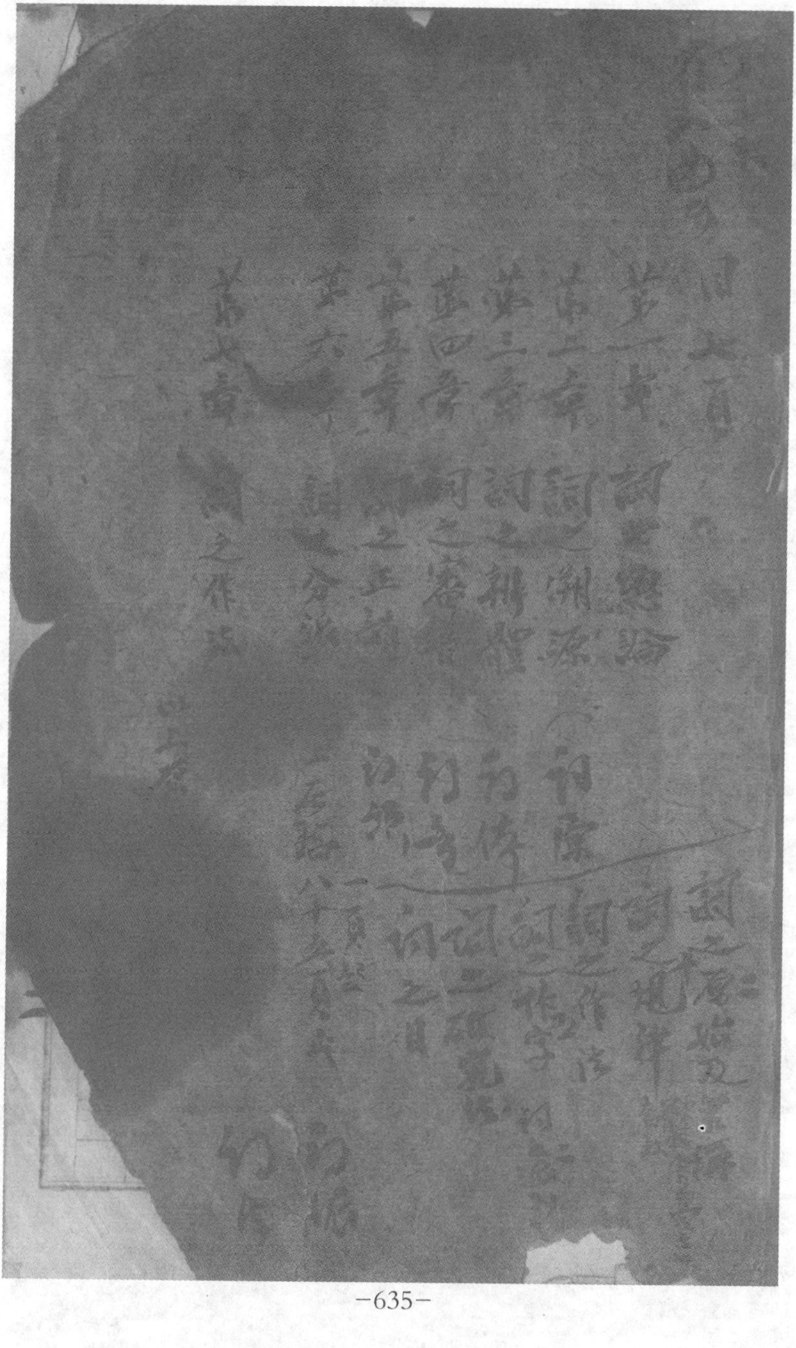

目次

第一章　詞之總論

第二章　詞之淵源

第三章　詞之體製

第四章　詞之審音

第五章　詞之正韻

第六章　詞之分類

第七章　詞之作法

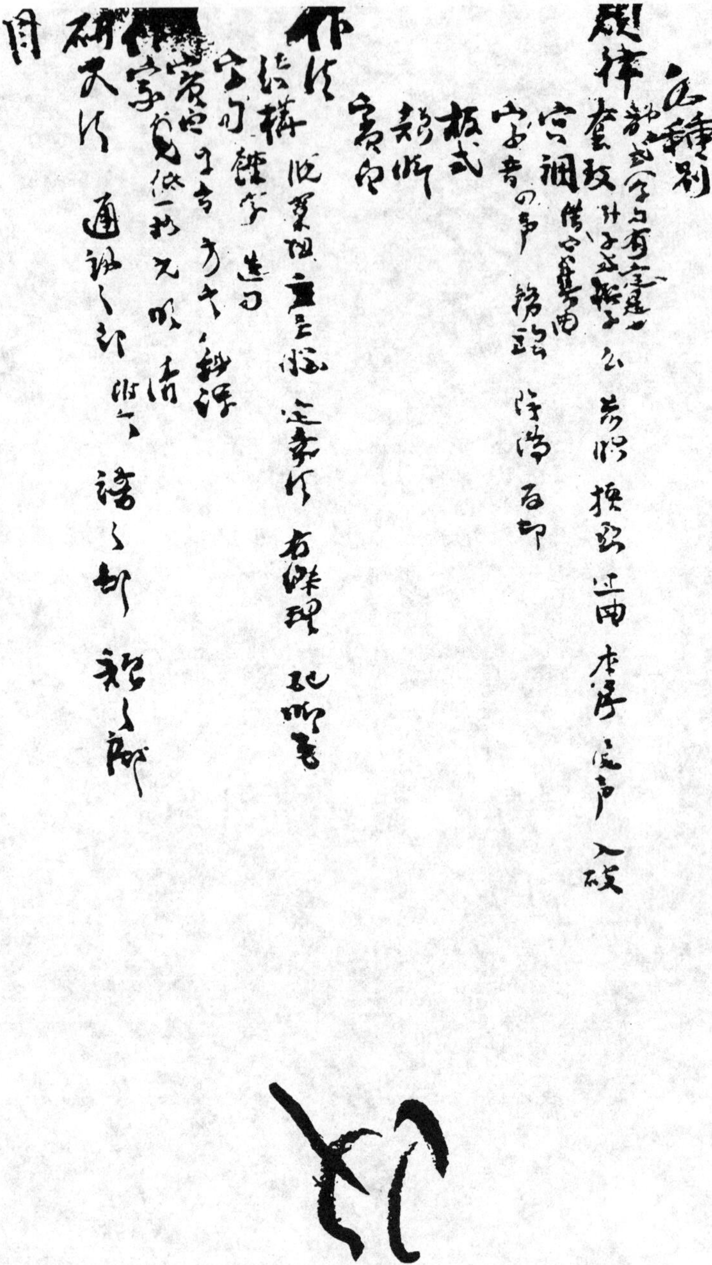

区种别

规律　[illegible]

套数　[illegible]　换头　过曲　[illegible]　入破

宫调　[illegible]

字音　[illegible]

板式

[illegible]

[illegible]

作法

结构　[illegible]

字句　[illegible]

[illegible]

研究法　[illegible]

目

第七節 自度曲
第一節 詞之總論
第二節 詞之得名
第四節 詞即是題
第五節 詞之本意
第五節 詞之譜
第六節 自度曲
第七節 填詞之名體式
甲 擬古

目二

乙 詠古
丙 詠史
丁 詠物
戊 檃括
己 回文
庚 集句
辛 集調名
壬 方言
癸 小序

第六章 詞之派別〔分〕

第一節 唐五代

第二節 北宋南宋

第三節 金

第四節 元

第五節 明

第六節 清

第七節 清之浙派

戊 結

己 換頭

第三節 意

甲 轉

乙 鉤勒

丙 厲言

第四節 筆

甲 留

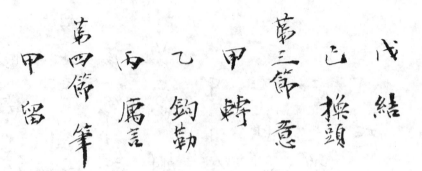

乙　托

目五

甲　用古事

乙　用古人诗句

丙　用古人词句

第十二节　作法

一　重

二　大

三　拙

四　厚

十三　深
十四　雋
十五　奇
十六　幽
十七　澀
十八　麗
十九　峭
二十　曲

二十一　清空

二十二　淡

二十三　踈

二十四　密

二十五　雅

二十六　婉

二十七　神來

二十八　神韻

目七

姚華菉猗室曲話云明卓人月選古今詞統十二卷搜羅
甚富正集除小說傳奇之作以充數不免為大雅所譏除
士信評且時摘入傳奇又覺不倫亦可見詞曲相為疊
要明人多視為一体

樂府指迷

玉田云隋唐以來聲詩間為長短句至唐人則有尊前花間集迄於崇寧立大晟府
命周美成諸人討論古音審定古調淪落之後少得存者由此八十四調之聲稍傳而美成
諸人又復增演慢曲引近或移宮換羽為三犯四犯之曲按月律為之其曲遂繁
蓋樂家曲調至宋之入詞詞曲同為一事自明以來始分為二作而南曲引子慢
詞近詞相犯犯有沿襲及詩餘且互用大調者為仙呂引子下第子慢詞者亦慢之於
姑存

然華曲此可五代兩宋已經盛作之曰詞此以樂府名者比比皆有金元盛於北方音律異於詞易於叶新聲以創南曲遂作以奇其淵源本諸詞遠祖南唐近宗北宋詞家小令應歸分明不能大曲與散套傳奇之淵源自也也是以詞曲界劃既判詞之啟也多曲學則明曲之名詞或曰樂府少有區別則以詞為曰今樂府　自時厥後曲又為二南北分彼此各相抗

南北諸曲有與詞意義有異者

第一章　詞曲總論

第一節　詞曲之關係

自古詩變而為近體而為長短句中間經依宮樂調長短句之所依不得不變為詞調語言不得不變為曲

宋元之間詞與曲一也宋翔鳳樂府餘論　宋元曲皆所歌皆詞　王士

花草粹編又王驥德曲律　宋詞元曲皆註宮調　秀水居詞

之詞宋之曲也而其法不傳

塵　蓋詞為宋之樂南北曲之所從出　故亦以曲名詞

曰曲　偶之首曲　張炎詞源若曰曲子　晁无咎評蘇軾詞云曲子中縛不住　曰古曲　沈伯時樂府指迷　近時詞人多不詳看古曲　曰樂曲　詞源古之樂府樂曲　曰今曲　詞源詞之難於今曲

源

詞曲之關係

武林舊事所載官本雜劇段數多至二百八十本中有用普通詞調者逍遙樂木蘭花等三十本

詞之名詞亦有用曲字者如那曲阿那曲涼州曲伊州曲甘州曲是也又知牛或且視之為曲」

曰慢曲 詞有慢曲不過百餘字 亦或盡其證也亦或謂曲曰詞 曲作知此

說者何以謂詞道異又作詞 字成情 撰曲文者曰填詞所傳奇中每某某若

譜其若填調之名皆曰牌詞曰詞牌曲曰曲牌調名之稱 詞」

同若姚略舉（見）如下 小令如搗練子生查子等中調如唐

多令一剪梅等長調如滿江紅綠都春等 志居詞辰 嘉蓋自

南曲興而其詞多與詞合 詞毛先舒填詞圖解也 曲譜中大石調之

念奴嬌長空萬里般涉調之哨遍睡起草堂詩寄詞與揭息

詩叢 又如詞之過拍即曲之度尾 況周頤蕙風詞 詞之換頭即」